D0905560

SANGRE FRÍA

L A T R A M A

CLAUDIO CERDÁN

SANGRE FRÍA

EDICIONES B

MÉXICO · BARCELONA · BOGOTÁ · BUENOS AIRES · CARACAS
MADRID · MONTEVIDEO · MIAMI · SANTIAGO DE CHILE

Sangre fría

Primera edición, julio 2016

D.R. © 2014, Claudio Cerdán
      Derechos gestionados a través de
      Oh! Books Agencia Literaria

D.R. © 2016, Ediciones B México, S.A. de C.V.
      Bradley 52, Anzures DF-11590, MÉXICO
      www.edicionesb.mx
      editorial@edicionesb.com

ISBN 978 - 607 - 530 - 035 - 1

Impreso en México | *Printed in Mexico*

Todos los derechos reservados. Bajo las sanciones establecidas en las leyes, queda rigurosamente prohibida, sin autorización escrita de los titulares del *copyright*, la reproducción total o parcial de esta obra por cualquier medio o procedimiento, comprendidos la reprografía y el tratamiento informático, así como la distribución de ejemplares mediante alquiler o préstamo público.

No os espante la muerte: o extermina
o transforma vuestra existencia.

LUCIO ANNEO SÉNECA

El Charolito sólo se fiaba de su polla. Era
la única que nunca le daría por culo.

MONTERO GONZÁLEZ, «Sed de champán»

El amanecer me sorprenderá dormido,
borracho en el Cadillac.

LOQUILLO, «Cadillac solitario»

EPÍLOGO

El Perrolobo echó una bala en el trago de whisky. Lo había visto en algunas películas de vaqueros y siempre había querido hacerlo. Apuró el vaso de un trago y el escocés le quemó la garganta. Extrajo un paquete arrugado de Bisonte sin filtro y encendió el último cigarro. El humo azul se extendió por el bar pintado con sangre, pero no pudo apagar el hedor.

Rellenó la copa y miró a través del cristal. La bala seguía allí, perenne como la muerte que traía consigo. Bebió el brebaje ambarino de nuevo y degustó el sabor de la pólvora. Jugueteó con el proyectil y estuvo tentado de tragarlo. En su lugar lo escupió sobre la barra y empuñó la navaja. Con cuidado, realizó un grabado sobre el casquillo. Una J mayúscula. Quería bautizar el plomo que lo iba a matar.

Hechas las presentaciones, sacó el cargador de la Beretta y contó la munición. Tres tiros más la Gran J. Le parecía bien. Le realizó un par de estrías en la ojiva para que explotasen al contacto con la carne. Colocó de nuevo cada bala en su sitio y dejó la que llevaba su nombre en último lugar. Punta hueca: también lo había visto en las películas.

Algo golpeó la puerta del bar. No era humano, ya no. Pensó que esas cosas aún conservaban los instintos más básicos, pero no había visto a ninguna borracha. Ni violando a nada. Ni siquiera fumando. Supuso que golpear la puerta de aquel agujero se debía a la casuística, no a una personalidad perdida. Nada en la ciudad tenía alma. Ni siquiera él, que era el único que quedaba vivo.

Se sirvió un nuevo golpe y brindó por los amigos ausentes. La Chunga, el Señorito, el Mosca… incluso el psicópata del Ronco o el desgraciado de Miñarro. Pensó en su hijo David y los ojos se le tornaron llorosos. Vació el trago y apartó esos recuerdos de su mente. No era momento de lágrimas, sino de acabar con aquella pesadilla.

Se alejó de la barra pistola en mano. En el exterior el sol estaba en todo su apogeo, como si nada hubiera ocurrido. Incluso escuchó el trino de unos pájaros. Al final, el mundo se había vengado de la plaga que lo habitaba.

La calle estaba invadida de zombis, pero no se percataron de su presencia. El Perrolobo se rompió la camisa, dejando su pecho al descubierto. No le quedaba nada más en la vida que la Beretta y la dignidad.

—Eh, hijoputas —los llamó.

Un par de aquellos seres se giraron al oírlo. Los demás los imitaron, como si se tratase de un banco de peces. El Perrolobo apuntó con el arma y se dispuso a hacer fuego.

Tres tiros para ellos. Uno para él.

El primero era un dependiente del Fnac, aún con el peto verde puesto. Tenía cara de niño y una marca de mordisco en el cuello. Apuntó con cuidado y le saltó la tapa de los sesos. Cayó fulminado al instante.

La detonación terminó por llamar la atención del resto. El siguiente que dio un paso al frente era un policía vestido con chaleco antibalas. De nuevo, le hizo un tercer ojo en la frente y el cráneo reventó por detrás. El tercero que tenía más cerca era un motorista, aún con el casco pero sin brazos. El Perrolobo pensó que la bala no le atravesaría la protección de la cabeza, pero a esas alturas ya le daba igual. Colocó el punto de mira en su entrepierna y abrió fuego. El manco quedó sin atributos, pero continuó su avance.

—Es lo que hay, chupapitos —dijo mientras arrojaba la colilla del Bisonte—. A mí no me atraparán vivo.

Se llevó el cañón a la garganta y paladeó el sucio sabor de la cordita. Después apretó el gatillo.

Por un momento pensó que era una broma, que las leyes de la física se habían vuelto locas del todo y los vivos no podían morir en aquella pesadilla porque ya estaban muertos. Se sacó la Beretta de la boca y comprobó que la J estaba en la recámara. Los zombis cada vez estaban más cerca, creando un círculo a su alrededor. Apretó el arma contra su sien y disparó de nuevo.

La pistola seguía sin funcionar.

El Perrolobo la miró con lástima. Tal vez era por el baño de whisky, o por la marca en el casquillo. Quizás era la última putada que le gastaba Dios desde su poltrona. El caso es que la Beretta había muerto antes que él.

La dejó caer. El zombi del casco se abalanzó sobre su yugular. Con el armatoste de la cabeza no pudo morderlo, y sin brazos sus intentos de capturarlo eran inútiles. El Perrolobo lo empujó y lo lanzó al suelo. Los otros muertos vivientes se acercaban a él. Una nube ocultó el sol.

—Está bien, cabrones —dijo blandiendo la navaja—. Veamos quién la tiene más larga.

PARTE UNO

LA BANDA

CAPÍTULO 1

Siempre pensó que saldría de la cárcel con los pies por delante. Cuando tanta gente te quiere ver muerto, lo normal es que acabes con una cuchillada en las costillas. Había visto pinchos fabricados con los muelles de los colchones, con cepillos de dientes e incluso una navaja de mariposa que algún familiar había introducido en la prisión metida por el culo. Sin embargo, allí estaba a sus cuarenta y dos años, recogiendo sus cosas de un cajón metálico, cargando la mochila al hombro, con medio paquete de tabaco negro y una pulsera telemática en la muñeca.

—Debes presentarte en el centro cada sábado por la tarde —dijo el funcionario, molesto por tener que levantar la vista del crucigrama—. Con este cacharro sabremos tu posición exacta, así que no hagas tonterías, ¿vale? Si te lo quitas también sonará la alarma y mandaremos a la policía por ti. ¿Entiendes lo que te digo?

El Perrolobo levantó la cabeza. Tenía el pelo rapado al mismo nivel que la barba incipiente, mientras que sus ojos eran de un azul tan claro que competía con el blanco de sus retinas. Le clavó las pupilas al uniformado y éste apartó la mirada.

—¿Cómo te llamas, bocón? —preguntó—. Nunca te había visto.

—¿Por qué quiere saberlo? —contestó con un cúmulo de saliva en su labio inferior.

—En realidad me importa una mierda. Eres uno de esos desagradables que están demasiado viejos y blandos para seguir en el fango de las galerías y los aparcan en puestos tranquilos donde no puedan romper nada. Lo que a ti no te ha quedado claro, porque has estado jugando con pulseritas es que un juez ha firmado mi puesta en libertad. Y como hombre libre, te digo que te den por el culo, que a lo mejor hasta te gusta.

El funcionario pasó la lengua por el labio y la salivilla desapareció. El Perrolobo le mantuvo el pulso con media sonrisa lupina, mostrando colmillo.

—No puedes hablarme así, cabrón.

—Denúnciame, imbécil.

El Perrolobo agarró sus pertenencias, se echó el petate a la espalda y se marchó.

Las puertas de la prisión se fueron abriendo para él. El sonido de los cerrojos era distinto al salir que al entrar. Ya no significaba la pérdida de la voluntad, del claustro con maricones a la fuerza, de tipos peludos amontonados en cada celda, en cada ducha, en cada rincón del patio. Ahora olía a putas, a droga, a juerga con los amigos. Los problemas quedaban en un punto intermedio, con un pie dentro y otro afuera, aunque aún seguía con la muerte al hombro.

La última reja lo dejó en mitad de un camino de tierra. La ciudad se erguía al fondo, saturando el cielo con sus imponentes edificios que rascaban el firmamento con sus uñas roñosas. El Perrolobo encendió un Bisonte. El sabor de la hebra se le quedó en la punta de la lengua. El tabaco también sabía diferente.

Avanzó por el camino. Su puesta en libertad había llegado por sorpresa y no había avisado a nadie. Su idea era aparecer de improviso y borrarse a la misma velocidad. Lo que tenía que hacer en la calle prefería hacerlo solo, sin implicar a nadie más. Él y sus cojones. No había mejor equipo.

A la derecha se extendía un *parking* cercado por una verja oxidada. Muchos presos tenían visitas de familiares para el *vis a vis*.

Quizás alguno se la metería a su mujer por el culo antes de que le diera tiempo de sacarse la navaja de mariposa. Sería divertido. Un tipo enorme salió de un Hammer y se acercó al Perrolobo. Vestía una chaqueta de traje sobre los pantalones de mezclilla. En su pecho lucía una camiseta de la Legión Extranjera. Lo reconoció al instante.

—¿Qué haces aquí, Sonao?

El Sonao se puso a su lado. Era una mole de músculos controlada por un cerebro dañado por el boxeo. Los que lo conocían de tiempo sospechaban que los golpes empezaron en la infancia, cuando su padre le regalaba la propina que no le había podido dar a su madre. Después vino el *ring* y el ejército, pero a esas alturas ya tenía el cerebro licuado dentro del cráneo.

—El Canciller quiere verte, Juande —dijo con ese acento arrastrado de pensar las palabras antes de pronunciarlas.

—Pues enséñale una foto.

El Sonao se rio como se ríen las cabras. El pedazo de imbécil aún conservaba un sentido del humor a la altura de un niño de doce años.

—Me ha dicho que dirías eso —prosiguió—. Es muy divertido.

—¿Qué más te ha dicho, Sonao?

El exboxeador sacó un papelito pequeño de su bolsillo. Estaba doblado en cuatro partes con precisión milimétrica. Contenía párrafos de letra pequeña y apretada de una caligrafía excelente. Entre sus enormes dedos aparecían las instrucciones de un medicamento.

—Sí, que te lleve con él y que compre toallitas perfumadas —levantó los ojos estrábicos y miró al Perrolobo—. ¿Eso dónde se vende?

—No iré a ninguna parte contigo, Sonao.

El Perrolobo dio media vuelta, pero una manaza en su hombro lo detuvo.

—Tienes que venir conmigo, Juande —repitió—. El Canciller quiere verte. Y tengo que comprar toallitas perfumadas.

—Me importan una mierda tus toallitas.

—Pero tengo que llevarlas. Y te tienes que montar en el coche.

El Perrolobo dejó caer su petate. Después se giró y descargó un puñetazo contra el mentón del Sonao. El impacto fue brutal. Sus dedos crujieron, los nudillos enrojecieron. Había derribado a tipos más grandes que él con la mitad de fuerza, pero el Sonao ni pestañeó.

—¿Por qué has hecho eso, Juande? —preguntó, extrañado. La mano seguía sobre su hombro y apretaba como una presa hidráulica. Intentó zafarse, pero no pudo. Miró por el suelo en busca de una piedra o de algún otro objeto contundente, pero no lo encontró. Después levantó la cabeza de nuevo y allí continuaba el Sonao a la espera de una respuesta.

—Tenías un mosquito en la barbilla —contestó el Perrolobo—. Entonces, ¿toallitas perfumadas?

—De lavanda, pone —le enseñó el papel—. ¿Dónde las compramos?

—Podemos atracar un supermercado.

El Sonao volvió a reír con aire infantil.

—No, hombre, que esta vez tengo dinero.

PRELUDIO

Cuentan por el barrio que en una ocasión hubo una gran reyerta entre las familias de los Chotos y los Morenos. El conflicto vino cuando un joven choto le metió una patada a un chico moreno en un partido de futbol. La cosa fue subiendo de tono y llegaron a las manos. El asunto se fue calentando hasta el punto de que, pasada la medianoche, fueron a matarse a un descampado. Si los patriarcas se hubieran enterado de esa pelea adolescente, la habrían detenido. En el momento que un choto o un moreno pisase el hospital, se declararía la guerra abierta entre ambas familias. Y esa noche las navajas refulgían en mitad de aquel solar abandonado. Los dos grupos se azuzaban, con el miedo en los ojos de ser los que empezasen la contienda y con el arrojo de no ser los primeros en retirarse. La sangre iba a teñir de escarlata el alba cuando apareció en la lejanía el Perrolobo sobre una moto de trial. Saltó de la Yamaha cuando aún estaba en marcha y se quitó el casco. Hasta ese momento no sabían de quién se trataba, pero al ver al Perrolobo todos retrocedieron unos pasos. Empuñó la escopeta que llevaba en bandolera y disparó al cielo. El ruido de los tiros hizo retroceder a todos los allí convocados. El Perrolobo era más peligroso que todos juntos, y la escopeta más efectiva que cualquier navaja.

Los chicos se dispersaron como hormigas tras una meada y olvidaron sus rencillas. Todos menos uno. Un chico, casi un niño, permaneció cabizbajo mientras el Perrolobo se acercaba a pasos presurosos. No tenía más de seis años.

—Hola, papá —dijo.

El Perrolobo se arrodilló al lado de su hijo David. Comprobó que no estaba herido y levantó la mano para darle una bofetada. Las lágrimas empañaban sus ojos, pero no las de su retoño. El chico aguantaba estoico a la espera de recibir su castigo, pero no llegó. Alumbrado con la luz de la moto, el Perrolobo lo abrazó y rompió en llanto.

—Pensaba que estabas muerto, joder… —lo apartó y buscó de nuevo heridas en el cuerpecillo de su vástago—. ¿Pero qué haces aquí, por Dios?

David le enseñó lo que llevaba en la mano. Era un abrecartas pequeño con una lima en la parte plana de su hoja.

—Siempre dices que debo ser valiente —contestó el pequeño—. No podía dejar a mis amigos solos.

El Perrolobo le arrebató el trozo de metal y lo arrojó a la oscuridad. Acarició el rostro de su pequeño pensando que era lo único bueno que había hecho en su vida, lo único que merecía la pena. Buscó en su bolsillo y le dio su navaja. Era enorme. David intentó abrir el filo y no pudo.

—En esta vida es más importante ser listo que valiente —dijo su padre—. Con esa baratija estabas muerto. Si vas a echarle huevos a la vida, más vale que vayas bien armado.

Así fue como el Perrolobo puso paz a tiros.

Juande, el Perrolobo, era toda una leyenda en las calles. Aprendió a robar coches a los once años, antes de que los pies le llegaran a los pedales. A los trece pisó el reformatorio por primera y última vez. Allí aprendió la lección y espabiló. No volvieron a detenerlo. A los diecinueve formó su propia banda y a los veinte ya llevaban atracados ocho bancos. Era listo como el demonio y peligroso como un político.

Su hijo David había nacido de un matrimonio que se fue forjando desde pequeños. Su padre lo emparejó desde niño con una chica llamada María, y desde el principio se notó que había química entre ellos. Se sentía la complicidad que tenían tan sólo por la forma de mirarse. María era hermosa y delgada, de larga melena lisa y pestañas espesas. En su sonrisa brillaba un deje juguetón que no empañaba su fuerte carácter.

La boda duró tres días, los mismos que el largo parto de David. Cuando el médico salió de la sala de operaciones y le preguntó si quería arriesgarse a perderla a ella o al feto, él contestó sin dudar que prefería que su mujer viviera. Sin embargo, la opinión de María era otra y su vida se apagó al mismo tiempo que escuchaba el llanto del recién nacido. Desde entonces Juande tenía una relación compleja con su hijo. Lo amaba por encima de todo, ya que era lo único que le quedaba de María, pero por otro lado le recordaba tanto a ella que apenas lo veía. El dolor era palpable cuando reconocía el deje juguetón en la sonrisa de su pequeño. La compañera de toda su vida había muerto, la que conoció de niña, a la que desvirgó de adolescente, con la que soñaba en el futuro.

Nunca más se casó. Se lo propusieron muchas veces pero él siempre se negó. Las necesidades carnales las podía satisfacer por otros medios, pero las sentimentales no. David quedó al cuidado de sus abuelos y él desaparecía largas temporadas para realizar los trabajos más variopintos.

Fue en un bar donde conoció a los Ronco. Luis, Abelardo y Ramón eran tres hermanos que llevaban negocios de droga. El Perrolobo tenía curiosidad, ya que el narcotráfico solía ser más rentable y discreto que dar palos a sucursales de cajas regionales. Dejó de lado a su banda de siempre para probar fortuna junto a los Ronco. Los primeros encargos fueron fáciles, ya que tampoco se fiaban mucho de él. Vigilaba, seguía a las patrulleras en moto y daba información de su rumbo, o simplemente hacía de mensajero entre el Canciller y los Ronco. Su oportunidad llegó cuando le ofrecieron participar a lo grande. Cinco kilos de cocaína pura. Tenía que trasladarla en coche desde la ciudad hacia un almacén franco en las afueras. No había avanzado ni tres kilómetros cuando lo detuvo una brigada de la Guardia Civil. Reconoció a Miñarro, con sus galones de sargento pero al que todos llamaban el Sheriff. Le había seguido la pista de cerca en más de una ocasión, y aunque sospechaba que los atracos eran cosa suya, nunca había podido demostrarlo. Y eso le quemaba la sangre.

—Hombre, Perrolobo —saludó—. Ya tenía yo ganas de atraparte, pedazo de mierda.

—No he hecho nada —dijo.

—¿Y los cinco kilos de droga que llevas en la guantera qué son?

En ese momento Juande, el Perrolobo, supo que los Ronco lo habían vendido.

Saltó del coche, pero Miñarro lo detuvo. Le propinó un rodillazo en la entrepierna y escapó a la carrera. Estuvo dos días perdido por el monte hasta que le dieron caza. La prensa celebró la captura de aquel hombre salvaje y escurridizo.

El juicio fue una farsa rápida y burocrática. El juez no tenía ni puta gana de estar allí, su abogado de oficio no movió un dedo, y con sólo mirar la cara de avinagrada de la fiscal supo que estaba jodido. Además, el sargento Miñarro pidió una compensación por el huevo que le había reventado el Perrolobo con su patada. El tipo se había quedado medio eunuco. La condena fue larga. El Perrolobo aprendió a esperar. Aguantó, evitó los conflictos diarios, no se metió con nadie y, poco a poco, los días fueron pasando. Vio a su hijo crecer tras los barrotes, a sus padres envejecer, y a los Ronco enriquecerse.

Al fin, llegó el ansiado permiso de cuarenta y ocho horas por buen comportamiento.

A las diez horas degolló a Ramón, el Ronco. Su hermano Luis murió ahogado en una tina de agua medio día después. Abelardo, el tercero en discordia, se escondió bien hondo y no lo pudo encontrar. El Perrolobo regresó a la cárcel antes de que se abrieran las primeras líneas de investigación.

La venganza estaba incompleta. Pero el Perrolobo había aprendido a ser paciente.

CAPÍTULO 2

Había un circo cerca de la zona industrial. Lo habían instalado en las parcelas libres del polígono. En los carteles anunciaban cocodrilos y leones feroces, payasos tristes, trapecistas, saltimbanquis y demás fauna extraña. Entre magos y hombres voladores sólo faltaban los concejales para completar el gremio de estafadores sin talento.

El Hammer del Sonao pasó ante la carpa, atravesó la zona habilitada para el aparcamiento y llegó a la nave del Canciller. El rótulo era el mismo que tenía antes de que el Perrolobo entrara a la cárcel: Gráficas Román. Alrededor se alzaba una conservera y un almacén de madera. Todo propiedad del gran capo de la droga de la ciudad.

El Sonao bajó del coche y le abrió la puerta. El Perrolobo no tenía ganas de ver al Canciller, pero no le quedaba otra. Ni siquiera pararon por las toallitas, ya que el exboxeador ya las había comprado por triplicado y no lo recordaba.

Avanzaron por la escalinata que daba a la oficina. Una cámara de seguridad los observó con su ojo ciego y fijo. El Perrolobo mostró el colmillo.

En el interior había una joven recepcionista que era todo sonrisas. Parecía que la cara se le fuera a abrir de tanto como estiraba la piel. Los labios quedaban reducidos a dos finas líneas rosáceas sobre unas encías rojas llenas de dientes. Los ojos mostraban un entusiasmo desmedido. Era lo que los sabios de los bares denominan como «un poco rellenita pero bien a gusto me la cogía».

—Hola, ¿en qué puedo ayudarlos? —preguntó la chica.

—Le traigo toallitas al Canciller —contestó el Sonao.

—Disculpe un momento —consultó la computadora—. Aquí no trabaja nadie llamado Canciller.

—Ah, entonces debo haberme equivocado…

El Sonao daba media vuelta para salir a la calle cuando apareció una segunda mujer con un vestido negro. En este caso no era joven ni sonriente. Estaba entrada en años, los dientes amarillos, las encías negras, las uñas de las manos largas y tintadas de un rojo mate, delgada y surcada de venas, con una intensa mirada de mala leche con la que se masturban los marineros en alta mar. Era lo que las sabias de las peluquerías denominan «una mala puta que ahí reviente un día».

—Mierda de becaria —pateó la sillita con ruedas con los largos tacones—. Están buscando a Pedro, que no te enteras de nada.

La muchacha agachó la cabeza. El Perrolobo reconoció la sumisión en sus ojos. La había visto en los prostíbulos de la cárcel, en los cajeros de los bancos que atracaba, en las mujeres maltratadas por sus maridos. Le sorprendió encontrarla en el puesto de trabajo.

—Y tú, pedazo de jamón —la grulla se dirigió al Sonao—. ¿Has traído las putas toallitas? Tengo el coño tan irritado que lo podría usar para rallar queso.

—Son para el Canciller, señora Úrsula.

—Dale las toallitas, Sonao —le dijo el Perrolobo.

—Pero en el papel pone…

—¡Dame, carajo! —la flaca le arrebató el paquete de las manos y se lo llevó tras el mostrador—. Suban a la oficina, que Pedro los espera.

—Sí, señora Úrsula.

Ahora era el Sonao quien tenía la mirada de sumisión. El Perrolobo pensó que haría buena pareja con la becaria.

—Oh, qué gusto, joder —dijo la mujer mientras se restregaba una toallita bajo la ropa—. Esto parecía una puta pescadería y ahora huele a monte.

—Señora Úrsula —la recepcionista rellenita mostró de nuevo su deslumbrante y excesiva sonrisa—, quizá debería ir al ginecólogo. Tal vez tenga una infección y...

—¿Qué sabrás tú de enfermedades de la vagina, verga de los huevos? —volvió a patearle la sillita—. Te crees que los pitos son triangulares porque sólo los has visto en cuadros de Picasso, pero ya tendrás tiempo de que te la metan hasta el hígado.

Úrsula se marchó y dejó encima del mostrador la toallita usada. La becaria lo observaba con horror.

—Pero... ¿qué hago yo con esto?

—Por mí como si te lo metes por el culo —contestó mientras se abanicaba bajo la falda—. Ah, qué fresquito...

El Perrolobo avanzó tras el Sonao hacia el interior de la oficina pensando que el salmón es un pez de mar pero cuando remonta el río también se le puede considerar de monte.

La fábrica mantenía un buen ritmo de producción. El olor a tinta se metía bajo la piel. Al Sonao le gustaba ese aroma, ya que le recordaba a los tiempos de su infancia en los que esnifaba pegamento, y no era fácil que recordase mucho más allá de la semana pasada. Había varios carteles de Semana Santa mostrando cristos y vírgenes de distinta ralea. En su mayoría eran fotografías de esculturas, aunque también había pinturas y montajes. Las fiestas estaban próximas y el trabajo era duro, incluso para una empresa tapadera como aquella.

La oficina estaba en una zona alta. Había que subir una escalinata de metal antes de llegar. En su base había una cantina con varios hombres en el interior. El Perrolobo se asomó y contó al menos diez personas. Reconoció a algunos tipos como los guardaespaldas del Canciller. Estaba claro que ni en sus dominios se terminaba de sentir seguro.

Ascendieron por la escalinata hasta llegar al despacho. El interior era espacioso y lúgubre. La decoración era la que se podía encontrar en cualquier lavadero de coches, incluyendo estampas eróticas de chicas ochenteras en las paredes. Había papeles por todas partes en un desastre organizado que podía confundir a cualquiera. Pero el Perrolobo sabía dónde se metía. La fachada de cochambre se mezclaba con estilográficas de oro, tapicería de piel y un Miró original sobre un rompecabezas enmarcado. Olía a dinero y a pescado crudo. Tras una mesa de caoba enorme aparecía el Canciller. Era bajito y más bien calvo, pero las arrugas de su cara le remarcaban el gesto de malhumor constante. Lucía un enorme sello en el dedo meñique que él consideraba muy elegante.

El Canciller llevaba en activo más tiempo que nadie. Comenzó con pequeñas exportaciones de hachís marroquí que camuflaba en envíos normales de piezas mecánicas para sus máquinas. Poco a poco se hizo un nombre en la ciudad. Del menudeo pasó a grandes operaciones de cocaína. Liquidó a la competencia, compró a jueces y policías, los políticos le chupaban el pito cada vez que iba a mear. El Canciller vivía en las sombras y traficaba con droga. Alguien tenía que hacerlo, y él era muy generoso con quien quisiera colaborar, del mismo modo que era muy sanguinario con quien se le oponía. En una ocasión encontraron a un tipo con la cabeza metida en el culo. Había muerto días antes, pero la tortura continuó con su cadáver hasta que logró mandar un mensaje claro: métanse en su propia mierda. El Canciller tenía alma de poeta.

—Mi buen amigo Juande, qué honor que vengas a visitarme —se abrió de brazos, como si quisiera abrazarlo sin levantar el culo del asiento—. Aún se comenta por las cafeterías cuando atracaste una sucursal de la Caja de Ahorros de Mierda armado con un detonador de juguete, pero como no se creyeron que tuvieras una bomba, te tuviste que defender a puñetazos con los de seguridad. ¿Cuánto sacaste aquella vez? Una buena tajada, seguro.

—¿Qué quieres de mí, Canciller?

—Siéntate —ordenó señalándole una silla frente a él. El Perrolobo obedeció. El Sonao se quedó tras él de pie.

—La señora Úrsula se ha quedado con las toallitas, jefe —dijo.

—Eran para ella —se relamió los labios—. Las necesitaba.

El aliento del Canciller llegó hasta el Perrolobo. Al instante comprendió por qué olía a pescado en aquella estancia.

—¿Cómo sabías que me soltaban hoy? —preguntó Juande.

—El conocimiento es poder, amigo. Y yo juego con el poder.

—Nadie lo sabía. Yo me enteré hace poco.

—Tengo amigos en lugares que no te puedes ni imaginar. El Sonao intentó imaginarlo. Se quedó en blanco diez minutos.

—Me alegra verte fuera, Juande —extrajo una botella de whisky del cajón y bebió directamente de ella—. Toma, bebe algo.

Las babas del Canciller, o algo muy parecido que salía de su boca, se deslizaban por la garganta.

—¿Para qué quería verme? —rechazó el trago con un gesto—. He cumplido con mi parte. No le he dicho a nadie que la droga era tuya.

—Eso no me preocupó nunca, muchacho —Pedro, el Canciller, se puso en pie y el Perrolobo observó que iba en calzoncillos—. Si te hubieras ido de la lengua habría matado a toda tu familia. Y, por supuesto, me habría ocupado de que nunca llegaras a testificar en el juicio. Tu silencio no indica lealtad, sino inteligencia.

—En cualquier caso, no dije nada.

—¿Intentas chantajearme? —gritó—. ¿Crees que estoy en deuda contigo? A ver si te enteras, pedazo de imbécil: eres tú quien me debe algo a mí.

—¿De qué estás hablando?

—No te hagas el tonto, lo sabes de sobra.

—Me callé como un cabrón —el Perrolobo se incorporó también—. No te pedí nada mientras estaba dentro ni lo haré ahora.

—Sé que llevas una pulsera GPS —le señaló la muñeca—. La poli sabe dónde estás en cada momento. Por eso te he traído aquí y no te he puesto la cabeza en la fresadora de la conservera. Si quisiera matarte, lo habría hecho en prisión. Por cierto, si te pregunta alguien, has venido por estas postales.

El Canciller le pasó un montón de estampitas de Semana Santa.

—¿De qué va todo esto?

—Va de que me debes lo que es mío. Perdiste cinco kilos de droga que me pertenecían.

—Los Ronco me tendieron una trampa. Me entregaron a la policía.

—Me importa una mierda. Perdiste mi puta mercancía. ¿Sabes lo que le habría hecho a cualquier otro? Lo habría desollado vivo, joder. Pero soy un hombre razonable y sensato —se señaló a sí mismo y el Perrolobo sólo se fijó en su falta de pantalones—. Por eso te doy la oportunidad de que me reembolses lo que has extraviado.

—Debe ser una jodida broma…

—Siempre hablo en serio, cabrón. Me debes cinco kilos, más los intereses de demora. En total, medio millón de euros, y estoy perdiendo dinero. Si no lo haces, me cargo a tu puto hijo.

El Perrolobo sopesó la posibilidad de romperle el cuello allí mismo. Lo tenía al alcance de la mano. Era consciente de que después él también moriría, pero no le importaba. Lo que sí le preocupaba eran las posibles represalias. Porque, tratándose del Canciller, siempre las había. Daba igual que estuviera vivo o muerto, porque su imagen, su marca comercial para los bajos fondos y los barrios de los alrededores, era siempre la misma: devolver con idéntica moneda, y de ser posible en mayor canti- dad. El siguiente que tomara las riendas de los negocios, fuera quien fuera, tomaría la misma dirección. Por ello, antes de escuchar el crujido de sus vértebras, debía poner a David a salvo. Sólo le quedaba el derecho a la pataleta.

—Si tocas a mi hijo, te mataré.

—Ya —se mofó el Canciller—. ¿Y después qué?

—Te volveré a matar.

Fijó la vista en un calendario porno que colgaba de un clavo. La chica tenía una teta más grande que otra a pesar de estar operada. El taller de neumáticos que se anunciaba en el almanaque no tuvo eso en cuenta.

—Te doy un mes. ¿Será suficiente?

—Es mucho dinero y poco tiempo.

—Sabes tan bien como yo que no te puedo dar más tiempo.

Se mantuvieron las miradas. Era el único pulso que se podían permitir en ese momento. Los iris azules de Juande contra los negros de Pedro. Podrían haber permanecido así durante días.

—¿Tanto necesitas ese dinero como para joderme de esta manera?

—¿Dinero? —el hombre en calzoncillos se jactó—. ¿Crees que ando corto de efectivo? Soy millonario. Podría vivir otras cien vidas con lo que tengo en las cajas de los bancos. Y tampoco es por la droga. ¿Ves aquellos contenedores? —señaló a través del cristal de la oficina—. Dos toneladas de coca.

—¿Entonces por qué?

El Canciller regresó a su lado de la mesa. De otro cajón extrajo una bandeja de plata con varias rayas de cocaína ya preparadas. Junto a ellas había un canutillo metálico con forma de aspiradora en miniatura.

—Respeto —dijo—. Si dejo a una sola persona que me joda, los demás pensarán que pueden joderme. Y me gusta tener el culo en su sitio.

El Perrolobo observó cómo desaparecían las blancas a través de sus fosas nasales. El Canciller sacó un saquito de polvo y lo derramó sobre la bandeja. Después se puso a ordenar nuevas dosis con una fina lámina de platino que tenía preparada.

—Es poco tiempo… Podrían ocurrir muchas cosas.

El Canciller volvió a esnifar.

—Vamos —dijo—. ¿Qué puede pasar?

CAPÍTULO 22

Un apocalipsis zombi. Los muertos escapaban de las morgues y tenían hambre. Atacaban a los que aún seguían vivos con los dientes por delante. Aquello era la pesadilla de un vegano. El Perrolobo comprobó el cargador de la Beretta. Cinco balas y una en la recámara. La apretó contra el costado y avanzó por el pasillo del ala de psiquiatría del hospital. Aún se preguntaba cómo había acabado allí, en el peor lugar y en el peor momento posible. Las paredes estaban pintadas con sangre coagulada, se escuchaban gritos, las luces estaban apagadas y el haz de su linterna apenas penetraba en la oscuridad.

A ambos lados se extendían habitaciones con gente medio devorada. Se apreciaban las marcas de mordiscos en los cuerpos. Alguno aún se agitaba un poco, pero el Perrolobo sabía que no era la vida lo que lo empujaba a moverse. El suelo estaba lleno de concreto, como si el edificio llevara abandonado siglos en lugar de horas.

Se secó el sudor con la manga. Debía llegar a las escaleras al otro lado y alcanzar la planta baja. Cuando se reunió con el Canciller unos días atrás, jamás habría imaginado que podía suceder algo así. De haberlo sabido, quizá se hubiera marchado en la dirección contraria.

Algo se agitó al fondo. Esos cabrones silenciosos ya lo habían sorprendido con anterioridad, y en las condiciones actuales podían volver a hacerlo. Alumbró con la linterna y vio un camisón que en una vida pasada fue blanco. El ser arrastraba la pierna y se acercaba con dificultad. Se trataba de una chica joven y estaba claro que padecía síndrome de Down. El infierno se apoderaba de las almas más cándidas y dejaba vivos a los hijos de puta. Siempre había sido así, y ahora se confirmaba. El Perrolobo la miró a los ojos. Estaban vacíos, carentes de toda vida, apenas un par de ventanas con las que guiarse por lo que quedaba de mundo. Dejó la linterna en el suelo y sujetó la pistola con ambas manos. Acariciaba el gatillo con el dedo cuando recordó que debía ser silencioso. Un disparo en aquel pasillo reverberaría por todo el hospital. Puede que los zombis no encontraran la fuente, o puede que sí. No pensaba arriesgarse. Se metió la Beretta por el pantalón, recogió la linterna y con la mano libre agarró una piedra grande. Le iba a partir la cabeza. Una sola de aquellas criaturas no era rival, se le podía manejar con facilidad. El problema venía cuando se amontonaban.

Se acercó en círculos, alejado varios metros de la abominación. La rodeó un par de veces, buscando el mejor ángulo para destrozarle el cráneo. Estaba preparado para descargar el golpe cuando la monstruosidad giró el cuello. De nuevo, se miraron a los ojos, pero ahora la chica estaba llorando. Dos enormes lágrimas resbalaban por sus mejillas. Sus pupilas seguían muertas, sin emociones de ningún tipo. Ni siquiera mostraba resentimiento. El Perrolobo se quedó inmóvil, sin saber qué hacer. Rematarla era un acto de piedad, pero el llanto lo descolocó. La joven agachó la cabeza y prosiguió su lento avance hacia ninguna parte. Cuando se perdió de nuevo en la oscuridad, el Perrolobo volvió a respirar.

—¿Qué carajos me pasa? —se dijo a sí mismo—. Matas gente con la punta de la verga y ahora te rajas por ese puto trozo de carne…

Abandonó esos pensamientos. No era el momento. Necesitaba centrarse. David lo necesitaba. Sin soltar la piedra, continuó dirección a las escaleras. Los mapas de piso indicaban que estaba cerca, al final del pasillo. De las habitaciones surgían olores nauseabundos. Vio montones de tripas fermentando unas sobre otras. Alguien había escrito en la pared «que se los follen a todos» con excrementos. El Perrolobo pensó que tan magno autor era un visionario como Nostradamus.

La doble puerta que daba a las escaleras estaba atrancada. Puso el oído sobre la plancha de metal, pero no escuchó nada. Ni siquiera había tragaluces. Era necesario que ocurriera esto para percatarse del agujero oscuro que era un hospital. Los hombres estaban hechos para vivir bajo la luz del sol, no tras paredes y más paredes. Los hospitales se parecían demasiado a las cárceles.

Empujó de nuevo, y luego otra vez. Tenía que ceder. Era la única salida. Tras varios intentos más, logró su objetivo. Sin embargo, como en los malos concursos televisivos, tras la puerta número tres había premio. Una decena de zombis se agolpaban en el recibidor, y otros tantos pululaban por las escaleras. Su linterna de mierda apenas podía abarcarlos a todos.

—Me cago en mi puta vida —el Perrolobo soltó la piedra y empuñó la Beretta—. Siempre me toca bailar con la más puerca.

Los zombis lo miraron con los cuellos torcidos y las bocas abiertas. El Perrolobo se lanzó contra ellos y arrojó a varios por el hueco de la escalera. Después se deslizó por el pasamanos y logró evitar a un par más. Al llegar al descansillo que había entre los pisos se encontró rodeado por cuatro de ellos, dos que bajaban y otros dos que subían. Su objetivo era descender, así que pateó a los que se venían desde abajo y cayeron dando vueltas por los escalones.

El Perrolobo alcanzó el siguiente nivel, pero aún le quedaban dos más.

Los zombis que le seguían estaban cada vez más cerca, por lo que no le quedó más remedio que abrir fuego. Sus cabezas explotaron y ambos se desplomaron sobre sus compañeros caídos, que intentaban recobrar el equilibrio. Al girarse para continuar avanzando vio que subían otros dos. Los muy cabrones parecían haber decidido ir por pares, como esos pájaros imbéciles que son fieles a su pareja y nunca se van con otra. Ya casi habían alcanzado el descansillo y sería imposible patearlos para que rodaran hacia abajo. Estiró la mano contra uno de los zombis y lo agarró del cuello. Su compañero chocó con el cuerpo y quedó tras él, asomado por encima del hombro. Juntos tenían más fuerza de la esperada y el Perrolobo tuvo que retroceder hasta que su espalda tocó la pared. Entonces miró al frente y vio dientes y hambre y el horror de morir devorado y luego retornar como una mierda sin cerebro. Agarró la Beretta y le puso el cañón en la sien al que tenía más cerca. La bala le atravesó el cráneo y se le incrustó al segundo en la cabeza. Los dos cuerpos se desmadejaron a sus pies.

Un disparo, dos bichos. Había que ahorrar munición.

Bajó los escalones a la carrera. Escuchaba pasos arrastrados de la planta superior que se acercaban a su posición. Los zombis eran torpes y les costaba coordinar movimientos, pero aún sabían subir escalones. Al llegar al siguiente piso se encontró con un pequeño grupo. Contó siete y dejó de contar. Estaban nerviosos, chocando entre ellos, buscando el origen de los disparos que tanto los atraían. Bloqueaban la puerta de acceso y el comienzo de la escalera. Era un callejón sin salida.

—Hay más gente que en un *bukake* —masculló entre dientes.

Al sentir la presencia del Perrolobo, todos se giraron hacia él y avanzaron a su encuentro. A su espalda se acercaba otro grupo similar procedente de las plantas superiores. Rodeado, sin salida y escaso de munición, el Perrolobo deseó tener un cigarrillo entre los labios.

—La madre que me cagó… —dijo, y se lanzó por la barandilla.

El salto fue pequeño, de un solo piso, pero él no era ningún atleta de élite. Una vida labrada entre excesos de alcohol y drogas lo habían convertido en un viejo prematuro. El impacto estuvo a punto de romperle las dos piernas. Por suerte, cayó sobre un montón de cuerpos sin vida. Supuso que se trataban de los primeros a los que había arrojado por el hueco de la escalera. Vio que uno aún movía la mandíbula a pesar de tener la cabeza abierta por el impacto.

El Perrolobo agarró la linterna y buscó la Beretta. Tardó varios segundos en darse cuenta de que la sujetaba en la otra mano. Ni la caída había logrado que la soltase. Entonces escuchó un ruido a su espalda. Eran golpes sordos y amortiguados pero demasiado cercanos para no comprobar qué eran. Al mirar sobre su hombro encontró una lluvia de cadáveres. Los zombis se lanzaban tras él por la barandilla y aterrizaban sobre sus congéneres. Después intentaban levantarse, pero otro caía encima y se lo impedía. Si hubiera tenido una cámara de video, lo habría grabado. Era casi divertido. Casi.

Ya estaba en la primera planta. La puerta estaba abierta. En el interior había algunos zombis despistados, ganduleando de un lado a otro. Tomó aire, besó la pistola y salió a la carrera. Los fue empujando según los veía. Perdían el equilibrio con facilidad, aunque la carrera lo ahogaba. Estaba claro que no iría a las olimpiadas. Se guiaba por instinto por las dependencias, recordando las anteriores y rezando a Satanás para que no hubieran cambiado. Al girar por un recodo llegó al pasillo que enlazaba con el pabellón contiguo. Allí se encontró con un niño que lo miraba de frente.

—¿Papá? —preguntó David.

CAPÍTULO 4

—¿Papá? —preguntó David al verlo entrar por la puerta.

El Perrolobo dejó el equipaje en el suelo y se quedó en pie. Había llegado al barrio en autobús y después había subido al piso de sus padres. Al tocar el timbre le abrió su hijo, y en aquel momento se detuvo el tiempo. Quizás esperaba que el niño se lanzase a sus brazos a darle besos, o puede que saliera corriendo en otra dirección. No le importaba. En los ojos de David se reflejaba María, y era todo lo que necesitaba para quedarse petrificado.

—¿Qué haces aquí, papá?

—Me han soltado —dijo—. Soy libre.

—Pero si aún te quedaban… Vaya…

Se había hecho mayor. Trece años daban para mucho. El estirón estaba cerca, la barba y los pelos de los huevos. Puede que ya se matara a pajas en su habitación, o que frecuentara a chicas de su edad. Si había heredado algo de la sangre de su padre puede que hasta fumase negro sin filtro. Los ojos negros, media melena y la tez aceitunada, como los viejos poemas de Machado.

—¿Me das un abrazo o te tengo que sobornar?

La familia se fundió en un solo ser. El Perrolobo reprimió una lágrima, mientras que David le palpaba la espalda sin creerse todavía que estuviera allí, delante de él, fuera de los muros.

—Hacía casi dos meses que no te veía, papá —se separaron—. Los de la cárcel decían que no querías recibir a nadie.

—Tenemos muchas cosas que contarnos, estoy seguro. ¿Sigues siendo más inteligente que chulo?

—A veces. Otras me sale el nervio y...

Eso también lo había heredado de María.

—¿Qué tal el colegio?

—Puteado, para variar. Los profesores me tienen manía. Creen que por ser gitano soy imbécil. Por las tardes voy a ayudar al abuelo al taller. El otro día desmonté un motor entero yo solo, lo metí en gasolina para limpiarlo, y lo volví a montar.

El Perrolobo sonrió. Al menos no se pasaba el día en la calle, con otros delincuentes, como hacía él a su edad. Puede que David tuviera la oportunidad que él nunca quiso tomar.

—¿Y los abuelos? ¿No están en casa?

—El abuelo no tardará en llegar. La abuela está haciendo la comida. ¡Abuela!

Empujó la mochila al interior con el pie y cerró la puerta. La casa continuaba igual que la recordaba. Sita en el barrio, uno de esos lugares de protección oficial hecho con la mejor voluntad de los políticos pero que termina convirtiéndose en un gueto, se trataba de un cuarto piso sin ascensor. La construcción era de mediados de los setenta, de dos dormitorios, baño, comedor y cocina. Las vistas daban a un parque descuidado y sucio, donde ni los barrenderos se atrevían a entrar.

—Abuela, mira quién ha venido a comer.

La mujer pelaba patatas con maña. Sacaba la piel de una sola cuchillada sin que se partiera y dejaba la cáscara en un barreño con agua. Era mayor, de pelo cano largo, gafas de pasta con un cristal mellado. Al ver al Perrolobo, su gesto se arrugó en llanto y quiso levantarse de la silla, pero sin la ayuda de su muleta sus piernas cosidas a varices no la sostenían.

—Tranquila, mamá —le susurró el Perrolobo, agachándose a su lado—. Yo te ayudo.

—Juan de Dios… —la anciana lo besaba por toda la cara—. Juan de Dios…

—Me han soltado, mamá —dijo, esta vez llorando de verdad—. He vuelto a casa.

Se acercaron al comedor. Estaba abigarrado de fotos familiares. Sobre cada superficie había un tapete cosido a mano por la dueña de la casa. Se podía averiguar el orden de fabricación según lo que amarillease la tela. Sobre la televisión estaba el más reciente, mientras que bajo el cristal circular de la mesa con manteles descansaba el que hizo nada más casarse.

—Ay, Juan de Dios —dijo la abuela agarrada a la muleta—. Casi no puedo andar ya. Mira cómo tengo los tobillos, que son como dos bolas. El médico dice que es la circulación, pero las pastillas no me hacen nada.

—Tranquila, mamá —el Perrolobo la ayudó a sentarse en el sofá.

—¿Quieres algo? Tenemos pastelitos en la nevera. Puedo pedirle al niño que vaya por langostinos al supermercado.

—No hace falta, mamá. Estoy bien.

—A mí me gustan los langostinos —contestó el chaval.

—Toma el monedero del bolso, David, cielo. Está en la percha. Ay, que ya no puedo ni bajar al mercado, Juan de Dios.

El chico se marchó a la entrada y regresó con una cartera enorme repleta de papeles. La mujer sacó un puñado de monedas y un par de billetes y se los entregó a su nieto.

—Compra todas los que puedas —dijo—. Hoy es un buen día. Ay, Juan de Dios… Hijo, pero ¿qué haces aquí? Si hubieras avisado te habría hecho una paella.

—Ahora vuelvo, abuela —David se alejó con el dinero.

Se escuchó el sonido de la puerta al abrirse, pero tardó en cerrarse. El Perrolobo supo que algo no andaba bien. Con pasos arrastrados vio aparecer a su padre. Aún tenía puesto el mono de trabajo, lleno de manchas de grasa. En sus manos quedaban restos de aceite de coches, como siempre. El Perrolobo lo recordaba así desde pequeño, las uñas siempre negras, y pensaba que cuando creciese a él le pasaría lo mismo. Al final, lo único que se le oscureció fue el corazón.

—Hola, papá.

El Perrolobo se levantó para abrazarse con su padre, pero lo detuvo el gesto malhumorado del anciano. Era recio y fuerte para su edad, más que algunos más jóvenes que se dedicaban a vagar todo el día. Los ojillos diminutos y hundidos, la cara arrugada y seria, el pelo gris y corto. Toda una vida de trabajo duro y sacrificio lo habían moldeado hasta convertirlo en una máquina industrial más.

—¿Qué haces aquí? —gruñó.

—Me han soltado.

—¿Sin avisar?

—Sin avisar.

—No me toques los huevos, Juan de Dios —en otra circunstancia le habría levantado la mano, pero no tenía ganas ni de eso—. No sueltan a nadie de un día para otro.

—Ya ves que sí.

—¿Por eso no dejaste que fuera a verte David el otro día? ¿Qué te pasa? ¿Te has vuelto tonto allí dentro?

—Papi, por favor —dijo la anciana, refiriéndose cariñosamente a su marido.

—No te metas —la calló—. Esto es cosa mía.

—¿No te alegras de verme? —preguntó el Perrolobo.

—¿Alegrarme? —las dos generaciones se miraron a los ojos con intensidad—. Has sido un delincuente desde que naciste. No he podido llevarte por el buen camino ni a golpes. Todos los chavales del barrio tienen un empleo digno, menos tú, que eres un ladrón y un yonqui. Qué coño me voy a alegrar de verte.

—Papá, por favor...

—¡Ni siquiera quisiste casarte de nuevo! —gritó—. Así te fue, de un lío a otro. Por ahí se cuenta que mataste a dos personas, a los hermanos Ronco. El Abelardo vino aquí y casi nos quema la casa. ¿Te parece normal hacerle eso a tu madre?

Su madre lloraba. Eso era lo normal.

—Ésta es mi casa —añadió el viejo mecánico—. La he comprado con mis ahorros y con mi trabajo. Incluso he cuidado a tu cachorro porque tú no eras capaz de hacerlo. Estabas por ahí, con los desgraciados de tus amigos, borracho y drogado. Los que son como tú dan mala imagen al resto de gitanos, los de verdad, los que nos dejamos la piel para sacar a nuestras familias adelante. Y ahora vuelves, ¿a qué? ¿Qué esperas de mí? ¿Acaso quieres un abrazo?

El Perrolobo aguantó el discurso sin pronunciar una palabra. No lo interrumpió, ni siquiera se lo planteó. Era su padre, y le debía un respeto. Pero lo más importante es que tenía razón. Había abandonado a su hijo, por el que sentía una mezcla de amor y odio, y se había dedicado a la vida. Sin embargo, su padre le había preguntado qué quería. Y pensaba contestarle.

—Sí —dijo—. Quiero un abrazo.

El anciano lo abofeteó. Tenía la mano callosa, casi de cuero, de tantas y tantas décadas de trabajo. Incluso cuando estaba en casa seguía trabajando, y en las vacaciones de verano buscaba trabajos temporales en el campo. El golpe no le dolió al Perrolobo, pero sus ojos se llenaron de lágrimas otra vez, al igual que al viejo. Luego se abrazaron con fuerza. El llanto se volvió uno. El reencuentro hacía emerger los más profundos anhelos y los más abyectos temores. La familia también era una mezcla de amor y odio. Tal vez, después de todo, no fueran tan raros.

—Puedes quedarte hoy, Juan de Dios.

—Gracias, papá.

—Tienes que demostrarme que has cambiado si quieres volver. Mañana a primera hora quiero que te vengas conmigo al taller y trabajes a destajo. Ni se te ocurra llamar a tus viejos amigos. No regalo segundas oportunidades. Ya no…

Pero el Perrolobo no pensaba cambiar. Llevaba demasiado tiempo siendo un cabrón, y con la sombra de la guillotina del Canciller sobre su cabeza, dar un golpe grande antes de un mes era lo único que podía salvar la vida de David.

—Te lo juro, papá —mintió—. Te lo juro.

CAPÍTULO 6

Una vez a la semana ponían el mercadillo hippie en la plaza del centro. Los pies negros dejaban a la vista una buena cantidad de sortijas, pendientes, pulseras y baratijas diversas fabricadas por ellos mismos en momentos de lucidez posfumada. Los más pulcros tenían casetas cedidas por el ayuntamiento donde escondían botellas de cerveza, mientras que los demás se conformaban con unas prácticas sábanas en el suelo.

Muchos tenderetes se dedicaban a la lectura de manos, el horóscopo y el tarot. Por allí pasaba el vidente Fagot, que te adivinaba la bienaventuranza en burbujas de jabón, o la bruja Marihuani de Alfafar, capaz de ver los designios del Todopoderoso en las radiografías. Había un tipo que colocaba las manos en los lugares más insospechados para canalizar los chacras y reactivar las corrientes vitales. Las chicas atractivas solían tener dichos chacras en las tetas, los cuales había que masajear a conciencia. Sin embargo, la joya de la corona era la Revenía, una auténtica hechicera congoleña nacida en Majadahonda que veía el futuro en las gonorreas.

—Hola, Revenía —la saludó el Perrolobo.

—Juande, mil años, benditos esos ojos azules. ¿Quieres que te lea lo que te prepara el destino?

—No será necesario.

—He ampliado mis conocimientos. La gonorrea se quedaba corta. Ahora también trabajo la sífilis.

—Siempre hay que aumentar el negocio, ¿eh?

—Soy una empresaria —contestó muy digna—. Ya estoy haciendo las gestiones para que me den el certificado de calidad ISO 9000.

—Haces bien. ¿Has visto a Pepe y Lolo?

—Los tienes donde la fuente.

—Gracias, Revenía..

—Oye, Juande —le dijo cuando se alejaba—. Cuando veas al Pepe le dices que ya tengo sus resultados.

—¿Qué le ha salido?

—Eh, ¿quién te crees que soy? Yo guardo la intimidad de mis clientes.

Avanzó entre los tenderetes de incienso. Muchos apestaban a hierbas ilegales pero pocos parecían darse cuenta. Las miradas tanto de compradores como de vendedores reflejaban la apatía y el pasón del hachís. Todos los cigarros que vio eran liados a mano, y muchos olían a capilla.

Varios malabaristas sin camiseta hacían su espectáculo en mitad del paseo. Uno en concreto tenía una gran audiencia. Era Luis, el Pupas, que con su arte sobre el monociclo se había ganado una fama más que merecida. La gente se aglomeraba ante él, expectante, con los teléfonos móviles grabando hasta el más nimio de los detalles. El Pupas resoplaba con fuerza, tomó aire de nuevo y, aguantando la respiración, dio un salto hasta colocarse sobre el monociclo a casi dos metros de altura. Durante los primeros segundos no pasó nada, pero al rato la rueda se le fue y se pegó un golpazo enorme. El público estalló en carcajadas y aplaudió. Luis se dolía en el suelo, con un nuevo chichón que aumentaba de tamaño a cada instante. Le arrojaron un puñado de monedas y se dispersaron. Siempre era divertido ver cómo se partía la cara por imbécil. La vez que más tiempo aguantó en el cacharro aquel se marcó en medio minuto exacto.

Ante la fuente había otro espectáculo. Lolo, el Cani, movía tres cartas a toda prisa. Las mareaba sobre una mesa playera de aluminio que había encontrado en la basura. Algunos turistas extranjeros despistados lo miraban asombrados.

—¿Dónde está la puta de corazones? —decía—. ¿Alguien ha visto a la muy sucia? La puta de corazones, damas y caballeros. Premio al que la adivine.

El Cani era un chico bien al que le atraía la mala vida. Era rubio como los noruegos, de piel amarillenta como los chinos, y todos aquellos que lo habían visto correr aseguraban que se parecía a un keniata. La mayoría pensaba que se creía un gitano siendo payo, como esas películas de los ochenta donde un blanco se cree negro y juega al baloncesto y hasta usa su jerga. Así era el Cani, pantalones de chándal, zapatillas copia Nike, dos pendientes de plata en cada oreja, camiseta de tirantes y una chaqueta fina de cuero. Lucía media melena con greñas por la nuca, cadenas gruesas de oro al cuello, anillos en cada dedo y una navaja en el bolsillo que parecía la espada del Cid Campeador. Su compinche trilero era Pepe, el Mosca. Al contrario que el Cani, él sí era un auténtico gitano. Tanto que incluso presidía comités de barrio y era el enlace con la Asociación de Gitanos por la Integración, que quería convertirse en partido político. Se podría decir que era un tanto extremista, y casi siempre hablaba en caló para reivindicar su verdadera lengua. Vestía de negro por completo, con un traje que le hicieron a medida hacía casi una década, sombrero de ala ancha y una mirada que escondía más que mostraba. Contaba casi cincuenta años y la vida no había sido fácil para él. Con una prejubilación a los veinte por una minusvalía que nunca había especificado, apenas tenía dinero para llegar a fin de mes y siempre iba menudeando de trabajo en trabajo, no siempre legales, como en aquel momento.

—La cerda de corazones —repitió el Cani, dejando las tres cartas sobre el tapete de la mesa plegable—. Venga, quién se atreve. La sucia está que arde.

El Mosca le dio veinte euros. El Cani los agarró al momento, sin dejar de hablar por un solo segundo.

—Ya tenemos un participante. Vamos, amigo. ¿Dónde está esa mala puta que aún cree en el amor? Si me sacas a la zorra de corazones te doblo lo que has apostado.

Pepe, el Mosca, no lo dudó.

—*Yesdra*.

—¿La de la izquierda? —El Cani levantó la carta y allí estaba la reina—. Premio, te llevas cuarenta euros.

—Eh, oiga, ¿qué significa *yesdra*? —preguntó uno de los turistas, con marcado acento leonés.

—Izquierda.

—¿Y cómo es que lo sabes? —dijo otro.

—Eso, ¿es que son compinches o qué? —alzó la voz un tercero, sin acento definido pero con cuerpo de culturista—. ¿Nos quieren robar el dinero?

—Yo no conozco a este tipo de nada —contestó el Cani—. Díselo tú, Mosca.

El Mosca negó con la cabeza.

—*No le pinchabelo*.

—¿Ven? —el Cani seguía en las mismas—. El Mosca dice que no me conoce. ¿Les vale? Venga, gente, ¿quién se anima? Premio al que encuentre a la ramera del corazoncito.

La gente se marchó de allí entre insultos. Sólo permaneció el Perrolobo.

—Son los trileros más penosos que he visto en mi vida —dijo—, y eso que una vez conocí a uno que era manco y ciego.

Al verlo, al Cani se le escaparon las cartas de las manos.

—Joder, Juande —dio un salto por encima de la mesita y lo abrazó—. Cuánto tiempo, primo. ¿Cuándo carajos te han soltado?

—*Me asavipén dikarte* —el Mosca le palmeó la espalda con media sonrisa.

—Eso da igual —prosiguió el Perrolobo—. El caso es que ahora estoy fuera.

—Pues de puta madre, carajo. Vamos a tomar unos litros, ¿o qué?

—Claro, ¿por qué no? Tengo que comentarles un negocio para el que necesito su ayuda.

—*Panchardí mangue.*

—Joder, ¿de vueltas a las andadas? —el Cani pateó la mesa y la volcó—. Yo me apunto seguro. Estaba hasta el pito de este rollo.

—Será como en los viejos tiempos. La banda al completo. El Matraca, la Chunga y nosotros tres. Nadie nos podrá detener.

—¿Y el Señorito?

—También, claro.

—Joder, que de puta madre. Adelántame algo. ¿De qué va el tema?

—Se los cuento en un lugar más tranquilo. Pero deben saber dos cosas. La primera, no será fácil. La segunda, nos dará mucho dinero.

—Hombre —Lolo, el Cani, le colocó las manos en el hombro—. Ya me tenías con el «hola».

—¿Qué dices?

—No lo sé. Es de una película. Siempre quise decirlo.

—¿*Sosqué estiñela el Abelardo*? —preguntó el Mosca.

El Perrolobo permaneció unos instantes en silencio. En prisión había tenido tiempo de pensar en el Ronco. Uno lo había traicionado, y él había matado a sus hermanos. Era una guerra declarada y nadie quería estar en medio.

—No se preocupen —dijo—. Yo me ocuparé de él.

CAPÍTULO 5

Abelardo, el Ronco, hacía honor a su apodo. Grande y peludo, con una barba larga y espesa, la melena sucia y un vozarrón de ultratumba. El negro era el color predominante, tanto en su piel como en su ropa. Al abrigo de la noche sólo lo veías si te enseñaba los dientes.

En otra vida habría sido un gran amigo del Perrolobo. A ambos los unía la afición por fumar tabaco sin filtro, por beber durante horas cualquier cosa con tal de emborracharse, y los dos tenían un hijo al que intentaban inculcar valores.

En el caso del Ronco, su vástago se llamaba Christian. A Abelardo nunca le gustó, pero los cojones de su mujer pesaron más que los suyos propios. Así que al final se quedó con ese nombre que lo terminaría por marcar, porque su padre, y aunque no quería pensarlo mucho, sospechaba que su hijo era marica. Christian sacaba buenas notas en el colegio, era aseado, amable y sonriente. Nada que ver con el aire taciturno de borracho empedernido de Abelardo.

Christian: un nombre de marica para un hijo marica. Aquel día lo había sacado a rastras del instituto. Con quince años debía tener los huevos de ayudarlo a cargar chatarra en el carro de supermercado en lugar de perder el tiempo leyendo libros que le comían el cerebro y lo volvían aún más marica. Y por mucho que se quejase de los negativos, de las faltas de asistencia y demás tonterías de homosexuales reprimidos, Christian debía hacerse cargo del negocio familiar y él debía enseñarle.

—¿Qué hacemos aquí, papá? —preguntó Christian, pasando por encima del viejo puente.

—Como te vuelvas a quejar te meto una paliza, cacho de maricón —le espetó agarrándolo del cuello.

Christian sollozó y ahogó una lágrima. Si su padre lo veía llorar, como aquella vez que le quitó los cómics de *Spiderman*, la amenaza tomaría forma de latigazos con el cinturón que le dejarían marcas durante semanas. El Ronco observó la cara de aniñado del malnacido de su hijo, le soltó la nuca y continuó empujando el carro metálico por el puente.

—Vamos a robar cobre. He visto un almacén donde guardan bastante. Luego regatearemos un precio en la chatarrería del viejo Pericles.

Avanzaron en silencio por el camino de tierra. A las afueras de la ciudad había varias fábricas en ruinas de las que había sacado metal en otras ocasiones, pero en una de ellas encontró varios rollos de cobre. Eran demasiado grandes para transportarlos en el carro, pero podrían cortar trozos de cable con unas cizallas y llevarse bastante. En realidad, no necesitaba a Christian para nada, pero aquel día cumplía años y quería darle a su hijo un regalo que no olvidaría.

—Hoy tenía un examen de mate…

—Si sigues en ese puto colegio es porque te dan una beca.

—Ese dinero es para estudiar.

—Es dinero —contestó entre dientes—. Y si me lo quiero fundir en cerveza, te jodes y miras, o te haces un hombre y empiezas a beber.

—El alcohol es malo, papá. Deberías dejarlo.

—A ti sí que te voy a dejar, pero medio muerto en mitad de una banca, carajo.

Continuaron por el puente hasta llegar al otro lado. La ciudad aparecía recortada entre brumas de contaminación. La catedral despuntaba en el firmamento sobre el resto de edificios. La Semana Santa estaba cerca, y los maderos entretenidos en vigilar las procesiones. Aquello era Navidad.

—¿Cuánto vamos a tardar? —preguntó Christian—. He quedado con mis amigos. Creo que me van a hacer una fiesta sorpresa.

—¡Una fiesta de maricas! —el Ronco se detuvo y empujó a su hijo con las dos manos—. ¿Acaso crees que me chupo el dedo? Tus putos colegas no son más que una pandilla de maricones. Como los vuelvas a ver te corto los huevos y te cambio de sexo yo mismo.

—No soy gay, papá.

—Ir a fiestas de disfraces a ponerse ropa de chica es de maricas.

—No es una fiesta de…

—Que no me repliques, carajo —lo volvió a empujar y Christian tuvo miedo de que se sacase el cinturón—. Sé que es tu cumpleaños. Te he criado durante años, ¿o se te ha olvidado?

Christian no había olvidado nada. Recordaba con una nitidez profunda la ocasión en que le quemó con una colilla por no terminarse la comida cuando tenía cuatro años, o aquella vez que recogió una caja con gatitos recién nacidos y la llevó a casa sólo para que su padre entrase en furia y los rociase con gasolina en el patio. Esa vez tenía siete. Las palizas constantes a él y a su madre eran otra historia. Ahí perdía la noción del tiempo. No sabía si primero lo dejó atado al radiador durante dos días o lo intentó asfixiar y perdió el sentido.

—No quería decir eso… —replicó.

—¿Entonces qué quieres decir?

—Que es mi cumpleaños, nada más.

—Ya lo sé, joder… —el Ronco se acercó al carrito y extrajo un paquete envuelto en una tela grasienta—. Y tengo un regalo para ti.

El chaval agarró el bulto. Pesaba más de lo que parecía a primera vista. Al desenvolverlo comprobó anonadado que se trataba de un revólver.

—Tu abuelo, que en paz descanse, me dio uno igual cuando cumplí dieciséis. Es una tradición familiar. Ya eres todo un hombre.

—Yo... Yo...

—No me des las gracias. Si fuera por mí, a estas alturas ya te habría casado con la hija de la Trini, pero las cosas están feas.

—Esa chica tiene nueve años...

—Ya se hará mayor. Entonces la podrás desvirgar con ganas. Mientras tanto, vamos a pegar un par de tiros y así te enseño a usarla.

—No sé si quiero aprender.

Christian esperaba un puñetazo, una patada o algo igual de doloroso. Sin embargo, el Ronco estalló en carcajadas.

—¿Cómo no vas a querer, desgraciado? Esto es lo que te convierte en un hombre. Con esto puedes hacer todo lo que desees. A ver, ¿qué quieres?

—Estudiar.

En ese momento sí que recibió un buen bofetón. Christian cayó al suelo más por el susto que por la violencia. Se tapó el rostro con la cara a la espera de más golpes pero en su lugar el Ronco le apuntó con la pistola.

—Eres una decepción de hijo. No sé por qué no te mato ahora mismo, joder. No vales ni la mierda que cagas.

Christian quiso contestar que él también era una ruina de padre, pero se mantuvo callado, la vista fija en el cañón del revólver.

—Por favor, papá...

—Como alguna vez te vea con otro tipo... o como te vea alguien, te juro que te reviento a tiros y después me mato yo. No sé si me das más vergüenza o asco.

—No soy gay, papá —repitió.

—Mis huevos no lo eres.

Una sombra les tapó el sol. El Ronco se giró y vio una chica en chándal que había salido a correr por el campo. Debía tener unos veinte años, y aunque no era guapa, su cuerpo se había esculpido gracias al deporte constante. Abelardo se quedó pasmado ante los diminutos pechos que se adivinaban bajo la sudadera.

—¿Están bien? —preguntó la muchacha—. ¿Se ha desmayado?

—Mira por dónde —dijo el Ronco—. Y yo que pensaba pagarte una puta esta noche.

Se levantó de un salto y agarró a la veinteañera de la cola de caballo. Tiró con fuerza del pelo y la golpeó con la culata de la pistola varias veces. Ella se quedó tan abrumada por los acontecimientos que apenas pudo reaccionar dando un par de puñetazos al aire.

—¿Qué haces, papá?

—Vamos, demuéstrame que no eres marica —dijo—. Tírate a esta zorra delante de mí.

La chica tenía la nariz rota. Escupía sangre y esquirlas de dientes. En su ceja había una enorme brecha. El ojo izquierdo estaba hinchado. Gritó con todas sus fuerzas pidiendo auxilio, pero el Ronco le metió el revólver por la garganta.

—Vas a estar calladita, ¿a que sí? —preguntó.

Ella asintió entre lágrimas. El Ronco le lamió la mejilla. Christian se incorporó.

—Déjala, papá —suplicó, tan asustado como la víctima—. Vámonos por el cobre.

—La familia es más importante —contestó.

La agarró de los hombros y la llevó bajo el puente, lejos de la vista de algún posible peatón. Allí la desnudó a base de empujones. Tenía el sexo peludo y los pezones diminutos. La chica permaneció en shock, temblando y balbuciendo palabras de súplica. Christian lo veía todo desde fuera de su cuerpo.

—No, papá.

—Quiero que te la folles. Vamos, métele el pito en la boca.

—No puedo.

—El revólver nos da el poder de hacerlo, hijo.

La muchacha respiraba con dificultad. Tenía un hueco en el lugar donde debían estar los incisivos. Christian dio un paso hacia atrás.

—¿Acaso eres marica? —le espetó su padre.

—No puedo. No puedo.

—Joder, está buena, ¿qué carajo te pasa?

—Papá, déjala, por favor...

El Ronco la dejó y fue por su vástago. Lo pateó hasta que lo derribó y luego siguió pateándolo. Christian se refugiaba tras sus finos brazos. Abelardo lo insultaba, lo llamaba marica, lo acusaba de imbécil, destetado, desgraciado.

—¡Nunca aprecias nada de lo que hago por ti! —decía mientras le daba la paliza—. Ahí fuera hay quien mataría para que yo fuera su padre. Te consigo una furcia y así me lo pagas, marica de mierda. Pues si no la quieres, me la quedo yo.

Y se detuvo. Cuando Christian abrió los ojos de nuevo vio al Ronco acercarse hacia la deportista, que había conseguido alejarse arrastrando unos pasos.

—Papá, no...

La chica gritó. Abelardo se tumbó sobre ella mientras le colocaba el revólver bajo el cuello. Con la mano libre le estrujó los pechos y le metió los dedos en el sexo. Ella lloraba y suplicaba. Christian se puso en pie, dolorido. Su padre se bajó los pantalones. El adolescente regresó al lugar donde habían dejado el carro y se sentó en el suelo. Ahora sí, las lágrimas recorrían sus mejillas sin nada que las detuviera. Los gritos de la chica cada vez se hacían más intensos. Se tapó los oídos, pero continuaba escuchándolos, y así seguiría hasta el mismo día de su muerte.

CAPÍTULO 8

Una explosión hizo temblar el suelo. El barreno derribó una parte de la montaña. Varios coches cisterna regaban los restos. La humareda se extendió hacia el firmamento y se mezcló con las nubes.

El Mosca le había prestado su furgoneta para desplazarse fuera de la ciudad. Con su tono de siempre le explicó que se dirigiera cuatro kilómetros dirección norte siguiendo la autopista y tomara la primera salida. Desde allí ya se veía la cantera. Los fuegos artificiales eran casi un añadido extra.

Juande avanzó por una carretera secundaria y giró en la siguiente indicación. Un segundo petardo reventó en la ladera. Vio varios tractores en la lejanía. Parecían de juguete pero en realidad eran gigantescos. En una ocasión el Perrolobo vio uno de ellos y le impresionó el enorme tamaño de las ruedas de esos armatostes. Se cruzó con un imponente camión que transportaba rocas rectangulares. No necesitó hacerse a un lado, ya que el camino era lo bastante ancho para que aterrizara un Airbus. Observó más bloques de piedra apilados que en un castillo de Lego. Formaban paredes altísimas, y según se aproximaba comprobó que eran aún más grandes de lo que había previsto. Parecía que quisieran construir otra pirámide de Keops.

Aparcó cerca de la puerta, bajo unos pinos. El suelo era de un polvo suelto que formaba dunas con el viento. La reja de la entrada estaba abierta. El Perrolobo encendió un Bisonte y entró sin preguntar.

La enorme pared de caliza lo eclipsó. Estaba claro que aquello no lo movería ni el infierno. A un lado había un coche aparcado y ante él se alzaba una cuesta considerable de tierra. Era Gulliver en el país de los gigantes.

—Eh, oiga, ¿qué quiere? —le preguntó un guardia de seguridad nada más aparcar tras la alambrada—. Aquí no puede entrar.

El Perrolobo se acercó a su posición. Más que un guardia de seguridad parecía un tipo de mantenimiento. Llevaba unas tijeras de podar en la mano y en su pecho aparecía bordado el nombre de Fermín.

—Estoy buscando a alguien —contestó—. Jesús Heredia. ¿Lo conoces?

—¿El Matraca? —el tipo se secó el sudor de la frente—. Lo encontrarás en todo lo alto. No tiene pérdida, es el más grande de todos los cabrones que hay aquí.

Bajo la sombra del coche descansaba un perro famélico y sucio. Se le remarcaban las costillas bajo el pelaje, las orejas comidas de garrapatas y ocho tetas pecosas que hacían de colgajos. El Perrolobo le mostró el colmillo.

—Entonces toca subir —dijo—. Gracias por las indicaciones.

—Le avisaré por el *walkie* para que te espere. Es la hora del almuerzo.

El Perrolobo comenzó el ascenso. Hacía tiempo que no realizaba esfuerzo alguno salvo el de tirarse el día en la celda de la prisión. Calculó que la cumbre debía estar a unos ocho pisos de altura desde su posición. Avanzó resignado, aspirando el dulce aroma del Bisonte mezclado con tomillo. No había dado ni quince pasos cuando sintió que algo lo empujaba por el culo. El Perrolobo se volvió al momento. En la cárcel aprendió a hacerlo en cuanto una pata de mosca intentaba entrar por donde no debía. Esperaba encontrar a José Javier, el Maricón, el tipo que siempre buscaba meter el pito en caliente y al final era él quien más recibía. En su lugar estaba el chucho pulgoso que antes dormitaba a la sombra.

—¿Me has mordido el culo? —preguntó sin esperar obtener respuesta—. Eres una hija de puta muy silenciosa.

La perra se marchó cuesta abajo. El Perrolobo la observó. Hasta que no la vio tumbarse de nuevo no prosiguió el ascenso. Pensó en Chus, el Matraca, el único de la banda con quien había coincidido en la cárcel. A él lo soltaron varios meses antes y los de libertad condicional le buscaron un trabajo de mulo de carga en la cantera. Al parecer, no le iba mal.

La cuesta se le resistió más de lo que esperaba. Tuvo que hacer un alto a mitad de camino para tomar aire. Sus pulmones se colapsaban, y ni todo el combustible en forma de tabaco negro que le metía los hacía reaccionar. Como tuviera que huir de la policía se las iba a ver jodidas. Con más resignación que ganas, continuó el ascenso. Al llegar a la cima le esperaba un enorme montón de carne.

Chus, el Matraca, era exacto a la descripción del vigilante: un cabrón enorme. Se había quedado imbécil de meterse heroína y Dios sabe qué más. Empezó una carrera de culturismo, pero los pinchazos de esteroides, aparte de darle la musculatura de un toro adulto, lo habían sumido en una dinámica de drogas de la que no logró escapar. Las agujas lo entusiasmaron tanto que los tatuajes salpicaban su piel, en su mayoría cruces y tribales. Cuando no daba golpes con la banda, trabajaba de vigilante nocturno en varias obras, pero siempre terminaba por dejar entrar a los colegas, que arramblaban con cañerías, bañeras, tubería y hasta cable telefónico. Un empresario nocturno con pocas luces decidió poner al Matraca como portero de discoteca. El resto de locales tenían a chicos simpáticos que, lejos de amedrentar a la clientela, les daban coba y les convencían para que entrasen a los garitos. Chus tenía claro que su objetivo era impedir que ningún tipo con zapatillas se colase en su local de mierda. El primero que lo intentó acabó de felpudo con las costillas rotas. Denunciaron al Matraca y pasó unos meses a la sombra. Y, aunque no fuera Einstein, tenía algo que lo hacía perfecto para el Gran Golpe: una lealtad que rozaba la obsesión.

—Juande, *cagon to* —dijo, arrastrando las letras—. ¿Cuándo te han soltado, primo?

—Todos me preguntan lo mismo —contestó casi sin aire, en los últimos metros de la cuesta.

—Coño, porque no te esperamos —el gigantón abrazó al Perrolobo y lo levantó del suelo—. ¿Cómo me has encontrado?

—Me lo dijo el Mosca.

—Joder… —susurró mientras lo depositaba de nuevo en el mundo—. ¿Estás reuniendo a los chicos? Casi no nos vemos desde que te jodieron con lo de la droga.

—Tengo un *bisnes* en mente. ¿Qué te parecería si…?

—Yo me apunto —contestó—. A lo que sea. Como si hay que darle de golpes a viejas.

El Matraca hizo chocar el puño derecho contra la palma de su mano izquierda. En ese momento estalló otro cartucho de TNT. El ruido del puñetazo se mezcló con el de la explosión. Chus se miró los nudillos, sorprendido.

—No habrá que golpear a ancianas, es otra cosa.

—Nunca hay que golpear a los viejos, joder. Con lo divertido que sería.

—¿Por qué iba a ser divertido?

Al momento, el Perrolobo se arrepintió de hacer esa pregunta. Las teorías del Matraca eran de juzgado de guardia. Una vez las escuchó un psiquiatra y terminó encerrado en un manicomio.

—Huelen raro, ¿no te has fijado? —el Perrolobo negó con la cabeza—. Yo creo que son alienígenas, ¿sabes? Que se han infiltrado entre nosotros, pero como son una raza superior han elegido a los viejos. Nadie teme a los abuelos. Santa Claus tiene la barba blanca, joder. La gente dice que están seniles, pasan de ellos. Incluso hay algunos que no tienen ni familia.

¿Has visto en las noticias a esos que recogen basura de la calle y llenan sus casas?

—Algo he oído.

—Construyen una antena para comunicarse con su planeta de origen. La mierda es sólo la tapadera. Ya he contactado con la televisión para que me entrevisten. Incluso un tal Vilar-Bou, que es periodista, ha dicho que va a escribir un libro. Tengo recortes de prensa. ¿Quieres verlos?

—No será necesario. Oye, ¿entonces no quieres saber los detalles?

—Si están todos, yo voy —dijo—. Siempre ha sido así.

—Genial. Hemos quedado el viernes en el bar del Piojoso.

—¿El de la calle Mayor?

—No, el que está en Gran Vía. Desde que ha montado una franquicia ya no se sabe ni dónde está ni cuántos hay.

—Vale, ya lo busco. Oye, pero en serio, ¿cómo te han soltado tan pronto? Cuando estuvimos en la cárcel me contaste que aún te quedaban varios años.

El Perrolobo encendió un nuevo Bisonte con la colilla del anterior.

—Ni idea —mintió—. Se les habrá traspapelado algún informe.

Aquello pareció bastarle al Matraca. Se estrecharon las manos a modo de despedida. En ese momento el Perrolobo sintió cómo su culo se contraía de nuevo. Se giró empuñando la navaja y casi visualiza al maricón del José Javier, pero volvía a ser el perro.

—Su puta madre, es la segunda vez que me muerde.

—¿Te ha hecho algo?

El Perrolobo se tocó el pantalón y vio que tenía un pequeño roto. Metió la mano por dentro y encontró sangre.

—Su puta madre… —repitió—. ¿Está vacunada esta mala zorra?

—¿Vacunada? Vino de la calle hace unas semanas. Le echamos las sobras del almuerzo y así sobrevive. Este perro no ha visto un baño en su vida.

—Genial, ahora a ponerme la antitetánica.

—No se lo tengas en cuenta —el Matraca acarició el cogote del bicho—. Es que ha tenido cachorros y está muy agresiva, ¿sabes?

—¿Y por eso me tiene que morder?

CAPÍTULO 26

No lo habían mordido, o eso pensaba. Los zombis golpeaban la puerta donde él apoyaba la espalda sin resuello. El Perrolobo se remangó y comprobó que no tenía marcas de dientes. En su loca carrera lo habían agarrado, empujado y mirado mal, pero había evitado la trampa mortal de sus bocas.

Con pulso oscilante se encendió un Bisonte. No había nada mejor que meterse un chutazo de nicotina con los alveolos bien abiertos. El humo calmó su cansancio y se mezcló con la tos. Los bichos empezaban a agolparse en el cristal del escaparate. Estaban dóciles como besugos en una pecera. Los ojos apagados, carcasas sin vida y con hambre, asalvajados por propio instinto. No se les podía considerar malignos, sino peligrosos, moscas que iban hacia la luz.

No había tiempo que perder. Se levantó y encendió la linterna. La farmacia donde se había refugiado tenía un aire de tranquilidad que le inquietaba. Había encontrado la puerta abierta, pero no veía movimiento en el interior. Los zombis eran peces y marchaban en bancos. El Perrolobo esperaba que también tuvieran los mismos tres segundos de memoria y se largasen rápido.

Comprobó que la puerta no se abriría ante el peso de los cadáveres y se adentró en dirección a los estantes. Ya habían saqueado el establecimiento antes que él. Las papillas en polvo estaban derramadas por el suelo, junto a biberones y pañales. Alguien había abierto todas las galletas dietéticas y se había cagado en una caja. La sección de jarabes para la tos estaba desierta y sólo quedaban condones. En el apocalipsis no había tiempo para polvos.

Tras el mostrador empezaba la fiesta. Había varias estanterías corredizas repletas de medicamentos con nombres ridículos e impronunciables. Los cajones estaban abiertos y las pastillas se amontonaban en el suelo en un orden imposible. El Perrolobo comprobó que no había ningún resucitado en el interior y miró la lista de la compra. Recogió cajas al azar rogando para que alguna de ellas fuera la correcta. Necesitaba penicilina a espuertas, naloxona, dolantina, metadona… Lo básico en un botiquín.

La vida de sus compañeros dependía de sus decisiones.

Ya tenía la mochila cargada hasta arriba cuando escuchó la puerta abrirse y cerrarse. Uno de aquellos muertos vivientes había vuelto a casa. Se colgó el equipaje a la espalda, apagó el Bisonte y se parapetó tras la pared, Beretta en mano.

Al salir de la trastienda y entrar en la zona de comercio vio una figura recortada en el umbral. Era alto y apestaba más que cualquier otro muerto que hubiera visto. El Perrolobo lo alumbró con la linterna y entonces tuvo miedo de verdad. El Ronco hizo visera con la mano mientras que con la otra apuntaba hacia el frente sosteniendo una escopeta de cañones recortados. El Perrolobo tuvo el tiempo justo de echarse a un lado para que los perdigones no lo partieran en dos. Tras la detonación sacó la mano y realizó dos disparos a ciegas. El Ronco se agachó y se quedó oculto tras el mostrador. Ambos escuchaban la respiración del otro.

—Te voy a matar, Juan de Dios —el Ronco recargaba los cartuchos—. A ti y a toda tu familia. Debí haberlo hecho hace tiempo, pero pensé que aún tenías algo de orgullo.

—Te rajaste porque sabías que todo mi clan iría por ti.

—El pasado me importa una mierda. Sólo existe el aquí y el ahora. Y te voy a sacar las tripas a tiros.

—¿Crees que me importa? Todos vamos a morir.

El Ronco descerrajó un nuevo cartucho sobre la puerta que daba al almacén de medicamentos. Las estanterías metálicas recibieron casi todo el impacto.

—Es una satisfacción que me quiero dar al cuerpo —continuó Abelardo—. Así son las venganzas.

—¿Y qué esperas?

—¿Tienes prisa, Juan de Dios? Porque yo no. Te he buscado por este puto infierno para rajarte la garganta. No pienso irme a ninguna parte. Aguardaré todo lo que haga falta.

—Moriremos de hambre y sed.

—Yo tengo cajas de galletas de las que comen las gordas y todo el tiempo por delante.

Pero el Perrolobo no. Si se atascaba allí, junto al psicópata del Ronco, sus compañeros se marcharían sin él. Podía esperar a que alguien viniera a ayudarlo, pero era imposible. Nadie saldría de su escondrijo para corretear entre los zombis. Era el único al que no le importaba que lo contagiaran o que lo mataran. Se revolvería en su tumba por el destino de su hijo, pero hacía tiempo que había aceptado su muerte.

—¿Sabes? En la cárcel siempre nos ponían películas de vaqueros —dijo el Perrolobo—. No de las nuevas, sino de las viejas, donde los indios eran los malos.

—Y John Wayne te la paraba, ¿no?

El Perrolobo alumbró al interior de la despensa de medicinas. Era un cuartucho que cumplía con la reglamentación: un lugar fresco y seco donde resguardar aspirinas y supositorios. Sin ventana, sin puerta trasera. Sin esperanza.

—No es eso, Abelardo —continuó, acariciando la Beretta—. Eran cintas de su tiempo. Los malos eran los de la otra etnia. Yo siempre me sentí reflejado en ellos. Los payos yanquis caían ante la superioridad sioux.

—Esto es un duelo a la vieja usanza. Tú, yo y las balas. Ni indios ni vergas.

—Sin embargo, en aquellos tiempos usaban una técnica muy concreta para salir de los problemas.

—¿Cuál?

El Perrolobo pensó durante unos segundos si estaba convencido de lo que iba a hacer. Sus opciones eran esperar y morir, o actuar y morir casi seguro.

—Cuando ya no había salida —agarró la automática con ambas manos—, aparecía el Séptimo de Caballería.

Se giró y abrió fuego tres veces hacia el interior del establecimiento. Al instante el Ronco levantó la escopeta y disparó una vez más. El Perrolobo aprovechó la inercia y se movió del lado derecho de la puerta al izquierdo, justo cuando los plomos lo destrozaban todo.

—¿Quieres dejarme sin munición o qué? —preguntó el Ronco, recargando la carabina—. Tengo una bolsa llena de cartuchos. Aquí no va a aparecer tu Séptimo de Caballería.

Un ruido de vidrios quebrados lo hizo mirar hacia la puerta. Cinco zombis se habían colado por el escaparate roto. Fue entonces cuando comprendió que el Perrolobo había disparado contra el cristal que los mantenía al otro lado de la calle.

—Estás loco, Juan de Dios. ¿Qué hostias has hecho?

—Puedes esperar conmigo y morir, o podemos salir de aquí. Tú decides.

Las criaturas avanzaban arrastrando los pies. Ahora era el Ronco quien estaba atrapado. Los zombis estaban más cerca de él que del Perrolobo. Se mordió los puños y actuó. Recordó el viejo dicho: soldado que huye sirve para otra guerra.

—Esta vez te has librado, John Wayne. Pero te estaré vigilando. Tendré mi oportunidad si estas cosas no te matan antes.

—Chúpame la verga —contestó el Perrolobo—. Siempre fui más de Robert Mitchum.

El Ronco disparó contra los zombis. Agachado como estaba les voló las piernas a la mayoría y cayeron como fichas de dominó. Después se levantó y abrió fuego contra la pared donde se refugiaba su íntimo enemigo. El pladur explotó a su lado dejando un enorme boquete a su paso. El Perrolobo se asomó para ver cómo Abelardo se abría paso entre la miríada de zombis que se agolpaban en la puerta. El ruido los había atraído, pero ahora sólo se fijaban en el Ronco, que aprovechaba los espacios como un jugador de rugby para esquivarlos o meterles un puñetazo en la cara a los más osados.

El Perrolobo se ajustó la mochila y siguió los pasos de su adversario. Los cadáveres del suelo intentaron morderlo y no tuvo más remedio que aplastarles la cabeza antes de continuar. Estaba demasiado jodido como para esquivarlos de un salto. Entonces se fijó que le sangraba la cara. Tenía varias esquirlas de pared incrustadas en el rostro. Sabía que eso llamaría la atención de esas abominaciones pero no le quedaba más remedio que continuar.

Respiró hondo un par de veces y salió a la carrera. Debía llegar al punto seguro del otro lado de la calle, donde lo esperaba la banda. Al principio fue fácil, esquivando zombis y volándole los sesos a los que se atrevían a acercarse demasiado. El problema vino cuando se quedó sin balas. Estaba a escasos metros de su destino, pero los zombis se agolpaban. Los bancos de peces solían tener huecos entre cada individuo, pero a veces se compactaban de tal forma que no dejaban pasar ni la luz. Ante él tenía un muro de carne podrida que le impedía el avance. En todas direcciones aparecían más y más criaturas. La suerte estaba echada.

—Tanto follar para no correrse...

Un zombi se quedó sin rostro. El sonido del disparo tardó una micra más en llegar. Después un segundo perdió la sesera y un tercero se pasó al hinduismo con un tercer ojo en la frente.

—¡Vamos, joder! —escuchó gritar—. ¡Yo te cubro!

Un nuevo disparo y un nuevo caído. La gran muralla de hijos de puta resucitados tenía un pequeño hueco por el que deslizarse. El Perrolobo lo aprovechó. Uno lo agarró del asa de la mochila. La lluvia de balas le pasó cerca. Dio un tirón y consiguió zafarse.

Avanzó en línea recta, viendo cómo los zombis se derrumbaban con los cráneos destrozados.

Al llegar a la puerta lo esperaba el Matraca. Entró y se sentó en el suelo, jadeando.

—¿Por qué has tardado tanto, Juande? —preguntó—. Creía que te habían agarrado.

—No pasa nada —levantó la mochila con las medicinas y vio que había un brazo arrancado que se asía de ella—. ¿Están bien?

—Eres un pedazo de maricón —dijo una voz que bajaba las escaleras—. De pequeña jugaba con un muñeco Ken que tenía más cojones que tú.

La francotiradora apareció con el rifle en bandolera.

—Gracias por salvarme la vida, Macu.

—Te apuntaba a ti, imbécil —contestó la Chunga—. Lo que pasa es que he fallado todos los tiros.

CAPÍTULO 7

A Macu le llamaban la Chunga por méritos propios. De origen payo, siempre fue un paso más allá de lo que le dictaban sus padres y a los catorce años conoció a Bertín, del clan de los Chotos, y se rindió ante él. A los dieciséis decidieron casarse ante la negativa de ambas familias. La de Macu, por prejuicios racistas y sociales ante un novio gitano. La de Bertín, porque una paya nunca iba a ser una buena mujer. Al final, a la boda sólo fueron ellos dos y un par de mendigos a los que pagaron para que hicieran de testigos.

Bertín, el Choto, pensaba que cuando tuvieran hijos, sus familias volverían a hablarles. Un nieto enriquece la vida y ablanda a los abuelos. Sin embargo, por más que lo intentaron, no hubo manera. Los médicos decían que era por la baja calidad del esperma pero el Choto no lo creía. Cada vez que se cruzaba con un familiar, Bertín se sentía desplazado y odiado. Empezó con una depresión y continuó con una adicción al alcohol. De Romeo pasó a Jorobado de Notre Dame. Su carácter se agrió, frecuentó malas compañías y, casi sin darse cuenta, se había convertido en un maltratador y un imbécil.

La Macu aguantó. El amor vuelve ciega a cualquier persona. Sin embargo, cuando el motivo de la ceguera es que tienes los ojos morados, la cosa cambia. Intentó separarse, pero resultó aún más funesto. Sin apoyo familiar de ningún tipo, con la cantinela de «te lo dije» resonando en los labios de sus amistades, la Macu recordó quién era y actuó.

Al cabo de un tiempo su marido desapareció. Lo encontraron varios días después. Alguien le había cortado los huevos y se los había introducido donde deberían estar sus ojos. La Macu aseguró que se trataba de algún ajuste de cuentas por trampas en el juego, pero poca gente le creyó. El entierro reunió a Bertín con el resto de los Chotos, heridos en su orgullo y en sus sentimientos. La Chunga se salvó de la venganza de la familia por su gran interpretación de viuda desconsolada. Se mudó a la ciudad y perdió de vista a todos los que la conocían. No tardó en unirse a la banda. Su recién recuperado mal carácter le daba al grupo de tipos duros un espejo donde mirarse. Nadie los tenía tan bien puestos como la Chunga, y el Perrolobo esperaba que así siguiera cuando aquella madrugada fue a buscarla al local de *striptease* donde trabajaba como bailarina.

—Son cincuenta euros la entrada —le dijo el portero, un tipo grande y sin cuello—. Sin consumo.

—¿Esto te funciona alguna vez? —preguntó el Perrolobo, las dos manos en los bolsillos de la chaqueta.

—¿El qué?

—Pedirle dinero a los clientes nuevos que vienen solos.

El portero sonrió y asintió con su cabeza clavada en los hombros.

—No te puedes ni imaginar la cantidad de tontos que pican.

Abrió la puerta del local. Bajo el letrero de Peluquería Fini se escondía uno de los locales de vicio más pérfidos de la ciudad. Tras bajar unas escaleras se alcanzaba un sótano habilitado como discoteca. La música más repetitiva del momento retumbaba en unos altavoces de tómbola. En la barra se acodaban pobres diablos atados a los gin-tonics. La camarera, una mulatona de casi dos metros, los tenía hipnotizados con el vaivén de sus pechos. A la izquierda se abría un reservado para despedidas de solteros y mamadas esporádicas, mientras que a la derecha surgía un pasillo oscuro que, según contaba la leyenda, llevaba a los servicios. El Perrolobo jamás se habría atrevido a mear allí, ni tan siquiera a sacarse el pito, por miedo a pescar alguna de las venéreas que surcaban el ambiente.

—¿Te pongo algo, mi amol? —dijo la camarera.

—El gorila de la puerta me ha cobrado cincuenta euros —contestó—. ¿Me entra algo?

—Ese peaso de imbéci… Siempre con la misma cancioncita. Anda, cariño, te sirvo lo que quieras.

—Whisky. Solo. Nada de hielo.

—Tenemo' una shavala nueva con el chocho de petisuis, ma' durse que tó'.

—Con el whiskazo va bien de momento.

En el centro del local había un pequeño escenario con barra americana donde bailaba una tailandesa anciana y velluda. La tía se llevaba un cigarro al sexo y hacía volutas de humo. El público estaba entusiasmado.

—Y ahora viene el «ping pong show» —le confirmó un tipo con complicidad.

Las pelotas de tenis de mesa no tardaron en aparecer. La vieja se la colocaba en la entrepierna, ajustaba el punto de mira y las lanzaba disparadas contra la frente de los clientes más cercanos. No falló ni un disparo.

—Sorprendente —dijo el Perrolobo.

Los aplausos se multiplicaron cuando la profesional se retiró tras una cortina. Las luces bajaron aún más y todos se echaron mano a las carteras. La música cambió a una balada suave y un foco se encendió sobre el escenario.

Una mujer joven y menuda, no más de metro sesenta, apareció sobre las tablas. Lucía una melena larga que le llegaba hasta la cintura. Sus curvas confirmaban que los ángeles existen, sus senos se mostraban duros y firmes cubiertos con unas pequeñas pezoneras, las piernas fibrosas sobre los zapatos con el tacón más largo imaginable. Julio Romero de Torres la habría pintado en sus cuadros.

El Perrolobo sonrió: la Chunga estaba preciosa.

El baile no era su especialidad, pero poco le importaba a los parroquianos. Macu se colgó con las piernas en la barra americana y realizó cabriolas al alcance de unos pocos funambulistas. Flexionaba la rodilla y aguantaba el resto del peso, daba saltos mortales y se frenaba girando sobre sí misma, se abría de piernas y se deslizaba por la barra. El Perrolobo no tenía intención de visitar el circo instalado en los dominios del Canciller, pero sabía que no podía competir con lo que estaba viendo.

La Chunga lanzó una mirada a la sala de pervertidos y borrachos. Sus ojos negros, tan oscuros que parecían de pizarra, se cruzaron con los azules del Perrolobo y estuvo a punto de tropezar. Saltó del escenario y se abalanzó sobre él.

—¡Juande! —dijo—. ¿Pero cuándo te han soltado? ¿Y ese pelao que te has hecho?

—Así estoy más fresco —contestó—. ¿Cómo estás, Macu?

—Eh —le espetó un cliente—. No ha terminado. Que se quite la tanga o algo, ¿no?

—Mete la cabeza en el coño de brontosaurio de tu esposa, so imbécil —le contestó la Chunga—. Lo mismo entre las montañas de grasa tiene una tanga llena de mierda que le puedas quitar con la lengua.

El tipo se arrugó al momento. La camarera ordenó que saliera otra chica. Una rumana con marcas de pinchazos en los brazos se agitó sobre las tablas. Era apenas pellejo y hueso, pero la parroquia le aplaudió como si fuera una modelo de Victoria Secret.

—Va, tranquila.

—Tengo el síndrome del oficinista, Juande. Odio mi trabajo, odio a estos putos borrachos de mierda y odio a la zorra de mi jefa.

—Te he oído —contestó la mulata sirviendo una copa—. Que estoy mellá' de tanto chupar rabos, no sorda.

—Me importa tres pares de huevos.

—Veo que sigues teniendo la misma boca sucia de siempre —dijo el Perrolobo.

—Y tú el mismo aire tranquilo —miró un reloj de pared que en lugar de agujas tenía dos penes—. Oye, si me esperas cinco minutos, nos vamos de este puto antro.

En lo que el Perrolobo tardó en apurar un whisky regresó la Chunga. Iba embutida en unos pantalones de cuero que se le pegaban como una segunda piel. Las botas altas habían heredado el tacón del calzado de trabajo. Una camiseta ceñida de Hello Kitty oprimía sus enormes pechos. Dos enormes aros en cada oreja y un chicle en la boca completaban el vestuario. En la mano llevaba una chaqueta vaquera y un bolso de gran tamaño.

—¿Qué guardas ahí? —preguntó el Perrolobo—. ¿Un lanzamisiles?

—Cargado con consoladores —bromeó.

—¿Quieren que los lleve a algún lado? —les preguntó uno de los borrachos—. Soy taxista. Cada día hago diez veces el trayecto al poblado de la droga con el coche cargado de yonquis. Subieron las escaleras y salieron al exterior. Una cofradía pasaba por la calle, en silencio orante. Llevaban a cuestas una pequeña figura de una Virgen con el Niño en brazos.

—¿Por qué nunca sacan a la Virgen embarazada? —preguntó la Chunga—. Es como si por ser hijo de Dios nos quisieran ocultar que le salió a su madre por el coño.

—¿Quieres pasear? —el Perrolobo la agarró del brazo—. Aquí al lado hay una plaza.

—Eso depende.

—¿De qué?

—De si me has buscado para meterme mano o para que te ayude en algún trabajo.

—Ambas cosas no son incompatibles.

—Dios, tú pídeme que te ayude y yo lo hago. Enseñar los pezones para esos desechos de la sociedad me da arcadas. Si no los vomito encima es porque estoy segura de que los excitaría.

—Puedes estar tranquila. Tengo algo en mente y cuento contigo.

—En ese caso, regreso al club.

—¿Por qué?

—Si vamos a dar un golpe como los de antes, nadie puede sospechar. Mejor que siga con mis actividades como si nada. Luego ya veremos.

El Perrolobo encendió un cigarro. La Chunga se lo quitó de los labios y lo rompió en dos antes de pisarlo.

—Eso te matará, Juande.

—Puedes estar segura —contestó—. Pero de momento no lo hará.

—Anoche soñé que atracábamos un banco, pero no era un banco. Ya sabes cómo son los sueños. Estaba la banda al completo y tú ibas en cabeza con una máscara de carnaval que representaba una calavera. Sólo que no era una máscara. Era tu cara, Juande. Un cráneo sin ojos y con esa sonrisa extraña que tienen los muertos. Así que si te digo que no fumes, no fumes, carajo.

—Lo que tú digas, Macu —tiró el cigarro y lo pisó—. Deberías dedicarte a la videncia, ¿lo sabías?

—Es más parecido a la prostitución que lo que hago ahora, Juande.

Una figura iba a su encuentro desde el otro extremo de la acera. El Perrolobo y la Chunga se quedaron mirando un rato. En un principio parecía una mujer desnuda que se tambaleaba, con dos grandes pechos de silicona bien anclados al torso. Sin embargo, en su entrepierna colgaba un enorme pene que basculaba a casa paso. En el cuello tenía la herida de un mordisco y caminaba con la cabeza torcida.

—¿Qué es eso? —preguntó Macu.

—Será mejor que nos marchemos.

Ninguno fue consciente de que era la primera vez que veían a un zombi.

CAPÍTULO 3

El Sonao acompañó al Perrolobo a la puerta tras su reunión con el Canciller.

—¿Quieres que te acerque a la ciudad, Juande?

—Prefiero dar un paseo —dijo—. Ir donde quiera, y no donde me digan, es algo que echaba de menos.

—Por mí de acuerdo. Tengo que seguir leyendo el diccionario.

—¿Para qué haces eso?

—A veces olvido palabras, y otras me suenan raras. El médico dice que me vendrá bien.

—¿Quién te está tratando?

—Un psicofolla… No, un pedaloco… Joder, era algo así.

El Perrolobo encendió un Bisonte de forma automática, como quien se rasca el codo cuando le pica o bosteza cuando se aburre. Palmeó con fuerza el armario empotrado que el Sonao usaba como espalda. No se fabricaban muebles así en Ikea.

—Nos vemos —se despidió.

—Hasta otra, Juande.

La ciudad se alzaba como un estorbo lejano. Edificios puntiagudos por las antenas de telefonía, la catedral como el gran pene de Dios erecto hacia el cielo, la bruma de contaminación que la envolvía, anillos de circunvalaciones que la dotaban de un aspecto parecido al de Júpiter. Así era el nido de ratas que

75

amaba y odiaba, que quería ver enterrado en la miseria pero que se conocía de memoria.

La zona industrial estaba algo alejada del centro urbano, pero él quería pasar antes por la casa de los suburbios donde vivían sus padres. Allí le esperaba su hijo David, la familia, los amigos. Atravesó las instalaciones del circo. Un payaso dormitaba apoyado en un barril con una jeringuilla colgada del brazo. Se había vomitado por toda la pechera y un elefante le limpiaba con la trompa. Una estampa idílica en un mundo carcomido por la droga.

Le quedaban unos pocos kilómetros para llegar. En la cárcel no había avisado a nadie de su puesta en libertad y no esperaba medio de transporte. Ya se había convencido de que tendría que andar y, de alguna forma, hasta lo agradecía. Caminar, ser libre, donde el viento lo llevase. Como era antes. Como debería ser siempre.

Acortó por un camino de tierra cercano a la autopista. Había pequeñas casas de agricultores que cultivaban los pocos terrenos que el Ministerio de Obras Públicas no les había expropiado para construir la lengua de asfalto. Respiró el aire campestre mezclado con los tubos de escape. Todo era distinto y familiar a la vez. El polvo del camino, el polen de las amapolas, el zumbido de las chicharras, el ruido de los vehículos. Una patrulla de la Guardia Civil pasó a su lado y siguió su camino. La volvió a ver al cabo de diez minutos, expectante al final de una curva. El Perrolobo pasó de largo, pero cuando llevaba unos pasos se detuvo. Permaneció unos instantes inmóvil, de espaldas al todoterreno oficial, y se giró. Fue directo hacia el asiento del conductor.

En el interior aguardaba una pareja joven. Dos hombres con gafas de sol y el uniforme reglamentario, las botas limpias, los tricornios charolados en el asiento de atrás y las Berettas enfundadas. Al ver acercarse al Perrolobo echaron mano a las culatas.

—Eh, *perdinel* —le dijo al conductor tocando en el cristal—. ¿Han dado aviso?

Los dos tipos repeinados cruzaron una mirada con las gafas de sol puestas. El que conducía bajó la ventanilla.

—Está de camino —contestó.

—Entonces mejor lo espero a la sombra.

Dejó el equipaje a un lado, se sentó detrás del coche y encendió un nuevo Bisonte. No había prisa. En la cárcel había aprendido a ser paciente. Podía fumar tranquilo. Los picoletos se mantuvieron en el interior del vehículo, como solían decirle a los que paraban en las carreteras.

Dos cigarros después apareció la caballería. Tres patrullas surgieron a toda velocidad por el camino de tierra levantando una polvareda bajo los neumáticos. El Perrolobo sacó una camiseta de su equipaje y se la guardó en la entrepierna por dentro del pantalón. Después se incorporó, abandonó su colilla en mitad del monte y esperó a que los uniformados terminasen su numerito.

El primer vehículo se detuvo de golpe. El segundo y el tercero se rozaron al frenar. Uno de los faros se rajó.

—Ya te tenía yo ganas, pedazo de mierda —dijo el sargento Miñarro al bajar del coche.

—Hola, Sheriff —saludó el Perrolobo.

Sin mediar una sola palabra más, Miñarro le propinó una dura patada en los testículos. Aunque la protección le evitó la mayor parte del daño, el Perrolobo se dobló sobre sí mismo y allí espero el resto de los golpes.

—¡Ya nadie me llama Sheriff! —gritó mientras le pateaba las costillas—. Ahora soy el Pollatriste. No sabes la vergüenza que tuve que pasar. En el cuartel no me respetan, mi mujer se ha fugado con un cubano. Joder, con un negro. Y encima está embarazada. ¡Mis hijos tendrán de hermano a un mulato!

El alegato racista no sorprendió al Perrolobo. Cuando lo detuvo le dedicó unos insultos similares. El Perrolobo le había destrozado un huevo de una patada, pero aunque en ese momento no lo había disfrutado, sí se había reído desde la cárcel cuando le llegaban historias de la impotencia de Miñarro.

—Me tengo que empalmar con una bomba de vacío —prosiguió—. Hasta las putas se burlan de mí. Me buscaste la ruina, cabrón.

El Perrolobo había recibido palos durante toda su vida. Podía aguantar eso y más. El resto de agentes rodeaban a su superior en un círculo perfecto, más preocupados de que nadie viera nada de las heridas que le podía producir la paliza. El Pollatriste lo incorporó de las solapas de la chaqueta y se quedaron cara a cara. Pasaba de los cincuenta y lucía orgulloso un bigote cano, el pelo con corte marcial oculto tras el tricornio y unas arrugas por toda la cara de haber estado oliendo mierda media vida. El malhumor era su estado natural, pocas veces reía, jamás lloraba. Si hubiera nacido en Estados Unidos habría sido un estupendo *redneck*.

—¿Qué coño haces fuera de la cárcel? —preguntó—. Te detuve con cinco kilos de coca. Te quedan dos años más por lo menos.

—Tienes la respuesta en el bolsillo de mi chaqueta —contestó, dolorido.

El Pollatriste metió la mano y encontró un papel. Lo desplegó y leyó su contenido. Según quemaba párrafos, la vena de la sien se iba hinchando cada vez más. Sorprendido, se volvió de nuevo hacia el Perrolobo, que descansaba apoyado en la rueda de repuesto que decoraba la puerta de atrás del automóvil.

—¿Pretendes que me crea esta basura? —preguntó Miñarro.

—Es lo que hay.

—Me tomas el pelo —le pasó la hoja a uno de sus hombres—. Esto es un puto embuste.

—Está escrito —dijo—. Léela cuantas veces quieras, no cambiará nada.

—Mis cojones —contestó el Pollatriste, y al instante se escucharon varias risitas disimuladas de sus secuaces—. Me cago en el Cristo de las Tres Pollas. ¿Crees que te vas a librar con eso? He esperado mucho tiempo y de forma muy paciente a que pusieras un pie en la calle y ahora no me voy a detener.

—Sargento, parece auténtico —un guardia civil joven dio un paso al frente—. Las firmas, los sellos… Yo diría que lleva razón.

—Yo digo qué es la razón y qué no, ¿estamos?

—Pero, sargento…

—No me vengas con milongas, Martínez —lo empujó—. Yo dicto las normas. Joder, yo le dicté a Moisés los Mandamientos. Ahora y siempre, yo soy su puto Dios, coño.

Un puñetazo directo a la boca del estómago sorprendió al Perrolobo. Cayó al suelo sin resuello, boqueando como un camarón fuera del agua.

—A ti te voy a llevar al cuartelillo y allí te repartiré una golpiza. Hasta setenta y dos horas te puedo tener chupándome la polla, ¿te enteras, figura? Y cuando me canse, te llevaré al vertedero y te pegaré un tiro en los cojones. Compré hace años una botella de ron añejo sólo para celebrarlo.

—Que tengas suerte —el Perrolobo levantó la diestra.

—¿Qué hostias llevas ahí? —Miñarro lo agarró de la muñeca y observó la pulsera localizadora.

—El juez sabe dónde estoy en cada momento. Si me encierras, tendrás que dar explicaciones. Si me pegas un tiro aquí, me encontrarán y tendrás que dar explicaciones. Y si me la quitas, en diez minutos tendrás varios policías rodeando el lugar. Así que, siento joderte la fantasía erótica, pero tendrás que buscar otra forma.

—Sargento —interrumpió un segundo uniformado—. Yo no voy a participar en esto.

—Antúnez, no me jodas. Ahora no.

—¿Es que no ha leído ese folio? —insistió—. Lo mejor es dejar que se marche.

—Es cierto, sargento —dijo Martínez.

—Por favor, sargento —suplicó un tercero.

El Pollatriste estaba ciego de rabia. Desenfundó la Beretta y se la colocó al Perrolobo debajo del cuello. Después acercó tanto su cara a la suya que sus alientos se mezclaron. El del Perrolobo, agrio del tabaco. El de Miñarro, agrio de nacimiento.

—¿No me engañas, cabrón? —preguntó—. ¿Pretendes que me trague esa milonga?

—Todo lo que pone es cierto. Quédate el folio si quieres. A mí me da igual.

El tiro no llegó. El Perrolobo sopesó sus posibilidades y se dio a sí mismo un cincuenta por ciento de salir vivo de aquella encerrona.

—Voy a hacer el esfuerzo de creerte —Miñarro le acarició la cabeza—. Pero como me entere de que es mentira, ten por seguro que también podré usar tu aparatito para encontrarte. Y, joder, más te vale estar dentro de un puto búnker, porque te sacaré las tripas a patadas.

Lo dejó caer contra la grava y dio media vuelta en dirección al coche. Antúnez le lanzó la hoja de papel, ahora arrugada con forma de pelota. El Perrolobo la agarró y cerró el puño con fuerza. Los vehículos oficiales levantaron más polvo al marcharse. Uno de ellos pasó por encima de su equipaje y casi lo atropella a él también.

La calma regresó al camino. Polvo, amapolas, chicharras, motores. El Perrolobo miró el folio que le había salvado la vida y pensó que ojalá no lo hubiera hecho. Guardó en el equipaje la camiseta que le había hecho de armadura ante las patadas de Miñarro, se limpió la tierra que cubría su rostro y continuó el camino a casa. Estaba magullado, pero no iría a Urgencias por algo tan simple.

CAPÍTULO 10

La sala de espera de Urgencias estaba atestada de la gente más variopinta. Entre accidentes domésticos sin importancia, citas pasadas del médico y volantes para ir por radiografías, había dos grupos muy concretos y fáciles de observar.

Por un lado estaban los de siempre, clientes habituales del servicio que iban con historias clínicas del tamaño de directorios telefónicos que, pese a su gran extensión, se podían resumir en una palabra: hipocondría. Los médicos usaban el término científico de «locos de mierda» o «pesados de los cojones». Siempre iban con la misma cantinela: «Me han mirado miles de especialistas, pero estoy seguro que en una prueba rápida en Urgencias me sacan lo que tengo». Las noches de luna llena duplicaban su número.

Por otro, se encontraban los que más que una consulta médica necesitaban un bonito ataúd. Ancianos que se morían a más velocidad de la que sus mentes racionales podían asimilarlo, enfermos terminales a la búsqueda de una segunda opinión desesperada, los que se mareaban desde primera hora de la mañana sin saber por qué y que a última de la tarde descubrirían el significado rotundo de la palabra cáncer. Todos tenían asuntos sin resolver, incluido el Perrolobo, que no estaba allí sólo porque un perro le hubiera mordido en el culo.

Un enfermero apareció por la puerta. Tenía un aire despistado, con las gafas ajustadas bajo las sienes, con las patillas oprimiéndole el rostro. El entrecejo arrugado, con la preocupación genuina en la mirada, el cansancio sobre los hombros.

Pasaba de los treinta pero no lo aparentaba, con ese aire juvenil que tienen los imberbes de cara fina y unas manos delicadas que podrían pasar por las de una mujer. Buscó con la mirada entre la multitud hasta que sus pupilas se posaron sobre el Perrolobo. No le cambió la cara al verlo. Era como si lo estuviese esperando.

—¿Qué haces aquí? —preguntó.

—Me han soltado antes de tiempo porque…

—No me importa por qué te han puesto en libertad —lo interrumpió el enfermero—. Te pregunto que por qué me buscas. Tú y yo no tenemos nada de que hablar.

—Ahora estamos hablando, ¿no?

—No me jodas, Juande. Me han avisado que un familiar mío me buscaba y por eso he salido. Si llego a saber que eras tú aún estarías esperando.

—¿Acaso era mentira? —dijo el Perrolobo—. ¿Ya no somos familia?

El enfermero se lo llevó a un apartado. El malhumor se acrecentaba con la sonrisa del Perrolobo. No era una risa burlona, más bien de afecto ante el amigo reencontrado, pero el otro no se lo tomaba así.

—María era mi hermana —le susurró—. Tú sólo eras el tío con el que se casó. Eso no nos convierte en familia, pero si te sirve de consuelo, a veces quedo con David para evitar que siga tus pasos. Es un buen chico.

—Lo sé.

—Entonces será mejor que te alejes de todos y no vuelvas jamás.

El enfermero dio media vuelta pero el Perrolobo le agarró del brazo. El enfermero se giró con violencia y por un momento recuperó la sangre caliente de antaño.

—Suéltame.

—Sólo te pido diez minutos. Después desapareceré de tu vista para siempre, ¿de acuerdo?

—Aquí hay gente que necesita ayuda. Hoy han venido ocho tipos disfrazados de Jesucristo con la espalda en carne viva y las muñecas atravesadas por clavos. No puedo pararme a hablar contigo.

—Entonces atiéndeme, y mientras me curas te diré lo que he venido a decir.

—¿Qué te ha pasado? ¿Necesitas metadona? ¿Vas borracho y buscas vitamina B12?

El Perrolobo agachó la cabeza, exhaló lentamente el aire de sus pulmones y dijo en voz casi inaudible.

—Un perro me ha mordido.

—¿Dónde? No te veo marcas.

—En el culo.

Los dos cuñados se quedaron mirándose a la cara de nuevo, inmóviles, dos estatuas enfrentadas a la espera de que una de las dos demostrara que es un mimo callejero.

—¿Te ha mordido un perro? ¿En el culo?

—Sí.

—Al Perrolobo, a la leyenda que hace mearse en los pantalones a los pandilleros novatos, ¿le ha mordido un chucho en el culo?

—Que sí, cojones.

Tras un instante de incredulidad, el enfermero soltó una sonora carcajada que retumbó por toda la sala de espera. Los terminales lo miraron disgustados.

—¡Te ha mordido un puto perro en el culo!

—Dilo más alto, joder. O escribe un libro.

—Lo haré —se le saltaban las lágrimas—. Ya lo creo que lo haré.

Acompañó al Perrolobo hasta el mostrador de recepción y dio aviso de que iba a atenderlo él mismo. Después pasaron por una puerta doble al interior de la sala de curas y se introdujeron en una consulta.

—Un mordisco en el culo… —repitió.

—Pensaba que tenías un sentido del humor más refinado, Diego.

—Los clásicos nunca pasan de moda.

Diego era el hermano pequeño de María, la difunta esposa del Perrolobo. Cuando se conocieron, era un chico inteligente que estudiaba bachillerato por las noches. Lo hacía en secreto, para que su familia no se enterase, ya que no le hacía demasiada gracia que uno de los suyos llegase a tener un título. Pensaban que nunca le darían las mismas oportunidades a un gitano que a un payo. A Diego le resultó más complicado llegar a la meta que otros, pero lo consiguió al cabo de varios años. Entonces murió María y su vida se hizo pedazos. Su hermana era su gran apoyo, y sin ella perdió la ilusión por los libros. Se hizo de la banda del Perrolobo y juntos dieron grandes golpes. Acabó muy enganchado a la cocaína, y sólo cuando su abuela se echó a llorar a sus pies descubrió que había tomado el camino equivocado. Decidió entrar en un centro de desintoxicación casi al mismo tiempo que detuvieron al Perrolobo cargado de droga. Mientras se rehabilitaba, Diego logró pasar la prueba de acceso a la universidad y se apuntó a Enfermería. Ya limpio, terminó la carrera al ritmo de un curso por año y desde entonces trabajaba en el hospital. De vez en cuando recibía la visita de alguno de sus viejos camaradas para que le cosieran una puñalada, ya que si iban a Urgencias los médicos estaban obligados a llamar a la policía. Sin embargo, cuando empezaron a pedirle que sacara medicamentos a escondidas, tomó la decisión de salir del barrio pese a trabajar enfrente. Desde entonces, todos le dieron la espalda y le pusieron el sobrenombre de «el Señorito».

—Vives la vida de un payo, Diego —dijo el Perrolobo bajándose los pantalones.

—Los payos y los gitanos no somos incompatibles.

—Ellos nos encierran en guetos de mierda.

—Y nosotros lo aceptamos. ¿Por qué se obstinan tanto en no salir de allí?

—Ahora las cosas han cambiado. Casi todos tienen unos trabajos muy buenos. El Matraca está en una cantera, mi padre sigue con el taller, todo el clan de los Indios está en la recogida de basuras por las noches, el Pifu trabaja de gasolinero… pero nadie vive en un hospital, como tú.

—Me lo he ganado, ¿vale?

—Muchos payos envidiarán tu puesto. Seguro que piensan que un gitano no se merece estar ahí, en lo alto.

—Esto no es «en lo alto» —Diego le limpió la herida con una gasa—. Y si alguien piensa eso, que se joda.

—No debes olvidar quién eres. Aunque no parezcas un gitano, la sangre que corre por tus venas sí lo es.

—Te contaré algo. A veces he tenido que ir en ambulancia al barrio a atender algún aviso. Al llegar, pase lo que pase, nos llevamos al paciente al hospital. Sobre todo si está muerto. ¿Y sabes por qué? Porque así lo mandan los protocolos. Una vez un compañero le dijo a los allegados *in situ* que no podían hacer nada por su familiar y lo mataron a navajazos. Por eso ahora le colocamos el oxígeno al muerto, le tomamos el pulso y lo subimos a la ambulancia. Y cuando eso pasa, no te puedes ni imaginar la vergüenza que siento por dentro. Sí, por mis venas corre la sangre gitana, pero algunos desgraciados como tú nos salpican a los demás con su mierda y así nos va. No hacen nada por mejorar la imagen que se tiene de todo nuestro pueblo, y cuando uno de nosotros hace algo que merece la pena, entonces les sienta mal y nos llaman traidores. Pero a mí no me importa. Yo tengo la conciencia tranquila. Mucho más que tú, estoy seguro.

Juande negó con la cabeza y chasqueó la lengua.

—Si piensas eso, es que no entiendes nada.

El jeringuillazo de la vacuna le cayó al Perrolobo de golpe. Sintió cómo el líquido entraba por su glúteo y se acumulaba bajo la piel. Las hipodérmicas lo incomodaban. Casi prefería recibir patadas del sargento Miñarro a que le clavasen un trozo de hierro.

—Te tengo que dar puntos.

—Pues no cosas el agujero equivocado.

—Y tú no te cagues encima.

El Señorito agarró aguja e hilo.

—¿Eso es lo que querías decirme? —dijo—. ¿Que soy un renegado de mi pueblo?

—Vengo a que te unas a la banda —el hilo se tensó—. Vamos a dar un golpe —explicó—. Uno enorme, pero de los grandes de verdad. Y quiero que estés a mi lado.

Diego clavó la aguja curva en la piel.

—No me interesa. Deberías saberlo.

—Te interesará, te lo aseguro.

—Sólo por saber que estás planeando algo ya me comprometes, ¿no lo ves?

—Te necesito, Diego. Me da igual que el Cani o el Mosca se rajen, pero a ti te necesito de verdad.

—Ya no soy un delincuente —hizo un nudo y cortó el hilo negro—. Tengo un buen trabajo. ¿Por qué debería volver a las andadas?

—Porque, si no lo hago, el Canciller matará a David.

El Perrolobo se giró. Estaba cansado de darle el culo a su cuñado. Lo encontró paralizado, con un trozo de esparadrapo en la mano.

—Tengo que vendarte —dijo.

—¿Has escuchado lo que acabo de…?

—Joder, sí —golpeó la camilla con la palma abierta—. ¿Qué coño haces volviendo a hacer negocios con ese criminal? Está enfermo, es capaz de matar a su madre por un fajo de billetes.

—Seguramente ya lo ha hecho.

—¿Y por qué vuelves ahí? Dios, no eres ningún imbécil, Juande. El Canciller fue quien te vendió a la policía, lo sabes de sobra. Los Ronco buscaron a un cabeza de turco, y mientras te detenían a ti por el chivatazo, varias toneladas de cocaína entraban por otro lado.

—Lo sé. Por eso maté a los Ronco, porque no podía acercarme al Canciller. Pensé que el mensaje era claro, pero no. Ahora me exige que le devuelva los cinco kilos con intereses. Ha amenazado a David si me niego.

—Jesús, pues agarra a tu hijo y márchate del país. Lárgate a Portugal, o yo que sé. Si me sucede eso a mí, te juro que desaparezco.

—No puedo. Me tengo que presentar en la comisaría cada fin de semana.

Le enseñó la pulsera de localización.

—¿Me estás tomando el pelo? Quítate esa porquería con un soplete y lárgate rápidamente.

El Perrolobo sonrió.

—Por eso me gustas, Diego. Eres un tipo listo.

—Y tú me quieres hacer creer que te retiene una pulserita de mierda.

—Tienes razón —extrajo el papel arrugado que guardaba en la chaqueta—. Creo que te debo una explicación.

—No me debes una mierda.

—Escucha, Diego —le colocó la mano en el hombro—. Hay algo que nadie sabe.

—Te he dicho que no me importa.

—Me toca los cojones lo que te importa o lo que no, porque yo voy a contártelo —le pasó el folio—. Se podría decir que es mi mayor secreto, ¿de acuerdo? Lo que te voy a confesar no puede salir de aquí.

El Señorito dudó, pero desplegó el papel. Lo que vio lo dejó sin habla.

CAPÍTULO 9

Christian estaba mudo de rabia. O tal vez no fuera rabia, sino otro sentimiento parecido. Sólo sabía que su padre lo odiaba por lo que era, por la misma naturaleza de su ser. Lo consideraba un ser débil y amanerado por no usar sus mismos términos. A veces Christian pensaba que se parecía más al que les llevaba el gas cada mes que a cualquier varón Ronco. Con el él podía hablar de poesía, de Marx, de Cervantes. Con su padre todo era diferente. Lo que él encontraba aborrecible era la gasolina que hacía andar a su progenitor. La violación de aquella pobre chica fue lo último. Ni siquiera la vio salir de debajo del puente. Los periódicos no decían nada al día siguiente. Y él, el vástago no deseado, el paria sin linaje, estaba mudo de rabia o de otra emoción similar.

Quería ser fuerte. Quería pertenecer al grupo familiar. Quería demostrarle a su padre que podía ser tan o más macho que él. Abelardo era el tipo rudo al que se odia pero a la vez se quiere contentar.

Por eso llevaba el revólver en el bolsillo. Pesaba mucho y casi lo hacía cojear, estaba pringoso de lubricante y tenía unas salpicaduras rojas por todo el tambor que no quería saber qué eran. Ahí la rabia subía de categoría, ya que su viejo tenía razón: se sentía superior. Era como si pudiera ir adonde quisiera y hacer lo que le viniera en gana. Le daba poder.

Caminaba por las calles sin rumbo fijo. Sólo avanzar, poner un pie detrás de otro y seguir adelante. Pensaba en lo que había vivido a sus dieciséis años y lo que le quedaba por delante.

Era el hazmerreír de su familia, el bufón del instituto, el imbécil de cualquier reunión. Sin amigos, sin novia, sin otro refugio que los libros y las horas de estudio en la biblioteca. La beca no le iba a durar para siempre, y cuando eso ocurriera, no le quedaría más remedio que arrastrar un carro de supermercado para recoger chatarra o meterse el cañón del revólver en la boca y cerrar los ojos muy fuerte.

La segunda opción le parecía más adecuada.

Sin darse cuenta había llegado a un jardín cercano al barrio. A un lado había una caseta de golosinas con más gente fuera que dentro. Era el lugar de reunión de «la mafia», el grupo de chicos duros del instituto que lo jodían a diario. Se sentaban en un banco, comían semillas de girasol y fumaban hasta desfallecer. Eran cuatro, pero su cabecilla era Ángel, al que todos llamaban Josper, un repetidor gordo, enorme, estrábico y medio retrasado. Lo idolatraban por una sencilla razón: era el que ponía el dinero. El resto era su séquito de chupaculos, que incluía algunas chavalas con poca autoestima que jugaban a ser mayores. Josper les proporcionaba coca y todos seguían sus pasos, que en la mayoría de las ocasiones consistían en hacerle un *mobbing* extremo y sin concesiones a Christian.

—Tú, saco de heces, éste es nuestro territorio —dijo Josper al verlo.

Christian miró a su alrededor. En el parque paseaban madres con sus hijos, un par de niños jugaban a la pelota y varios ancianos vegetaban al sol. No parecía ser el coto privado de nadie.

—No puedes estar aquí —se levantó del banco con cáscaras de pipa por la pechera—. Pero como has entrado, ahora debes pagar el peaje.

El resto de la tropa se levantó tras él. La cobardía se amparaba en el número.

—¿Qué peaje? —preguntó casi por inercia, aunque no le importaba la respuesta.

—Dame los pantalones y puedes irte —prosiguió.

—Por la calle y desnudo, ¿no?

—¿Quién te has creído que eres, gitano de mierda? —preguntó Cristina, una chica de pelo rizado y una nariz caballuna excelente para esnifar que salía con el sucio de Ángel—. Danos los pantalones y reza para que no te reventemos el culo a patadas.

La risa se generalizó. Los viandantes no prestaban atención al grupo de adolescentes que se acumulaban en el parque.

—La que tiene el culo reventado eres tú, Cris —contestó Christian, con un valor mezclado con la dejadez—, pero de tantos pitos que te lo han abierto.

Tras el segundo de desconcierto vino la tormenta. Josper, tan grande y patizambo como un hipopótamo, y no mucho más guapo, dio tres pasos al frente y empujó a Christian del pecho. Era el comienzo de un ritual de amedrentamiento que terminaría con una paliza en el momento que el joven Ronco se rindiera.

—Ahora sí que te la has buscado, joputa —los ojos bizcos de Ángel se movían de un lado a otro, intentando fijar la vista en su víctima—. Con mi nena no se mete nadie, y menos un desgraciado como tú.

—¿Por qué no me la chupas? —contestó Christian mostrando el revólver.

Todo se congeló. Josper era un trozo de tocino tembloroso, Cristina se convirtió en la mujer de Lot, y el resto de acompañantes hicieron la estatua como si jugaran al Pollito Inglés. Hasta las palomas que llenaban de mierda las aceras detuvieron su vuelo y su arrullar y miraron la escena con las cabezas ladeadas.

—El mundo no deja de decirme cómo tengo que ser —gruñó Christian—. Para mi padre no soy más que un estudiante aburrido, para ustedes un gitano que no merece las mismas oportunidades que los demás, y para el noticiero voy a ser el psicópata que se lio a tiros en el parque.

Los más listos de la tribu salieron corriendo al comprender el alcance de las palabras de Christian. Josper estaba inmóvil, con la mandíbula bailoteando de un lado a otro, más por la cocaína fumada que por el pavor que sentía.

—Ahora soy lo que querían que fuera —continuó—. Pensaban que por ser gitano debía ser un delincuente. Es una estupidez, pero como ustedes son unos imbéciles de cuidado, creo que les voy a conceder su deseo.

Cristina se orinó en los pantalones. Ángel babeó por la comisura de los labios. Sin duda, no era tan diferente a un hipopótamo.

—Y tú —señaló a Josper con el revólver—, eres lo peor de la sociedad. Tu padre tiene una fábrica de cascos de moto que se maneja sola. Incluso un retrasado mental profundo como tú puede llevarla. Sabes que tienes el futuro garantizado, nadando en billetes y gritándole a tus empleados. Esto sólo es el entrenamiento, ¿verdad? Joder al chaval más inofensivo de la clase. Lo que es divertido de verdad es cuando las reglas cambian.

—Vamos, hombre… —balbució el gigante.

—¿Vas a suplicar? ¿O a llorar? A mí no me sirvió ninguna de las dos estrategias. Sólo quería integrarme en un grupo, estudiar y ser alguien en la vida. Pero se ve que a ustedes no les gusta cómo suena.

—Por favor… —Ángel rompió en llanto, arrugando tanto su gesto que más que un hipopótamo parecía un jabalí verrugoso.

—Ustedes tienen la oportunidad de cambiar el mundo y la desaprovechan vagando por las calles. Tienen dinero, contactos, una familia que los quiere y los apoya, y lo tiran todo por la borda. Ustedes juegan a odiarme, pero yo los odio de verdad.

Un par de visionarios más salieron huyendo y se escondieron detrás de las palmeras. Un tercero salió disparado hacia la carretera y a punto estuvo de acabar bajo las ruedas de un Renault.

—¿Qué esperas, Josper? —dijo Christian—. Chúpame la punta del cañón.

—Vamos, hombre…

Ver a un hombre tan grande desecho en lágrimas no le dio ninguna pena. Él mismo había llorado durante años y su desesperanza nunca encontró consuelo.

—Chú-pa-me-la —repitió.

Christian sintió un dolor brutal en la mano libre. Se giró hacia su izquierda y encontró a un niño de unos seis años mordiendo sus dedos con fuerza. Se apartó de un salto y le apuntó a la cara. Entonces se fijó en que no tenía manos. El resto de paseantes se percató del revólver que sujetaba, pero nadie le prestó mayor atención.

—¡Perdón, perdón! —una mujer vino a la carrera y agarró al chaval—. Mi hijo está enfermo, no sabe lo que hace.

El niño, más que enfermo, parecía que estuviera muerto. Tenía los ojos vidriosos, las pupilas apagadas, la piel nívea. Intentó morder a su madre mientras se lo llevaba a toda prisa. Lo ató a la silla de una carriola y se marchó. El menor era demasiado grande para ir en ese medio de transporte. El esperpento se agudizó cuando la buena señora pasó al lado de una paloma y la pateó con fuerza. Antes de que pudiera escapar volando, la agarró y se la puso ante la cara. El chiquillo reaccionó arrancándole la cabeza de un mordisco y comiéndose al pájaro crudo.

Christian regresó a la realidad. No había ni rastro de Josper y sus secuaces, por lo que decidió marcharse también. Escondió el revólver entre la ropa, dejándolo sujeto a la cintura, y le prestó atención a la herida. Era más profunda de lo que parecía. Encontró incluso un diente de leche entre la carne. El puto ñaco estaba cambiando la dentadura. La sangre bullía feliz por el tajo. Se le veían los tendones. Había tenido suerte de no perder los dedos. Se vendó con la camiseta, pero no detuvo la hemorragia. No lo pensó, simplemente reaccionó. Sus pasos le dirigieron al hospital, apenas cinco manzanas desde el barrio. Era antiguo, pero a ambos lados contaba con terreno por si necesitaba crecer. Mientras se encaminaba recapituló los últimos minutos, con Josper postrado a sus pies, la zorra de Cristina meándose en los calzones y él, el hazmerreír, el bufón, el imbécil, decidiendo si los dejaba vivir o si les descerrajaba un tiro.

Supuso que no habría disparado, ya que la diversión habría llegado a su fin.

Papá tenía razón: se sentía superior, poderoso, un Ronco.

Abrió la puerta de Urgencias de un empujón y se dirigió al mostrador. Sin embargo, se detuvo en seco al reconocer a alguien. En una esquina, hablando con un enfermero, se encontraba el Perrolobo.

Nunca lo había visto más que en fotos, pero sí había oído hablar de él a su padre. El Perrolobo era el asesino de sus tíos Luis y Ramón, el que había jurado matar a Abelardo cuando saliera de la cárcel. Y ahora estaba allí, ante él, a la merced de su revólver. No se podía imaginar una dicha mayor ahora que se había decidido a conquistar el respeto de su viejo.

El enfermero abrió una puerta de doble bisagra y desaparecieron en el interior. El vaivén de la hoja le permitió observar cómo se escondían en el primer habitáculo que había.

Acarició el arma que llevaba escondida entre sus ropajes. Era su momento. Los astros se habían alineado para que dejara de ser un paria y se convirtiera en un héroe. Iría a la cárcel, o a un reformatorio, y desde allí podría retomar los estudios.

Christian, el Ronco, era un digno hijo de su padre. Y todo el mundo lo sabría.

CAPÍTULO 12

—Ahora ya lo sabes —dijo el Perrolobo.

Diego, el Señorito, le devolvió el papel. Lo que había escrito en él y la conversación posterior le habían abierto la mente. El Perrolobo tenía un plan, y era obvio que lo necesitaba.

—Estaré a tu lado —murmuró.

—Gracias, Diego —le palmeó la espalda—. Siempre supe que podía contar contigo.

—No lo hago por ti —se zafó de su cuñado—. Quien realmente me importa es David.

—Pero lo vas a hacer.

—Ya te he dicho que sí.

—Entonces no hay nada más que hablar.

El Perrolobo recogió su chaqueta y se la puso. Diego se derrumbó en una silla.

—¿Sabes? —dijo—. Siempre pensé que eras un mal padre, Juande. Sin embargo, creo que no es así. En el fondo te preocupas por David, aunque a tu manera.

—Daremos el golpe, Diego. Nadie nos detendrá. Y entonces vendrá tu turno.

—¿Dónde es la reunión?

—En el bar del Piojoso.

—¿El que está en la Ronda Sur?

—No, joder. El de siempre, el de la Gran Vía.

—Es la franquicia más importante del sector, están por todas partes. En cada esquina hay uno. A la gente le encanta. Su fundador, Joe Álamo, es de oro.

—Tendremos que atracarlo, entonces.

Se rieron como hacía tiempo que no lo hacían. Dos cuñados unidos por los lazos de sangre y separados por el dolor. Hermanados en la devoción a la misma tumba, hermana y esposa, María. En aquel momento no importó nada, ni las lágrimas, ni el rencor, ni el papel del Perrolobo, ni la tensa conversación previa donde le explicó los pormenores de su secreto, ni tan siquiera lo malo que era el chiste. Tan sólo se rieron como dos viejos camaradas, con sinceridad y cariño.

Christian no sonreía cuando entró por la puerta empuñando el revólver. Había tenido que esperar una eternidad a que lo atendiera un facultativo para que le desinfectara, cosiera y vendara la herida. Pensó que el Perrolobo ya se habría marchado a su agujero, pero seguía allí. Entró al habitáculo de enfermería en silencio. Los hombres lo vieron, pero ninguno reaccionó. Cerró la puerta tras de sí y se mantuvo con la espalda pegada a la pared.

—¿Quién eres? —preguntó el Señorito.

—Cállate —dijo—. Esto no va contigo.

El Perrolobo dio un paso al frente. Christian levantó el arma y la sujetó con ambas manos.

—Me llamo Christian Ronco. Tú mataste a mis tíos. Prepárate para morir.

—¿Esa frase no era de una película? —preguntó Diego.

—¡Que te calles! —gritó—. Es un asunto familiar entre el Perrolobo y yo.

Juande se colocó en la trayectoria del disparo. Christian sudaba y le temblaba el pulso.

—Conozco a tu padre —dijo—. Es un hijo de la gran puta que estaría mejor muerto.

—Eres tú el que va a morir.

—Estoy seguro de que tú también piensas lo mismo. ¿Te ha hecho él esos moretones? Tenía fama de maltratar a su mujer, la pobre.

—No metas a mi madre en esto...

—Yo también tengo un hijo. Es algo más joven que tú. ¿Y sabes qué? Veo su mirada en ti.

—¿Y a mí qué me importa? He venido a matarte.

—Entonces, ¿por qué no lo haces? Tu padre no habría dudado un segundo, no se habría parado a hablar conmigo. En lugar de eso habría disparado nada más tenerme a tiro. Lo sé, lo he visto en su cara. Tiene ojos de asesino. Pero tú no. Tú tienes otra luz, como la de mi hijo.

—Soy un Ronco...

El Perrolobo se llevó la mano al bolsillo interior de la chaqueta y sacó la cartera. Christian dio un respingo. Estaba cada vez más nervioso e inseguro.

—Se llama David —le mostró una foto tamaño carnet que llevaba en un bolsillito—. Estudia en el colegio, sale con sus amigos, se fija en chicas. Es como tú, salvo que con un padre diferente.

—Tú no lo conoces. Él...

—Lo sé —le interrumpió—. Se emborracha, se mete de todo, se va de putas y, si no tiene dinero, se busca a una pobre desgraciada de la que abusar. No me quiero ni imaginar la clase de infancia que habrás tenido, pero te aseguro que no has heredado el gen sangriento de Abelardo. Así que dame el hierro y márchate de aquí.

—¿Por qué debería hacer eso? —preguntó al borde del llanto.

—Porque eres un buen chico, no un asesino.

La duda estaba en el interior de Christian. Había sentido poder al humillar a Josper, pero ahora estaba jugando con los mayores. El Perrolobo hablaba con tono franco, amigable. En un minuto había demostrado que lo conocía mejor que su padre en toda su vida. ¿De verdad quería seguir los pasos de su progenitor? ¿Quería saquear, quería matar, quería violar a chicas debajo de los puentes? ¿Quería dar palizas a su mujer y a su hijo? Aquel no era su camino. En su interior sabía que no era así. Aquello lo hacía por su padre, un tipo que, de ser el padre de otro, le habría parecido el hombre más despreciable del universo.

—No sé qué hacer —murmuró con la voz trémula.

El Perrolobo estiró el brazo hacia Christian con la palma de la mano extendida.

—Ve con tu madre —dijo—. Ella te necesita.

—Tengo miedo…

—Si quieres llorar, hazlo. Aquí nadie se va a reír de ti.

Christian se derrumbó. Bajó el arma y le fallaron las rodillas. El Perrolobo lo agarró y le quitó el revólver.

—Oh, Dios… —balbucía—. Lo siento… lo siento tanto…

—Tranquilo, chico —dijo Juande—. Ya pasó todo.

Después empuñó la navaja que llevaba en el bolsillo y le atravesó el corazón. El cuerpo de Christian se contrajo, más por la sorpresa que por el dolor. Lo miró con los ojos llenos de lágrimas pero ya no encontró calor, sino una frialdad tan extrema que le congeló el alma. El Perrolobo retorció el mango de la navaja y dejó que cayera al suelo ya sin vida.

Diego se levantó de la silla. Temblaba tanto que apenas podía caminar. Se arrodilló ante el difunto y le buscó el pulso. Comprobó que estaba muerto y se incorporó de nuevo. El Perrolobo se limpiaba las manos en la funda de la camilla.

—¿Pero qué has hecho? —preguntó el Señorito.

—Ya lo has visto.

—¿Y por qué?

—¡No me juzgues! —el Perrolobo lo encaró: ya no parecían tan amigos—. Ni se te ocurra juzgarme. Tú estabas aquí. Llevaba un revólver, iba a matarme. ¿Crees que te habría dejado con vida?

—¡Se había rendido!

—Era blando y eso lo ha matado, no yo. Si hubiera sido listo habría disparado.

—Era un niño.

—¿Qué querías? ¿Que lo dejara marcharse? ¿Y luego, qué? Tengo que pensar en David, en su seguridad. El joven Ronco habría buscado a un rival de su categoría. Habría ido por mi hijo. Lo que acabas de ver no es una venganza. Le he salvado la vida a David.

—Ya sé que tienes más huevos que nadie en la ciudad. Pero, ¿ahora qué? ¿Cómo crees que reaccionará Abelardo? ¿Qué crees que hará su clan? Vendrán por ti, por David, por tus padres. Por todos los que te hayan conocido en vida. Morirán muchos antes de que la policía reaccione. ¿No lo ves? Esto ya no es un asunto personal, has declarado una guerra.

—Me ocuparé de Abelardo, no te preocupes. Y por lo que respecta al chaval, yo no lo he matado.

Los iris azules del Perrolobo se clavaron en los de Diego. Allí estaba, el desafío, el reto, la complicidad. Había que jugar en equipo. Debía enfangarse en un asesinato.

—¿Y cómo piensas esconder el cuerpo? —preguntó el Señorito—. En la entrada hay cámaras, ¿sabes?

—No voy a esconderlo. Esto es un hospital. La gente muere. Lo vamos a dejar aquí y que alguien lo encuentre.

—Ese plan es una chapuza.

—Yo sólo sé que ni tú ni yo estábamos aquí.

—No tardarán en relacionarme contigo. Seguimos siendo cuñados.

—Entonces envuélvelo en una sábana y bájalo a la morgue antes de que empiece a pudrirse. Cadáver sin identificar número ocho.

El cadáver sin identificar número ocho se agitó. El Perrolobo retrocedió y chocó con la camilla. Diego se acercó a buscarle signos vitales.

—Tranquilo, chico —dijo—. Joder, no le encuentro el pulso.

—Está muerto.

—Se está moviendo. Está vivo.

—Está muerto —repitió—. Yo lo he matado. Le he atravesado el corazón.

Christian intentó morder a Diego. Juande lo apartó de un empujón y saltó sobre el adolescente antes de que pudiera incorporarse. Le estranguló con todas sus fuerzas, clavando los pulgares en la tráquea, pero el chico no necesitaba respirar. Estiró las manos y le arañó la cara al Perrolobo. Éste le devolvió la caricia en forma de un tremendo puñetazo. El Señorito lo observaba todo desde el suelo. Christian abrió la boca para clavar sus dientes en la carne, pero no lo logró. El Perrolobo entonces desenfundó la navaja de nuevo y se la clavó en el pecho. Le asestó ocho puñaladas, pero no conseguía devolverlo al infierno.

—¿Por qué no te mueres? —gruñó.

Desconcertado y con la adrenalina a tope, le golpeó la cabeza contra el suelo una y otra vez hasta que le abrió el cráneo. Christian se agitaba, el rostro compungido en un gesto que no supo interpretar como hambre, los ojos desorbitados y una fuerza espástica que rivalizaba con la del Perrolobo. Al fin, tras el enésimo impacto contra el gres, Christian recobró la paz de los difuntos.

El Perrolobo le soltó las orejas. Le temblaban las manos. Se arrastró hasta sentarse cerca del Señorito. Desde allí contempló el cadáver del chico con los sesos fuera.

—Estaba muerto —murmuró—. Tú lo has visto, Diego. Estaba muerto.

—No tenía pulso… O era muy débil, pero el caso es que…

—Le clavé la navaja en el corazón. Murió delante de nuestras narices.

—¿Sabes? —dijo—. Creo que tu plan no es tan malo como parecía al principio.

—¿Dejamos el cuerpo aquí?

—Le estoy haciendo la guardia a un compañero. Mi nombre no aparece en los papeles, aunque la gente del hospital podrá decir que estaba por aquí —se llevó las manos a las sienes—. No importa, lo mejor es que te marches ya. Yo arreglaré este desastre.

—¿Sigue en pie lo que hemos hablado? —le preguntó—. ¿Estás con nosotros?

—Joder, después de lo que acabo de ver, más que nunca —el Señorito se incorporó—. Ayúdame a tumbarlo sobre la camilla. Quizá nadie lo toque hasta mañana.

—Eres un buen tipo, Diego.

—Y tú un imbécil.

CAPÍTULO 13

—Eres un imbécil —dijo la Chunga.

—Y tú estás muy buena, Macu —le contestó el Cani.

El bar del Piojoso era un lugar con pedigrí, donde van los viejos que esperan la muerte a pasar sus últimos días entre chatos de vinos y cafés con coñac. También lo frecuentaba gente de ralea siniestra. La barra siempre estaba ocupada por tipos que se esforzaban demasiado en disimular que no escuchaban a las mesas, y los de las mesas en hablar con palabras clave para que no se enterasen los de la barra. Allí, según aseguraban todos los presentes, Einstein había descubierto la teoría de la relatividad. Para ello argumentaban que, al cruzar por la puerta, el tiempo se detenía y cada día era igual al anterior: las mismas personas, las mismas conversaciones, los mismos vasos con el mismo matarratas. La variedad de tapas se reducía a patatas de bolsa, cacahuates rancios, olivas en cáustico y unas bolas negras llenas de pelo que rezumaban en un engrudo espeso a las que nadie se atrevía a llamar albóndigas. El suelo venía de fábrica alfombrado de palillos y colillas, el ambientador natural se formaba en el aseo de caballeros por fermentación de orines de varias generaciones, mientras que el toque exótico lo ponía el chino que vaciaba el tragamonedas dos veces al día.

—Te dije que quería una cerveza, no este destapa tuberías —prosiguió la Chunga—. ¿De qué está hecho este mejunje?

—Es un aguardiente casero que hace el dueño —contestó el Cani.

—¿El que se quedó ciego por tomar alcohol del malo?

—Bueno, sí, pero esto es otra cosa. Te limpia el organismo.

—Si me trago eso y lo meo, seguro que se me derrite el coño. O se me funde, que es peor.

El Mosca agarró una copa y se sirvió un trago. No era aconsejable que bebiera mucho, ya que la última vez montó un lío de proporciones épicas. Ocurrió en la fiesta de cumpleaños del Cani. En un momento dado, Pepe, el Mosca, desapareció y regresó con una cabra a los hombros. La arrojó desde la terraza, es decir, desde nueve pisos de altura, y aterrizó sobre un coche de la policía local que estaba aparcado sobre la acera. Dijo que no había encontrado ningún campanario para continuar la tradición de su pueblo. Y es que, cuando el Mosca bebía, la vida se volvía más divertida y peligrosa.

—*Estiñela mistó* —dijo con su mejor acento caló.

—¿A que te limpia la garganta? —preguntó el Cani—. Ya no se hacen licores como éstos.

—¿Dónde demonios se han metido los demás? —la Chunga miró un reloj que llevaba semioculto entre una miríada de pulseras.

—Hemos llegado pronto, te lo dije.

—No se puede confiar en los hombres.

—Eh, que yo estoy aquí.

—No te lo tomes a mal, Lolo —la Chunga le palmeó el dorso de la mano—, pero a ti no te considero un hombre.

—¿Y qué soy?

—Ya te lo he dicho antes: un imbécil.

Chus, el Matraca, entró en el garito. La puerta le quedó pequeña y tuvo que pasar de lado. Avanzó hasta la mesa donde estaban sus compañeros bajo la atenta vigilancia de los tipos de la barra. Un viejo sentado en una mesa al otro extremo del cuchitril levantó el periódico y dejó a la vista dos agujeros en donde colocaba los ojos. La vieja escuela aún funcionaba en el bar del Piojoso.

—¿Qué horas son éstas, Chus? —le recriminó la Chunga.

—Joder, yo he ido al que está en la Avenida Principal.

—Dijimos Gran Vía.

—No puedes dar dos pasos por esta ciudad sin encontrarte un bar del Piojoso. Parecen una secta —se sentó junto al resto—. ¿Y Juande?

—Tal vez se haya perdido también —dijo el Cani—. Cuando reformaron la fachada para poner el cartel luminoso que no funciona, también arreglaron los marcos de las ventanas.

—¿Cómo sabes tú eso? —preguntó el Matraca.

—Porque paso más tiempo aquí que en mi casa.

—*Brostele perpeñí* —se burló el Mosca.

—Eh, que no vivo debajo de ningún puente, estúpido. Lo que pasa es que… bueno, me gusta tener un techo sobre la cabeza…

—¿Se acuerdan de cuando dimos el palo a las cajas de seguridad del Banco Sacamantecas? —rememoró la Chunga—. El día de Nochebuena, nada menos. Ni un poli en los alrededores y nosotros armados con una lanza térmica para quemar las cerraduras.

—Jamás me he cansado tanto —dijo el Matraca, mirándose las manos.

—Había más dinero allí que en la caja fuerte —prosiguió el Cani—. El dinero negro en este país es algo exagerado.

—Sólo nos dio tiempo a abrir la mitad y abandonamos allí todo el equipo —continuó Macu—. La policía no sabía ni qué buscar, porque los empresarios cabrones no dijeron lo que tenían en las cajas. Dios, tenían tanto miedo a que los encarcelaran por evasión de impuestos que preferían callar y olvidar lo que había pasado.

—*Sinaban mistós chiró* —asintió el Mosca.

El Perrolobo apareció bajo el umbral. Lo acompañaba Diego, el Señorito. Los tres hombres y la mujer arrugaron la nariz, y no debido al aire cargado del local.

—¿Qué hace este media mierda aquí? —dijo la Chunga, con su elegancia característica.

—Está con nosotros, ¿vale? —contestó el Perrolobo.

—No me fío de él, Juande —prosiguió la dama—. Es un acomodado.

—Al menos no enseño el conejo a los payos para que se la jalen con la mano en el bolsillo, Macu —respondió el Señorito.

La Chunga se levantó de un salto y echó mano a lo que guardaba en el bolso, pero el Perrolobo la retuvo. Le clavó sus ojos albinos en la cara y negó muy despacio con la cabeza. La chica se relajó y todos tomaron asiento. Los parroquianos estaban a punto de romperse el cuello de tanto mirar por encima del hombro. Uno de ellos disimulaba tras el capirote de un capuchino.

—No voy a estar mucho tiempo con ustedes —dijo el Perrolobo, mostrando la pulsera localizadora—. Diego les contará los detalles. Es mi lugarteniente.

—¿Estás seguro de lo que vas a hacer? —preguntó el Cani—. No te lo tomes mal, hombre, pero no me cuadra que un enfermero, con un trabajo bien y la vida resuelta, se meta en estos problemas.

—¿Quieres vendernos a la policía, Señorito? —lo acució la Chunga—. ¿Te sacas un sobresueldo vendiendo a tus colegas?

—Tengo mis motivos —dijo—. Y son cosa mía.

—El asunto es sencillo. Ya lo hemos hecho en otras ocasiones y no vamos a cambiar el modo de operar. Será en Jueves Santo, y nos aprovecharemos de que hay varias procesiones por la calles.

—*O debé ulaque* —apuntilló el Mosca, echando otro trago.

—Tiene razón —recalcó el Cani—. Es festivo. Los bancos están cerrados.

—Para los furgones blindados no —el Perrolobo bajó el tono—. Cuando estuve encerrado hablé con un tipo que había atropellado a un ciclista y se había dado a la fuga. Cuando estaba libre trabajaba en la cobertura de los furgones que transportan el dinero de los bancos. Me contó que los Jueves Santos trabajaban para algunas cajas de ahorro y varios supermercados. No todos, pero sí algunos. La recaudación de esos días podía ser de más de un millón.

—Nunca le hemos dado un palo a un furgón, Juande —el Matraca estaba dubitativo.

—Ni siquiera sabemos el itinerario que tomará —añadió el Cani.

—Sólo necesitamos esperar en la puerta de una de las sucursales a que aparezcan —explicó el Señorito.

—Lo tengo todo previsto —el Perrolobo se giró hacia el Cani—. ¿Han conseguido lo que les pedí?

—Le debemos un dinero al viejo Pericles, pero nos ha dado las pistolas. Las tengo escondidas. Dos Berettas robadas a la Guardia Civil y un rifle.

—¿Van a matar a los vigilantes? —preguntó el Señorito.

—No, salvo que ellos quieran morir —contestó el Perrolobo.

—¿Cuáles son los detalles?

—Se los explicará Diego —dijo levantándose de la silla—. Si sigo más tiempo aquí puedo comprometerlos. No quiero que se les relacione conmigo.

—¿Por qué no? —la Chunga estaba nerviosa—. Estás tomando un… lo que sea que haya en esta botella pringosa, con tus colegas de siempre. ¿Qué tiene de malo?

—Se lo explicará Diego —repitió—. No tenemos mucho tiempo. Deben memorizar el plano de las calles, las rutas de huida y el lugar de encuentro. Cada cual tiene asignada una función. Matraca, distracción. Mosca, conductor. Cani y Chunga, les toca acojonar a esos ingenuos. Diego será el enlace, y yo los acompañaré en todo momento. Dentro de dos días daremos un golpe sonado de los de verdad, así que busquen una coartada muy buena por si se la piden.

El Perrolobo no admitió preguntas. Les dio la espalda, salió al exterior con un Bisonte apagado en los labios y se perdió entre el gentío.

—¿A qué viene esto? —preguntó el Cani—. ¿Por qué tanto secretito?

—El plan tiene un cabo suelto —dijo el Señorito.

—¿Qué cabo? —la Chunga le empujó del hombro—. Joder, habla claro.

Diego tomó un sorbo del aguardiente casero que descansaba sobre la mesa. Al instante sintió cómo la garganta le ardía y los pulmones se colapsaban. Lo que se movía en su boca no era la lengua, sino una tira de cuero quemado.

—Es Juande —contestó como pudo—. Dejará que lo atrapen y volverá a la cárcel.

El asombro y la incredulidad se instalaron sobre sus cabezas. Un viejo de la barra asintió para sí mismo. Otro lo espió.

—¿Por qué iba a hacer eso? —dijo el Matraca.

—Necesita el dinero para David. Y aunque lo atrapen, tiene un as bajo la manga que le impedirá entrar en la cárcel. Por eso les ha dicho lo de las coartadas, para que cuando la poli les pregunte, tengan una buena prueba de que estaban en otra parte.

—Eso no explica nada —la Chunga se cruzó de brazos—. ¿Qué gana entregándose?

—No se preocupen —contestó Diego—. Eso forma parte de otro plan.

CAPÍTULO 14

La noche antes del gran golpe.

El Perrolobo no pudo dormir. Tenía demasiadas cosas en la cabeza. Su plan no era infalible, como no lo era ninguno que conociese. Sin embargo, a escasas horas de montar el lío, sentía que todo se iba a ir al traste. Él no tenía la mínima intención de salir indemne de aquello. Con el dinero podría pagarle al Canciller una parte, y aunque era un demente peligroso, confiaba en que bastaría para asegurarse la supervivencia de su hijo.

El hijo del Ronco estaba muerto. Abelardo lo había encontrado en el hospital casi a la medianoche. Un cuerpo sin identificar, apuñalado, sin la cartera, con la cabeza abierta. En la mano tenía un vendaje. Compararon los pacientes atendidos que habían llegado con heridas similares. Al final localizaron al Ronco y la desaparición de Christian se concretó en muerte. Y mientras Abelardo aguantaba que su mujer se desahogase sobre su pecho, él sólo tenía en mente al Perrolobo. Porque había sido él, lo sabía en su fuero interno, no podía ser otro. Le habían llegado rumores de que estaba en la calle. Había sido el Perrolobo. Lo encontraría. Lo mataría. Pero antes le haría tragar sus propias pelotas.

Las pelotas de Miñarro, el Pollatriste, estaban muertas y secas. La frustración era constante en cada momento de su vida. Ni las putas podían hacerle revivir aquel pene inútil. Probaba hierbas extrañas, y cuando se desesperaba del todo, se metía dosis de esas pastillas azules tan divertidas. A veces funcionaban, otras no. Había pasado por curanderos, masajistas, le habían clavado agujas en el testículo asegurándole que era acupuntura, había envuelto en papel un montón de lombrices machacadas en un mortero y después lo había quemado en un acto de magia negra, pero su vigor sexual se había esfumado. Se sentía medio hombre, y cada vez tomaba más fuerza la idea de matar al Perrolobo. No le importaba lo que pensaran sus compañeros ni lo que pusiera en el papelito que le había enseñado, con todos sus sellos y firmas gubernamentales. Iba a encontrarlo por su cuenta, y de forma secreta, lo iba a matar. Estaba seguro de que entonces conseguiría empalmarse. Los clientes de la Chunga estaban empalmados. Le sorprendía la cantidad de alcohol que podían beber y no perder las ganas de que se les levantase. Vio a un par meterse rayas en la barra y a otro orinar mientras pedía un whisky. Le lanzaron un billete doblado como un avión de papel y lo agarró al vuelo. Las luces la cegaban, la música con la que bailaba era peor que la de una película porno. Alguien gritó «que salga la Turca», y quiso asesinarlo. Sin embargo, se recompuso. Debía seguir con su ritmo de siempre. Al día siguiente tenía negocios que cumplir y no iba a estropear su fachada de normalidad pegándose puñetazos con aquel cretino.

Pepe, el Mosca, le propinó un puñetazo a aquel tipo. No lo conocía de nada, ni siquiera le había dirigido la palabra. Pero tenía ese porte de prepotencia que tanto odiaba en los demás. Su mirada decía que era mejor que él, que lo tenía todo más fácil, que no tenía suelto para echarle a la gorra. La mirada del Mosca delataba que iba borracho. Para él, el alcohol era lo mismo que para Popeye las espinacas. Lo ponía hecho una furia y sólo se detenía cuando se le pelaban los nudillos. Su adversario, elegido al azar, no duró ni dos asaltos. Cayó al suelo y el Mosca decidió buscar su furgoneta para poder dormir.

El niño no dormía. No hablaba, no respiraba, no la reconocía. El niño sólo tenía hambre. Su madre había intentado que comiera jamón cocido, fruta, papillas e incluso golosinas, pero el niño se comió al gato. Cuando se cayó por las escaleras nunca pensó que podía estar muerto. Conocía historias de padres que podían levantar coches para sacar a sus hijos de debajo de las ruedas. Por eso, ella lo acunó en sus brazos y su corazón le dio un nuevo hálito de vida. O, al menos, algo que se le parecía mucho. Siempre había sido demasiado rebelde para lo que una madre soltera podía soportar, pero aquello ya era demasiado. Aquella noche lo ató a la cama y lo castigó sin cenar. A la mañana siguiente se había comido los dos brazos hasta casi el codo. Al niño le pasaba algo, y a ella la aterraba llevarlo al hospital por miedo a que se lo arrebatasen. Ella lo quería, fuera lo que fuese.

Fuera lo que fuese lo que le habían vendido al Matraca, no le hacía efecto. Le habían asegurado que era el mejor caballo de la ciudad, garantizado y con control de sanidad europeo. Sin embargo, el subidón no llegaba. Le hacía relajarse un poco pero nada más. Necesitaba otra dosis. El golpe se daría en cuanto despuntase el alba y él quería descansar. No quería que le temblaran las manos cuando hubiera que machacar cabezas. El mono debía quedarse dormido al menos hasta terminar el trabajo. Contaban con él y debía corresponder a esa confianza. Decidió buscar una segunda dosis de un *dealer* distinto. Es lo que todos esperaban de él.

Nadie esperaba nada de él. Bueno, quizá su mujer esperaba que la cosiera a golpes en cuanto pusiera el pie en la casa, pero es que la muy zorra no lo comprendía. ¿Tanto le costaba entender que quería la ropa planchada, la comida caliente y una mamada de buenas noches? No era culpa suya que la maltratase, sino de ella, que era una inútil. Levantó el brazo izquierdo donde llevaba la botella de ron y le echó un trago directo. La idiota de su mujer lo había abocado a la bebida. Nada más que por eso se merecía un par de bofetadas. Y después se la tiraría. Un tipo pasó a su lado, tambaleándose como él. No lo vio bien, pero lo golpeó en el brazo y siguió caminando. Si llega a tirar su botella al suelo lo habría machacado… o a lo mejor habría machacado a su esposa. Además, qué carajos, seguro que su mujer había hecho algo por lo que se lo merecía. Siempre se lo merecía. Él no era malo: ella era la estúpida. Levantó de nuevo el brazo izquierdo y se encontró un muñón sanguinolento al otro extremo. Antes de desmayarse por la pérdida de sangre se preguntó dónde estaba su bebida.

La bebida que había tomado en el bar del Piojoso le había producido a Diego una diarrea que aún le duraba. De vez en cuando sentía que sus tripas se removían y nada podía detener la erupción del volcán. Ni siquiera las pastillas hacían efecto. Incluso se había llevado una revista al lavabo, ya que pasaba allí la mayor parte del tiempo. Sin embargo, cuando empezaba a leer algún artículo, su mente divagaba hasta el Perrolobo y su secreto. La confesión que le había hecho, el sacrificio que iba a hacer, la locura en la que se había inmerso. El Cani tenía razón: vivía bien.

¿Qué necesidad tenía de meterse en un problema semejante? Supo al instante que era la sangre. El fantasma de María seguía presente, y sus ojos vivían en los de David. Estaba en el equipo, iba a cometer crímenes, pero merecía la pena morir por ello.

No pensaba morir por ellos. Ni siquiera quería estar allí. El chico corría de noche por el bosque alumbrado con la tenue luz de su linterna. Su abuela lo había metido en el grupo *scout* de la parroquia. Y no es que no quisiera pasarse el día caminando por el monte cantando estúpidas letras infantiloides, o que le repatease que los curas no tuvieran inclinaciones pederastas por las que denunciarlos a la vuelta, o que se pusiera cachondo pensando en la monitora. En realidad, lo cargante era la beatería de sus compañeros. Cuando enseñó su navaja multiusos a sus nuevos amigos, estos habían ido corriendo a contárselo al sacerdote para que se la requisaran. Por ello, cuando aquellas cosas salieron de la nada y se dedicaron a morder a todos los allí presentes, supo que él no les haría frente. Salió a toda velocidad y se marchó de allí antes de que lo vieran. Desde entonces corría por su vida con la linterna en la mano. Se detuvo, jadeante, y escuchó un ruido a su lado. El haz de luz iluminó a un enorme jabalí. A su lado había un par de jabatos. Entonces pensó que los zombis no existen, y sí la seguridad del hogar. Debía ser una broma para los novatos. Escapó a toda velocidad de vuelta al campamento, con el jabalí tras él, buscando algún refugio donde guarecerse.

Aquel puente a las afueras era un excelente refugio. Los cajeros automáticos no eran del todo seguros. Siempre había chavales de colegio privado que salían a la caza del mendigo para pegarle una paliza. Los puentes eran más tranquilos y aquél en concreto, mucho más seguro. Agarró el mechero y se acercó al matorral donde había guardado la bolsa de deportes con las armas. Mañana se iba a armar la gorda, y él iría armado. Estuvo tentado de guardarse una Beretta en la cintura y buscarse un confortable cajero automático, de puerta blindada y con calefacción, pero apartó pronto esas ideas de su cabeza. No podía poner en peligro el plan por liarse a tiros con cuatro payasos. Regresó hacia el lugar donde había dejado los cartones, pero un fuerte olor le llamó la atención. Bajo unos plásticos mohosos asomaban unos tenis de hacer deporte. Levantó la cabeza y vio un chándal desgarrado unos metros más adelante. Apartó los plásticos y encontró el cadáver de una chica.

El cadáver se movía por impulsos. No tenía nada en lo que pensar, salvo en seguir sus instintos, y éstos eran comer y moverse. Una idea de supervivencia para alguien que ya estaba muerto. Un ruido le llamó la atención y se dirigió en su dirección. Eran varios chicos tirando petardos. Al ver al muerto se asustaron y entraron al local de la cofradía del Cristo de los Irlandeses. El muerto avanzó hacia la puerta. Dentro había mucha gente reunida en mesas alargadas, pero sólo vio comida. Un tipo le cortó el paso y el zombi no dudó en morderlo. Se llevó un trozo de cuello. Sabroso, pero no lo saciaba. Varios tipos más aparecieron a la carrera. Pudo morder a otro antes de que lo tirasen al suelo.

El Perrolobo se levantó del suelo. El saco de dormir a los pies de la cama de David no era lo más cómodo, pero no le quedaba otra. Observó a su chico que yacía acostado de medio lado, las manos cruzadas, un hilillo de baba humedeciendo la almohada. Pensó que, con los ojos cerrados, ya no era el vivo recuerdo de María.

Era la noche antes del gran golpe y los muertos se alzaban entre los vivos.

PARTE DOS

EL FIN DEL MUNDO

CAPÍTULO 16

Las cofradías avanzaban en eterno peregrinaje, con bandas de clarinetes, bombos y flautines pergeñando horribles versiones de marchas tradicionales. La gente se agolpaba en las aceras para ver a aquellos tipos vestidos de penitentes, romanos e incluso de una especie de gnomos irrisorios. Los niños les preguntaban a sus padres por qué no les daban caramelos, por qué hay estatuas en las carrozas, por qué el señor que está clavado a esa cruz tiene más músculos que tú, eh, papá, eh. La policía local husmeaba por las cercanías, más preocupados de que los de Protección Civil no se metieran en un pedo demasiado grande que de su propio trabajo. Odiaban a aquellos monos con chalecos naranjas, que conseguían «dietas» a cargo del ayuntamiento consistentes en garrafas de vino, botellas de whisky y barriles de cerveza. Una vez presentaron una factura que tenía hasta un jamón de jabugo.

Un solitario furgón blindado realizaba la última ronda hasta el siguiente lunes. Muchos supermercados habían abierto el día anterior y debían transportar la recaudación a un lugar seguro. Lo mismo ocurría con los bancos, como la Caja de Ahorros de Mierda, que había tenido a sus empleados en pie hasta la medianoche. Al menos era una ronda más corta que las habituales y terminarían pronto para ir a casa.

El trabajo era rutinario. Un conductor, un acompañante y dos tipos en la parte trasera. Todos armados con escopetas y pistolas. Detenían el vehículo ante el depósito blindado de la calle, bajaban los dos, el conductor abría con la llave mientras el acompañante vigilaba. Sacaban la bolsa de dinero, cerraban la puerta, y la dejaban en la parte trasera, la cual sólo se podía abrir desde dentro. Sencillo, fácil y rutinario, de no ser por el imbécil del Morales.

—¿Ni rastro de ese borracho, Toni? —preguntó el conductor.

—Su mujer jura que no ha vuelto a casa esta noche, Facundo —contestó el otro—. Ha llamado al bar del Piojoso y le han dicho que se marchó con una botella de ron en la mano izquierda.

—Mejor para ella. Seguro que el muy cabrón le iba a dar una tunda. Si está tirado en una cuneta no seré yo quien lo lamente.

—No es la primera vez que trabajamos sólo los tres —golpeó la lámina de metal que separaba la cabina de la zona de carga—. ¿Tú qué dices, Soriano?

—Para tener que soportar su aliento de borracho y su conversación deprimente, prefiero que no venga, la verdad.

Se detuvieron ante la sucursal de una caja, agarraron los billetes y se marcharon. La operación no duró más de treinta segundos. Rápido y simple, un trabajo para eruditos.

Repitieron la operación en un supermercado Mercadonald y en otra caja. Al llegar a la tercera encontraron a un mendigo barbudo tirado sobre unos cartones justo en el lugar donde tocaba hacer la recogida.

—Déjamelo a mí y luego bajas —dijo Toni, el acompañante—. Odio a estos putos desechos de la sociedad.

Escopeta en mano, con el uniforme apretando su oronda barriga, se acercó al vagabundo que dormitaba abrazado a un *brick* de vino. Apestaba desde la lejanía.

—Largo de aquí, sobamierda —lo volcó de una patada—. Ve a dormir la siesta a un banco, pero del parque.

Chus, el Matraca, se desperezó, le agarró de una bota y le vomitó lo que llevaba en el estómago.

—¡Serás hijo de puta! —Toni se apartó de un salto.

—¿Todo bien, compañero? —preguntó Facundo, el conductor.

No contestó. En lugar de eso le propinó varias patadas más al Matraca.

—¡Ya me estás limpiando tu vómito con la lengua, cabrón!

Las patadas se sucedieron hasta el punto de que Facundo decidió bajar del vehículo para detenerlo antes de que lo matase. Nada más poner el pie fuera del vehículo sintió el frío acero del rifle de caza clavándose en la nunca.

—Si te mueves, te follo —amenazó la Chunga tras él.

Iba disfrazada de nazarena, la cabeza puntiaguda, los faldones perfectos para esconder el arsenal. El Cani apareció vestido de la misma forma y le arrebató la escopeta.

El Matraca estaba atento a todo lo que ocurría. En el momento en que escuchó cómo se abría la puerta del conductor, saltó sobre el desconcertado Toni y lo golpeó en el plexo solar. El tipo quedó sin respiración y aprovechó para desarmarlo.

—¿Estás bien? —preguntó el Cani, sin pronunciar su nombre.

—Pega como una nenaza —se burló tras la barba postiza de su camuflaje.

Había resultado más sencillo de lo esperado. Toni se había vuelto loco a la primera de cambio. El Matraca apenas había tenido que incordiarlo un poco. En el plan original del Perrolobo contaban con que el conductor se bajase para ayudar al otro a intentar reducir al Matraca, que con su enorme envergadura se lo iba a poner difícil. Y si eso también fallaba, entonces usarían el fino arte de colocarle una pistola en la cabeza y enfrentarse a tiros.

—¡Los de dentro! —el Perrolobo apareció por un callejón a cara descubierta—. Avisen a la poli si quieren, pero tenemos a sus colegas. Tienes veinte segundos para salir o los matamos.

—¡Son cuatro, Soriano! —gritó Toni cuando recuperó el resuello.

El Matraca lo silenció con un nuevo golpe.

—Abre la portezuela y saca lo que haya.

—Toma las llaves tú mismo —contestó.

—Tienen huevos —replicó el Perrolobo—. Ya lo han demostrado. Nadie los culpará por esto. Ahora sal del furgón y nos marcharemos en dos minutos.

—Maténlos a los dos —gritó el de dentro—. Me importan una mierda.

—¡Soriano, pedazo de hijoputa! —bramó Toni.

—Facundo, y que sepas que me tiro a tu mujer —añadió—. Cuando te pedía que le comieras el buñuelo era porque yo se lo había rellenado un rato antes.

—¿Están hablando en clave o qué? —dijo el Cani, controlando a los dos rehenes.

—¿Mi Luisa? —preguntó—. Eres un mierda. Joder, Toni, dale el dinero o se lo doy yo.

Toni miró a Facundo a los ojos. Respiraba con dificultad.

—Ya que estamos —dijo—, yo también me tiro a tu mujer.

—Joder, que esto es un atraco —el Perrolobo trataba de poner orden.

—Es que es una zorra —añadió Soriano, en el interior—. No veas cómo la chupa.

Facundo se puso rojo. A la Chunga le costó sujetarlo. Comenzó a avanzar hacia Toni, que estaba a pocos metros de él, y se llevó a la chica arrastrando.

—¡O te paras o te meto un tiro! —gruñó.

—¿Cómo que la chupa bien? —Facundo estaba ido—. ¡A mí nunca me la ha chupado! Decía que le daba asco.

—Joder, hombre —Toni negó con la cabeza—. Si hasta se lo traga. ¿En serio que a ti no…?

La Chunga resbaló con las faldas del traje de nazarena y cayó al suelo. Facundo se abalanzó sobre Toni. El Cani quiso impedirlo pero no llegó a tiempo. El Matraca vio lo que se avecinaba y reculó un par de pasos. Los dos guardias se enzarzaron en una pelea a puñetazos.

El desconcierto despistó al Perrolobo. La puerta del furgón blindado se abrió de golpe y le impactó en la cara. Soriano apareció como Chuck Norris empuñando una escopeta y apuntando a la cara del Perrolobo.

—Vamos, arriba.

Entre el Matraca y el Cani separaron a los dos contendientes. La Chunga se recompuso lo justo para encañonarlos con el rifle. En ese instante apareció Juande tras el furgón con una brecha en la frente. A su espalda se refugiaba Soriano, con el cañón fijo en la nuca de su rehén.

—¡Todos al suelo! —gritó el guardia de seguridad—. Que me cargo a este cabrón.

—La puerta del blindado está abierta —dijo el Perrolobo—. Entren, cojan el dinero y lárguense.

—Si dan un paso más, le vuelo la cabeza —amenazó Soriano.

—No me importa morir —prosiguió Juande—. Péguenle un tiro y agarren el dinero.

—Te tiraste a mi mujer —le recriminó Facundo a Toni.

—Y ahora me dirás que tampoco te dejaba metérsela por el culo, ¿no? —contestó el otro.

—¡Que me lo cargo! —repitió Soriano.

No se podía considerar una calma tensa. Aquello era un hervidero de pistolas, escopetas y un marido cornudo. El único que conservaba la sangre fría era el Perrolobo. Con parsimonia, en mitad del griterío, las amenazas de muerte y las acusaciones de infidelidad, sacó un Bisonte del bolsillo de la chaqueta y se lo encendió. Tomó una larga calada y exhaló el humo por la nariz. Sus ojos azules mostraban una pátina acerada.

—Disparen a estos hijos de puta —dijo.

Todos se miraron entre sí. Por la calle apareció el Mosca a la hora prevista conduciendo la furgoneta. Algunos curiosos apartaron la mirada de la procesión y observaron el atraco con tranquilidad.

—¡Lo crujo! —amenazó de nuevo Soriano—. ¡Les juro que lo crujo!

—Matraca, pégale un tiro a ése —lo señaló—. O rómpele el cuello, lo que sea más fácil. Y tú, Chunga —la miró—, le sueltas un tiro al tuyo.

El Perrolobo se había vuelto loco. Estaba pronunciando sus nombres en voz alta. Ahora si dejaban vivos a los vigilantes de seguridad, estaban abocados al presidio. No les quedaba otra que matarlos.

—Cani —ni siquiera lo miró—. En cuanto me mate, te lo cargas, ¿queda claro?

Las reglas del juego habían cambiado. Matar a una persona era algo muy serio. Por regla general, sólo los psicópatas eran capaces de hacer algo así. Hasta los navajeros de los suburbios marcaban a las víctimas que se le resistían, pero pocas veces llegaban a asesinarlos. Sólo había dos formas de matar a una persona sin estar loco. La primera era por venganza, como hizo el Perrolobo con los Ronco. La segunda se daba cuando no quedaba otra opción. Matar o morir. Como en aquel momento.

—Vamos, háganlo.

Facundo quería morir pero Toni no. Se derrumbó en la acera con lágrimas en los ojos. El Matraca, con todos sus músculos, no pudo sujetarlo. La Chunga vacilaba si disparar el rifle y el Cani apuntaba al frente con una escopeta. El Mosca esperaba en la bocacalle siguiente con el motor en marcha. La balacera era inminente. Alguien lanzó caramelos desde la procesión.

Un tipo se acercó a la contienda. Caminaba despacio y con un sigilo tal que apenas parecía estar allí. Surgió tras el Perrolobo, y con un movimiento simple se enganchó a Soriano y le abrió la garganta de un mordisco.

La adrenalina se convirtió en desconcierto. El Perrolobo sintió cómo se le deslizaba la escopeta por la espalda y saltó a un lado. Aquel individuo de ojos apagados le arrancaba trozos de carne al vigilante. Soriano lo enganchó de la cabeza pero no pudo zafarse. La desesperación lo llevó a encañonarle la cabeza y abrir fuego. Los sesos del caníbal se esparcieron por toda la calle. Las bandas de música detuvieron su trágico desafino. Soriano sangraba por los oídos y por la garganta. Se taponó la herida con la mano pero las arterias funcionaban como un riego por aspersión al ritmo de sus últimos latidos.

Facundo aprovechó la confusión para lanzarse otra vez contra Toni. El Mosca apareció tras ellos y los arengó.

—*¡Nos najamos!*

Todos salieron del shock. Agarraron las armas, el dinero y se montaron en la furgoneta. Cuando se marchaban, vieron cómo Soriano se levantaba y se enfrentaba a mordiscos con sus compañeros.

—¿Qué carajos ha sido eso? —preguntó la Chunga, poniendo en su voz lo que todos tenían en mente.

Nadie contestó.

CAPÍTULO 15

El barrio se componía de varios bloques de edificios con la fachada de ladrillos naranjas. En el espacio que quedaba entre cada uno se formaban plazas peladas de árboles donde los vecinos salían a debatir las noches veraniegas. Era habitual encontrarse con ancianas sentadas en sillas plegables mientras husmeaban en las bragas de la vecina. Los chiquillos correteaban de un lado a otro y convertían en juguete todo aquello que veían. Allí se conocían todos desde siempre y a los extraños se les estudiaba a conciencia. Todos sabían el coche que conducía uno o con quién salía ahora el otro. En el barrio las paredes eran de papel y cada alma tenía la antena puesta.

Por eso todos los que se reunían en la calle, niños, ancianos y perros, hicieron una pausa en su vida para escudriñar a los dos desconocidos que se acercaban al bloque del Perrolobo.

El Ronco caminaba a pasos lentos, casi arrastrando los pies. Acariciaba la escopeta de cañones recortados que escondía en la chaqueta. Los bolsillos rebosaban cartuchos. Podía echar aquel edificio abajo a tiros si quería. Iba a matar al Perrolobo y a todo aquello que alguna vez hubiera amado: sus padres, su coche, su mechero, su foto de bodas, su planta de marihuana, su hijo.

El Pollatriste llevaba una peluca y una barba postiza tipo talibán, pero no disimulaba su forma de caminar *made in* Guardia

Civil. En la derecha una pistola con el cargador lleno. Una bala por cada rodilla bastaría. En la zurda, una navaja con la que cortarle los huevos. Iba a matar al Perrolobo pero antes quería verlo agonizar. Con un poco de suerte incluso se apiadaría de él al verlo castrado para que sufriera como un eunuco lo que le quedaba de vida. O tal vez no. Verlo agonizar sería más divertido.

A veces confluyen los astros y crean a dos hijos de puta similares en diferentes partes del mundo. Un pensamiento único, una misma forma de entender la vida y enfrentarse a ella. Si el Pollatriste hubiera nacido en la familia del Ronco, habría pasado media vida recogiendo chatarra con un carrito de supermercado. Y si hubiera ocurrido a la inversa, es posible que Abelardo fuera un guardia civil racista y agresivo. Ambos eran dos provincianos con las mismas intenciones, el reverso de un billete falso, el yin y el yang, la mierda y las moscas.

Por eso decidieron ir a matar al Perrolobo el mismo día, a la misma hora y al mismo lugar.

Se encontraron enfrente del edificio. El Ronco reconoció por los andares al gendarme. Miñarro había detenido varias veces a Abelardo y conocía sus antecedentes. Atravesaban la plaza al mismo paso, la vista puesta sobre el hombro, los nervios de punta. En un momento dado, como si se reflejasen en un espejo cóncavo, se detuvieron y se miraron de frente. El Ronco vio la culata de la pistola en el bolsillo del sargento, y el Pollatriste no se fiaba del extraño objeto que abultaba bajo la chaqueta roída de Abelardo.

—¿Quién eres? —preguntó el Ronco.

—No te importa.

El duelo al sol a media mañana. El Sheriff y el Forajido. Escopetas contra pistolas. Un reloj campaneó, un gorrión emprendió el vuelo, los niños encontraron una lata y jugaron a patearla como si fuera un balón.

—Largo de aquí, tonto —gruñó el Ronco.

—Mis asuntos son cosa mía. Vete tú.

Abelardo empuñó la escopeta y encañonó al guardia civil. Al mismo tiempo, el Pollatriste extrajo la Beretta reglamentaria y apuntó a su rival. Las ancianas se alarmaron, los niños se escondieron tras unos coches.

—Busco venganza y nadie me va a detener —el Ronco hablaba entre dientes.

—Suelta ese hierro y lárgate. No tengo nada contra ti.

—Vengo a matar a Juan de Dios, el Perrolobo —dijo—, y a todo el que se cruce en mi camino.

Una alarma sonó en la cabeza de Miñarro.

—¿Qué has dicho?

—Que te voy a matar si no te quitas del medio.

—¿Por qué quieres matar al Perrolobo?

—Eso es cosa mía.

—¿Te debe dinero? ¿Se folló a tu cabra preferida? ¿Te han pagado para que lo hagas?

—Mató a mi hijo —masculló—. Por eso le voy a presentar a la chata.

La chata aún encañonaba al sargento. La tensión era palpable. Miñarro partía con la ventaja del conocimiento, y lo que hiciera con él era cosa suya. Decidió que esta partida de póker estaba empatada y los faroles no servirían de nada. Era el momento de mostrar las cartas boca arriba.

—Yo también vengo a matar al Perrolobo —dijo—. Me jodió la vida hace tiempo y busco mi venganza.

—Y una mierda.

Miñarro se retiró la barba del rostro y dejó al descubierto media cara. El Ronco lo reconoció. Sabía la historia de la detención del Perrolobo y la patada en los huevos que dejó imbécil al sargento. Cuando un hombre perdía los testículos, también perdía la cabeza.

—Está bien —Abelardo no bajaba la escopeta—. ¿Y ahora qué hacemos?

—Baja el hierro.

—No me fío de ti, vago.

—Ni yo de ti, pero ya te sabes el refrán: el enemigo de mi enemigo es mi amigo.

—Yo no soy tu puto colega.

—Tenemos un objetivo común. Vamos a matar a ese cabrón entre los dos y luego cada cual por su lado.

El Ronco razonó. Podía cargarse al Perrolobo y después al Pollatriste. Así parecería que se habían matado entre ellos. Por supuesto, el sargento Miñarro había tenido la misma idea.

—No me la juegues, policía —lo amenazó Abelardo—. No me la juegues que me agarro a balazos.

—Déjate de cosas —despacio, bajó la pistola—. Vamos por ese hijo de perra.

El Ronco guardó el arma de nuevo. A una distancia prudencial, como dos rottweiler que se huelen los culos, avanzaron con un ojo puesto en la puerta y el otro en el improvisado socio.

La plaza estaba despejada. Los niños y las viejas habían desaparecido. Sólo quedaban, como único vestigio de su aburrida existencia, una lata pateada y unas sillas de playa plegables. Los dos asesinos llegaron al bloque. El Ronco sacó una ganzúa pero Miñarro tocó a los timbres.

—Jamás te abrirán —dijo.

—Diré que soy el cartero.

Abelardo se rio. Hacía tiempo que no lo hacía. Desde la muerte de Christian había estado de un humor más horrible de lo habitual.

—Por aquí no pasa el cartero —le explicó—. Ni los barrenderos, ni los que ponen las luces de Navidad, ni los de mantenimiento de las cañerías. Esto es el salvaje Oeste.

Miñarro no contestó. Le parecía bien que abandonaran a aquellos despojos a su suerte. Si por él fuera, habría construido un vertedero en aquel lugar. Sus habitantes no habrían notado la diferencia.

Algo se movió a su espalda. El Pollatriste levantó la cabeza y vio a una anciana que corría a toda velocidad con una muleta en la mano. El guardia civil pensó que era otra más que fingía una minusvalía para cobrar una pensión, pero después notó algo raro. No eran los ciento ochenta kilos de la señora, ni lo rápido que marchaba, sino lo que la seguía.

Por los accesos de la plaza apareció una docena de individuos. Casi todos tenían el chaleco amarillo de los albañiles y un par aún conservaba el casco sobre la cabeza. Uno de ellos tenía un pico atravesado en el pecho, pero no parecía importarle. Otro arrastraba una pierna que acababa en muñón. Se movían despacio, pero se movían. Tras ellos surgió otra marea de gente de similar aspecto.

—Socio, mira esto —dijo.

El Ronco dejó sus alambres y observó alrededor. Vio a las personas que venían hacia allí, pero no les prestó atención.

—Tengo que matar al Perrolobo —continuó con su quehacer—. No me molestes.

La plaza se inundó de individuos. Su deambular errático los llevaba hacia el centro. Vio a una chica con rastas con una camiseta antisistema. Pensó que era un performance, una reunión de hippies, manifestantes en contra de alguna estupidez ecológica, comunista o de igualdad social. Entonces un chiquillo salió corriendo por una bocacalle. Sangraba por el brazo e iba dejando una estela escarlata bajo sus pies. Al pasar junto a un tipo orondo con aspecto de camionero adicto a las hamburguesas tropezó y sobrevino el horror. El gordo se lanzó sobre él y le mordió en el estómago. El chico profirió un grito de espanto que hizo que los demás zombis se girasen hacia allá. Un segundo ser se abalanzó contra el chaval y le sacó las tripas. Con las vísceras colgando, el niño aún tuvo fuerzas para levantarse y dar unos pocos pasos, pero ya estaba rodeado. Los dientes se multiplicaron a su alrededor y las voraces criaturas lo descuartizaron en un momento.

Puede que al final sí fuera una reunión de comunistas, porque se repartieron la carne del muchacho equitativamente.

El griterío había logrado lo que parecía imposible: que el Ronco perdiera la concentración y se girase a ver el espectáculo. A su lado, Miñarro apuntaba con la pistola a los cadáveres que se aproximaban.

—¿Qué carajos es esto? —preguntó Abelardo.

—Yo qué coño sé.

—¿Es cosa tuya? —lo empujó a un lado—. ¿Es una puta trampa?

—¿Te parece que esto es una broma? Joder, se están zampando a ese desgraciado, ¿no lo ves?

—Es… puede ser una secta de caníbales.

Una mujer se acercó a ellos. Su brazo izquierdo estaba reseco, con la carne masticada y marcas de dientes en el hueso.

—No me parece que esté hipnotizada —dijo el sargento—. Esto es otra cosa.

El Ronco tenía una máxima: «a la mierda». Lo había mantenido con vida muchos años y siempre le funcionaba. Por esa misma razón abrió fuego contra aquella tipa y el estruendo de la recortada resonó por toda la plaza. El impacto fue tal que la partió en dos. La sangre se desparramó a sus pies, negra y viscosa. La parte superior quedó agitándose en el suelo.

—Por el pito torcido de Cristo… —murmuró Miñarro.

El resto de arenques, al escuchar el ruido del disparo, viraron de rumbo y se dirigieron hacia ellos.

—No sé qué pasa aquí —dijo el Ronco mientras recargaba la escopeta—, pero tampoco me voy a quedar a averiguarlo. Esto es cosa tuya, policía.

—¿Mía?

—Tú eres la ley, ¿no?

Se marchó corriendo a toda velocidad esquivando zombis. Miñarro no se lo pensó dos veces y fue tras él, como en los viejos tiempos en los que los gitanos escapaban de la Guardia Civil nada más verlos.

Aquellas cosas eran lentas, pero eran muchas. Costaba esquivarlas a todas y de vez en cuando les pegaba un tiro. Comprobó con espanto que un disparo en el pecho no los detenía. Afinó la puntería y le descerrajó uno en la sesera a la joven de las rastas. Cayó al suelo inerte. El Ronco se alejaba. Los zombis le habían cortado el paso y no podía seguirlo. Vio una ruta de huida en otra dirección y se marchó a toda prisa. La avalancha de gente cada vez le dejaba menos espacios. Continuó disparando cada vez que uno se acercaba demasiado. Eran torpes, eran lentos, eran muchos. Las balas escaseaban. Vio a gente que parecía viva huir de esas cosas. Algunos lo lograban, otros caían en medio de la vorágine. El Pollatriste se percató de que podía ir más rápido si pasaba entre los que estaban entretenidos comiéndose a sus semejantes. Atajó por el medio de un jardín y tropezó con una embarazada.

—¡Por favor! —gritaba—. ¡Ayúdeme!

Un banco de peces se acercó por su derecha. Casi los tenía encima. Empujó a la preñada al suelo y escapó de allí. Los zombis se lanzaron sobre ella y la devoraron en un instante. Le quedaba poco para alcanzar la seguridad de su vehículo. Ahora se arrepentía de haberlo dejado tan lejos del barrio por temor a que lo reconocieran. Vio fuegos, vio caos, vio nazarenos. Una dependienta de Zara le cortó el paso y le reventó la sesera de un tiro. Encontró el todoterreno aparcado donde lo dejó. Abrió con el mando a distancia y montó de un salto. Al instante se vio rodeado de cadáveres que pugnaban por entrar en el coche. Puso el contacto, metió primera y arrambló con todos los que pudo.

Eran demasiados. Había coches cruzados en mitad de la vía. Decidió seguir por la acera. Se llevó personas, arrancó retrovisores, las ruedas patinaban cuando los atropellaba. Echó mano de la emisora.

—¿Qué carajos está pasando? —le gritó al micro.

La estática fue toda la respuesta.

CAPÍTULO 17

Estaban por todas partes. Y lo peor de todo era que no se les distinguía. Algunos tenían restos sanguinolentos desde la barbilla al ombligo, a otros les faltaban extremidades o tenían unas tremendas heridas bien visibles pero, a simple vista, eran personas. Vestían camisas, pantalones, gafas o el disfraz de penitente con su capirote y todo. En el caos de las procesiones no se diferenciaba al caníbal del hombre normal, al vivo del muerto, al depredador de la presa. Los cadáveres aún presentaban humanidad y era complicado distanciarse lo suficiente para imaginarlos como el trozo de carne con movimiento que eran en realidad.

El Mosca conducía despacio. Las calles estaban atestadas de gente que se movía como abejas en la colmena. Algunos pedían socorro y suplicaban para que les dejasen montar, pero no podían permitir que nadie subiera a bordo. Tenían armas y varias sacos de dinero. Puede que en mitad de aquel alboroto lo que menos importase fuera un atraco a un furgón blindado, pero no iban a arriesgarse.

—Dios, se están comiendo a la gente… —apuntó la Chunga, asomada al techo solar de la furgoneta.

—¿Qué les pasa? —preguntó el Matraca—. ¿Están enfermos?

—Están imbéciles —añadió el Cani.

El Perrolobo permanecía sombrío en el asiento del copiloto. Aquello no era una alucinación, ya que todos lo veían. Un abuelo con boina cayó presa de uno de esos seres. Rodaron por el suelo y el cadáver lo mordió en la garganta. El viejo no tardó en expirar, mientras el zombi tragaba carne. No llevaba ni veinte segundos en el suelo cuando el anciano abrió los ojos de nuevo y se levantó. Tenía la mitad del cuello desgarrado y se le apreciaban las vértebras. El que le había atacado lo dejó en paz y juntos se dirigieron a buscar nuevas presas vivas.

—Están muertos —aseguró el Perrolobo—. Estos tipos están infectados con algo enfermo que, al morir, los hace volver convertidos en esos…

—¿Zombis? —dijo el Cani.

—A falta de una palabra mejor, sí.

—No puede haber una palabra mejor —apostilló el Matraca.

—¿Pero cómo va a ser posible? —preguntó la Chunga—. Esas cosas son de la televisión, o de las pelis malas. Joder, que no estamos en la Edad Media.

—No —el Perrolobo encendió un Bisonte—. Estamos en el siglo XXI. La gente se comunica por computadoras, el hombre ha creado bacterias que se comen la carne y fabrica bombas radioactivas. Esto no es la Edad Media. Es el futuro, todo es posible.

—¿Qué quieres decirme, Juande? —La Chunga lo golpeó en el brazo—. ¿Que crea en la resurrección de la carne?

—Sólo te pido que mires a tu alrededor y abras tu mente. Hace años el hombre no podía imaginar que algún día podría volar por el cielo. Ahora vamos a Marte en naves espaciales. Yo tampoco podía creer en estas cosas, pero es la segunda vez que lo veo.

—¿*Sosqué*? —el Mosca atravesó por la mitad de una calle peatonal.

—En el hospital, donde trabaja el Señorito —explicó—. Pinché a un cabrón. Le atravesé el corazón con la navaja, y al rato abrió los ojos como si nada. Por eso sé que están muertos.

El silencio se instaló en el furgón. Todos sujetaban las armas como si fuera lo más valioso que tenían, y así era. En la calle continuaba el caos. Era imposible circular por las avenidas grandes porque había coches abandonados ante la pasividad de los semáforos. El Mosca viró de nuevo y continuó por calles secundarias. A su alrededor aumentaba la locura. Por cada persona que escapaba a refugiarse en los portales, aparecían cinco que caminaban con la vista perdida y las vísceras colgando.

—¿Y qué hiciste, Juande? —quiso saber el Cani—. Con el que resucitó, el primer zombi. ¿Lo dejaste allí?

El Perrolobo aspiró una larga calada de humo. Los recuerdos lo atormentaban pero le preocupaba más el presente.

—Le machaqué la cabeza y volvió a la tumba.

Un cadáver apareció de la nada y se enganchó al parabrisas. Era un africano de los que se dedican a la venta ambulante de gafas gigantes y diademas de plástico con antenas luminosas. Lo supieron porque iba vestido con el *pack* completo como si acabase de salir de una despedida de soltero. Se asía con ambas manos al vehículo mientras propinaba cabezazos al cristal para romperlo. El Mosca dio un volantazo a un lado y luego al otro, y el senegalés resbaló hasta el asfalto.

—¿Cómo puede estar pasando esto? —el Matraca respiraba nervioso—. ¿Cuál es la razón?

—¿Acaso importa? —a la Chunga le temblaban los labios—. Lo único que quiero es salir de aquí. ¿Seguimos con el plan original?

—Por supuesto —contestó el Perrolobo—. Vamos al barrio.

Nadie dijo nada. Todos eran almas en pena, sin ningún lugar donde volver salvo el barrio. Era lo más parecido a un hogar que recordaban. Sin embargo, ninguno tenía familia o seres queridos allí. A decir verdad, no tenían a nadie a quien llorar o por quien derramar lágrimas.

Nadie, salvo el Perrolobo.

En el barrio vivían sus padres. Allí tenía a su hijo. Y aunque sus instintos les sugerían al oído que se escondieran bien hondo hasta que todo pasase y volviera la normalidad, los demás sabían que el Perrolobo tenía que ir por David.

Avanzaban despacio. Aquello era como conducir durante una manifestación o un día de mercado. A veces esquivaban a gente, viva o muerta, no importaba, pero otras acababan con algún idiota bajo las ruedas. Vivo o muerto, no querían saberlo.

La avalancha de personas tomó una magnitud preocupante. Ya no podían seguir por las calles normales. El mobiliario urbano se convertía en obstáculos, había coches cruzados en la calzada y por la acera apenas quedaba hueco por el que escapar.

—Estamos jodidos —el Cani se echó las manos a la cabeza—. Tenemos que salir del coche.

—Da marcha atrás, Pepe —ordenó el Perrolobo—. Iremos por la calle Mayor.

—Esa calle está cortada por la procesión —dijo la Chunga.

—Por esa misma razón: no hay coches, es amplia y nos lleva directos a casa.

El Mosca cambió de rumbo. A trompicones, con la furgoneta embistiendo a rachas como un toro, avanzaron hasta la calle Mayor. Encontraron varias vallas amarillas de hierro volcadas en los aledaños. El recorrido estaba sembrado de cuerpos mutilados que no se movían. Alrededor pululaban nazarenos de diferentes hermandades, todos con las túnicas empapadas de sangre. Un trono caído dejaba a la vista un cristo de porcelana con el interior vacío. Les pareció una señal de mal agüero.

—Acelera —ordenó el Perrolobo—. Nos vamos de aquí pero ya.

La furgoneta tenía trescientos caballos. El motor trucado la podía poner a la velocidad de un Porsche. Ideal por si había que huir de la policía o participar en un *rally*. El Mosca pisó a fondo y tomó la arteria que cruzaba la ciudad en línea recta. Vieron incendios en varios edificios, roturas de agua y sintieron un fuerte olor a gas. Según esquivaban zombis con capirote, más se unían a la persecución. Estaba claro que tardaban en reconocerlos, pero que después el furgón los atraía como moscas a la *shit*, como zombis a la carne.

Al fondo de la calle se acumulaban más y más de esos seres, que formaban un muro de carne imposible de atravesar. El vehículo frenó la marcha.

—Son demasiados... —murmuró el Cani.

—Giremos por ese callejón —señaló el Perrolobo—. Después echamos por el paseo peatonal del malecón y saldremos cerca del barrio.

Nadie le preguntó si le parecía una buena idea. El Perrolobo siempre buscaba una salida. Era su especialidad. Salir vivo de los sitios, ir rápido de un lugar a otro. Incluso había salido de la cárcel por venganza y había regresado antes de que comenzaran las investigaciones. Por ello nadie lo discutió. Ir por ese callejón podía ser sinónimo de muerte o el único camino hacia un refugio seguro.

El Mosca, a esas alturas, prefería esquivar lo justo a los zombis y embestirlos con el lateral de la furgoneta. Ralentizaba menos el viaje y los daños en el vehículo eran mínimos. Sin embargo, cada vez había más gente. Se movían como una turba al verlos, tropezando entre sí, unos perdían el rumbo y se dejaban arrastrar, mientras que otros tropezaban y servían de obstáculo a los que venían por detrás. Vieron varios montones de cadáveres perfectamente apilados y otros machacados sobre las aceras, como gatos que han atropellado cientos de veces hasta convertirlos en un felpudo fino sobre el asfalto. El Perrolobo pensó que no tenían organización, que al ser tantos no podían moverse y se zancadilleaban entre sí. Era imposible mover a tal cantidad de muertos como si se tratase de un ejército de ocupación. Más bien parecían una plaga de saltamontes que invade un huerto.

Tuvieron suerte en el paseo. Estaba en alto, con un par de accesos para escaleras cada cien metros. Apenas había gente allí. El malecón se construyó en época medieval temiendo las subidas de un río que pronto dejó de echar agua. Cruzaba la ciudad de par en par, con un paseo peatonal en su parte alta. Al Mosca le pareció una autopista. Después del desgaste que había supuesto conducir por una ciudad atestada de viandantes, aquello resultó todo un alivio.

Hacia el final del malecón regresó la pesadilla. El paseo terminaba en rampa y por allí sí que había más zombis concentrados, casi todos con pinta de vendedores ambulantes. Los embistieron y viraron hacia el puente para después entrar en el barrio.

Allí el asunto aún era peor. La plaza que formaban los edificios supuraba carne muerta. El Mosca detuvo el motor y observaron el caos. Los zombis se movían a sus anchas donde antes debían estar los vecinos hablando de sus cosas. No vieron ni un solo hueco por el que atravesar con la furgoneta.

—Mierda… —el Matraca temblaba—. Este sitio tampoco es seguro.

—Debemos salir de aquí a toda mecha —confirmó el Cani.

—Váyanse si quieren —el Perrolobo pasó a la parte de atrás del vehículo—. Yo tengo que ir a buscar a David.

—¿Estás loco? —la Chunga lo obligó a mirarla a la cara—. Este sitio está plagado de mamones. Joder, si tu hijo no ha podido escapar, lo más probable es que esté…

—No lo digas —amenazó—. Ni se te ocurra pronunciar esas palabras.

Nadie dijo nada más. El Perrolobo agarró dos pistolas, comprobó que tenían una bala cn la recámara y se guardó una en cada bolsillo. Después se despojó de la chaqueta y la camisa y quedó a pecho descubierto. Se derramó sobre la cabeza rapada una lata de aceite de coche que encontró entre las herramientas de la furgoneta. Empapado de la brea, más negro que nunca, sus ojos brillaron con un azul eléctrico.

—No te dejaremos ir —dijo la Chunga

—Váyanse sin mí —dijo mientras se restregaba el aceite por los brazos y el torso—. Márchense lejos, vivan si pueden.

—No me has entendido, Juande. Lo que quiero decir es que no te dejaremos ir solo. Para mí, este grupo es mi familia. No confío en nadie más que no esté en esta furgoneta ahora mismo, y a los demás les sucede igual.

—Tienes razón en una cosa, Macu —el Perrolobo agarró una de las escopetas que les habían arrebatado a los vigilantes—. Todos los que estamos aquí formamos una hermandad donde todos cuidamos de todos. Voy a buscar a David porque es mi hijo y lo quiero. Ustedes son mis hermanos y también los quiero. Por eso no voy a permitirles morir conmigo.

De una patada abrió las puertas de carga y salió a la carrera desesperada hacia el edificio que antes llamaba hogar. La Chunga vio cómo se lanzaba de cabeza contra los zombis antes de cerrar las puertas de nuevo.

CAPÍTULO 19

Podía hacerlo. Se lo repetía una y otra vez. Podía hacerlo.

Cuando estuvo en la cárcel tuvo un problema en la cocina y lo atacaron cinco funcionarios con sus porras. Se embardurnó de aceite de girasol y les dio guerra. Cuando trataban de agarrarle por el brazo, él resbalaba y les devolvía el golpe. Merecieron la pena los seis meses en aislamiento. Cuando salió, se las vio en las duchas con tres maricas a los que les gustaban los tipos duros. En ese caso estaba cubierto de jabón y se escabulló con facilidad sin siquiera golpear a nadie. Y, por lo que había visto, los zombis no eran mucho más inteligentes que un gay de cárcel.

Podía hacerlo. Se lo repetía una y otra vez.

Primero se acercó despacio. Encontró un grupo algo más disperso que el resto compuesto por un repartidor de pizza sin la mitad de la cara, un señor encorbatado y de pelo blanco esposado a un maletín, y una mujer obesa que había perdido los pantalones. Lo vieron acercarse, pero no le prestaron atención hasta que estuvo más cerca. Entonces se giraron y avanzaron en su dirección. El Perrolobo aguantó la respiración y miró hacia los lados. Nadie más lo había visto, sólo esos tres, y caminaban lenta pero constantemente en su dirección. Cuando casi los tenía encima dio un salto hacia la derecha y los rodeó a la carrera como si fuera un jugador de futbol americano.

Ya no se detuvo. Tomó carrerilla y se introdujo en la marea de carne muerta. El primero que salió a su paso no le supuso un gran problema. Lo empujó a un lado con el brazo y perdió el equilibrio.

El resto era otra historia.

La entrada al edificio estaba a unos diez metros, pero allí se acumulaba la mayor parte de los zombis. Era imposible pasar sin tocarlos. Hasta ese momento había tenido oportunidad de evitarlos, pero ahí ya se complicaba el asunto. Sintió una mano que lo asía del brazo. De un tirón se escabulló gracias al aceite resbaladizo que cubría su piel. Cerró los ojos y continuó en su carrera suicida mientras un nombre invadía su cabeza: David. El pequeño David. David, su hijo, el reflejo de María, la sangre de su sangre. David, David, David.

No quería abrir fuego. El silencio en la plaza era absoluto. Esos seres ni siquiera respiraban o gemían. Una ventosidad dispersa de vez en cuando era todo el ruido que emitían. Sin embargo, no le quedó otra. Disparó hacia el frente y la escopeta arrancó carne y hueso. Descargó los ocho cartuchos y después la agarró como un bate de beisbol. Había creado una pequeña brecha. Los zombis tropezaban con los cadáveres de sus compañeros, pero seguían siendo muchos. Empuñó las dos Berettas y apuntó a la cabeza de los que se le echaban encima. Acabó con seis en menos de diez segundos, pero ya era demasiado tarde. Lo habían rodeado. Los cadáveres que caminaban tan tranquilos por la plaza habían acudido hacia el tronar de las armas.

El silencio ahora se veía roto por el arrastrar de un centenar de pies. La marea de reanimados cubría toda su visión periférica. Vio a estudiantes aún con mochila, a una mujer mayor con rulos en el pelo, a un desempleado con espuma de afeitar por la cara, a su vecina la presumida con los ojos idos tras la piel estirada del *lifting*, a un torero con el traje de luces, a una vieja con albornoz y zapatillas de andar por casa, a un niño que había salido a pasear al perro y aún lo arrastraba, con la correa enganchada al brazo y el animal aterrado.

El Perrolobo vio a la muerte, y la vio de cerca.

Ante él apareció su madre. Tenía la mirada reseca y rastros de sangre por todo el brazo. Caminaba mejor que cuando estaba viva y medio impedida. No supo qué hacer. Vio cómo se abalanzaba sobre él y la evitó por poco. Le apuntó a la cabeza, pero fue incapaz de disparar. Sus momentos de duda fueron su perdición y en apenas unos segundos quedó cercado.

Retrocedió unos pasos en busca de una salida que no existía, cuando escuchó una nueva balacera. Varios zombis más se derrumbaron sin signos de querer levantarse de nuevo. El Perrolobo alzó la cabeza y vio a sus compañeros que disparaban en todas direcciones. Aquello despistó a varios muertos vivientes, que se acercaron a ellos. Mientras tanto, la furgoneta conducida por Pepe, el Mosca, se abría paso entre la miríada de zombis. Iba muy despacio y, más que atropellarlos, lo que hacía era empujarlos a un lado. El Perrolobo aguantó hasta que el vehículo llegó a su lado. Abrió la puerta sin dejar de disparar y se montó justo cuando la multitud se convertía en avalancha.

La estabilidad de la furgoneta se veía afectada por la gran cantidad de manos que la empujaban. El Mosca apretó el acelerador y pasó por encima de unos cuantos. La furgoneta quedó a dos ruedas y casi vuelca. El Perrolobo no lo pensó dos veces y salió por el techo solar armado con una segunda escopeta. A tiro limpio fue abriendo camino hasta que la pared humana se hizo menos espesa. El vehículo tomó velocidad y regresó a recoger a los demás pistoleros.

El Cani se había subido a un árbol y desde allí disparaba a los que tenía más cerca. Al pasar la furgoneta no se lo pensó, saltó al techo y cayó por el hueco de arriba. El Matraca le soltó un puñetazo a un par más y se montó en el vehículo. La Chunga apareció a toda prisa y cerró la puerta tras entrar. El Mosca tomó dirección hacia las afueras. No podían permanecer allí ni un segundo más.

—Podía hacerlo —se repitió el Perrolobo.

—No podías —contestó el Cani casi sin resuello—. Nadie puede.

—Quizá. Pero debía hacerlo.

El Mosca apuraba sus recursos de conducción evasiva que tan buenos resultados le habían dado contra la policía, pero las calles cada vez presentaban más obstáculos. Apenas vieron a gente viva. La furgoneta avanzó en silencio. Algunos edificios ardían, otros surgían sin cristales, con las vísceras de su esqueleto de hormigón expuestas al sol.

—Era una pesadilla —dijo el Matraca—. Les disparaba y ni pestañeaban. Es cierto que están muertos.

—Yo he visto a uno que se arrastraba porque estaba partido por la mitad —añadió la Chunga—. Joder, con las tripas colgando. Era como un caracol que en vez de dejar babilla hace un camino con sangre.

—La cabeza —la voz del Perrolobo era apenas audible—. Deben reventarles los sesos. Así dejan de agitarse.

—Porque he visto lo que visto, que si no pensaría que me he metido un mal viaje —puntualizó el Matraca.

—Pasará pronto, ya lo verán —el Cani se encendió un petardo—. El ejército hará algo.

Un helicóptero de las Fuerzas Armadas pasó sobre ellos y fue a estrellarse contra un edificio de Timofónica. A todos les pareció bien.

—Vale, retiro lo dicho: que cada cual cuide de su pito.

El Perrolobo estaba derrotado, sin nada por lo que vivir. Por primera vez en su vida no tenía un objetivo. El atraco lo hizo por David, ese hijo que poco le importó cuando estuvo en prisión pero que tanto necesitaba al salir. Observó el papel arrugado que salía de su chaqueta y tampoco le importó. El universo se había limpiado el culo con él.

—Tendrían que haberme dejado morir allí —dijo—. ¿Qué voy a hacer ahora?

—¿No querías salvar a David? —preguntó la Chunga a su lado.

—Si me vas a decir que ya estaba muerto, puedes ahorrártelo. Hay cosas que prefiero no escuchar.

—Eres un imbécil de cuidado —la Chunga le pasó un teléfono móvil—. Mira lo que acabo de recibir.

El Perrolobo lo miró. Había un mensaje en la pantalla. Era de Diego. Pedía socorro desde el hospital. Decía que David y él estaban atrapados en la sala de descanso del tercer piso.

—¿Cuándo ha llegado eso?

—Lo acabo de recibir, Juande. Pero lo enviaron hará una media hora. He intentado llamarles pero las líneas están colapsadas.

—Tenemos que ir al hospital —ordenó.

—¿Adónde crees que vamos? —preguntó el Cani con media sonrisa.

Y ante ellos, en una zona alejada del núcleo urbano, se alzaba entre muertos vivientes la enorme mole del hospital.

CAPÍTULO 18

Aquel turno era un caos. Por regla general, durante los partidos de futbol y en las procesiones, las visitas a Urgencias disminuían respecto a los demás momentos del día. Cuando terminaba el encuentro o la celebración, aparecían todos de golpe, pero mientras ese momento llegaba, había paz. Sin embargo, algo ocurría en la ciudad, ya que no era normal que faltasen camas a esa hora de la mañana.

—¿Qué está pasando aquí, Hermo? —preguntó Diego, el Señorito, a uno de los médicos—. Es la novena mordedura que curo en menos de una hora.

El tipo era hematólogo y lo más habitual era que trabajase en el laboratorio con los análisis de sangre, pero aquel día todo estaba patas arriba y lo habían bajado a Urgencias para que ayudase en lo que pudiera. Hermógenes se rascó el pelo rizado y se ajustó las gafas.

—No tengo ni idea —contestó—. Es como si en vez de darse puñetazos se hubieran peleado a dentelladas.

—Por más que les pregunto me dicen que no saben quién los mordió. Joder, tengo uno que jura que fue un transexual de dos metros, y otro que se le acercó el mimo de la plaza y que casi le arranca el brazo.

—Como si ha sido Papá Noel. A nosotros no nos importa. Tú avisa a la policía para que tomen nota. Se trata de agresiones y es nuestro deber darles parte.

—Ya lo hemos hecho. Parece que están hasta arriba de trabajo con las procesiones y tardarán en venir.

—Retenlos lo que haga falta.

—Se están poniendo nerviosos —Diego miró a su alrededor—. Quieren marcharse a casa.

—Pues que les den mucho por el culo, ¿no? —el adjunto le pasó una carpeta con nuevos pacientes—. Hagamos nuestro trabajo y ya está.

Diego leyó los papeles por encima. Nueve mordeduras más. Casi todas leves, salvo una, que le había arrancado un buen trozo de carne a un legionario, que aseguraba que podía esperar su turno. Los tipos duros no abundaban y, por regla general, morían por imbéciles.

No era el mejor día para estar atascado de trabajo. La banda iba a dar un golpe a un furgón blindado con un plan poco sofisticado, pero así era la vida de la calle: lo que se pueda solucionar con una pistola en la cabeza no necesita una lanza térmica. Miraba su móvil cada poco rato a la espera de noticias, una llamada perdida desde una cabina pública o lo que fuera. Por si eso fuera poco, había pedido a David que fuera a verlo. No quería que anduviera por las calles el día que su padre se iba a meter en un lío de los grandes. Su abuelo hacía una gran labor con él enseñándole el oficio de mecánico, pero en festivo cerraba el taller y se marchaba al bar a tomar anís. Quería tenerlo controlado en un entorno seguro. La policía le haría preguntas y era mejor proporcionarle una buena coartada aunque él no lo supiera. Por eso lo había dejado con los deberes en la sala de descanso de los enfermeros del tercer piso. Allí tenía una computadora libre para lo que quisiera. Joder, por él como si se dedicaba a jugar en red. La cuestión era que mientras durase el atraco tuviera una justificación mejor que estar tirado en casa o por la calle con los otros chavales.

Había un paciente en una camilla que se agitaba entre espasmos. Era un anciano bastante alegre que había traído caramelos para todas las enfermeras. Sonreía sin cesar y pedía perdón por hacerles perder el tiempo con un viejo como él cuando había gente joven que necesitaba más cuidados. A todos les caía bien el jodido.

—¿Está bien, Nicolás? —preguntó Diego.

—No pasa nada… es esta mordedura, que me quema por dentro.

En la camilla contigua descansaba un jubilado que pasaba de los ochenta, pero en lugar de sonreír mostraba una cara avinagrada. No había dejado de quejarse de todo lo que le rodeaba, en concreto usando la palabra «cagar» para referirse a cualquier cosa, tangible o no, que tuviera cerca. Sentía predilección por, según él, «su puta vida».

—Me cago en toda la leche que mamé —refunfuñaba—. Yo he llegado antes que él, que me atiendan a mí, me cago en la mierda.

—En cuanto pueda estaré con usted.

—…*cagon* mi puta vida.

El Señorito examinó la herida de Nicolás. En el dorso de la mano tenía marcas de dientes que empezaban a supurar pus.

—¿Cuánto hace que lo mordieron, Nicolás?

—¿Qué hora es? —se miró el reloj—. Pues hace cuarenta minutos…

—Me cago en la *virgena*… —rezó el otro.

—¿Y ya tiene una infección tan grave? —le colocó un termómetro de oreja y en un instante comprobó su temperatura—. Tiene cuarenta grados de fiebre. ¿Le han dado algo para que se le pase?

—Yo… —el anciano perdía la conciencia—. ¿Quieres un carame…?

Las palabras quedaron enmudecidas en cuanto el viejo expiró. Tan sólo quedó un «me cago en la puta de oros» flotando en el ambiente. El enfermero le tomó el pulso, pero no lo encontró.

—¡Un médico! —gritó Diego—. ¡Necesito ayuda!

Le aplicó un masaje cardiopulmonar. Al momento llegó Hermo.

—¿Qué le ha pasado?

—Se ha desvanecido. No tiene pulso.

—Trae un carro de paradas. Vamos a tratar de salvarlo. Este viejo me ha dado un caramelo.

Hermógenes continuó con el boca a boca mientras Diego se apresuró a tomar el material de intubación. Los demás pacientes observaban la operación con una mezcla de miedo y curiosidad. Alguien murmuró algo de cagarse en la madre del cordero. Cuando el Señorito regresó con los utensilios, Hermo le soplaba el aire de sus pulmones directamente a su boca. Entonces ocurrió lo impensable. El viejo Nicolás abrió los ojos y lanzó una dentellada contra el rostro del médico. El grito fue desgarrador cuando le arrancó medio labio.

—Joder, joder... —Hermo agarró una gasa y se la colocó en la boca.

—Me cago en la María morena...

—¿Pero qué ha pasado? —preguntó Diego.

—¡Carajo, que me ha mordido! —contestó—. ¿No decías que estaba tieso?

—*Cagon* mi puta vida...

Nicolás se incorporó con dificultad. Por unos instantes le costó mantener la verticalidad, pero enseguida encontró el equilibrio que le faltaba. Torció el cuello hacia el viejo malhablado que se encogía en la camilla de al lado. Le clavó los dientes en la nuez y un «me cago en la...» enmudeció en su tráquea. Hermo y Diego lo observaron paralizados por el horror. Cuando salieron de su ensimismamiento y corrieron a separarlos, Nicolás ya había llegado al esófago a base de mordiscos.

—Otra vez no... —dijo el Señorito forcejeando con el anciano—. Esto no puede volver a pasar.

—¿Ya lo habías visto antes?

Diego no quiso contestar. No podía explicarle que el Perrolobo había matado a Christian, el hijo del Ronco, y que después había resucitado de la misma forma que Nicolás. Colocaron al viejo sobre la camilla y lo ataron con correas. Pese a la resistencia que oponía, lograron inmovilizarlo.

—¿Estás bien? —preguntó Diego, señalando la herida de Hermo.

—Ahora iré a que me lo miren. Como necesite reconstrucción maxilofacial, le voy a meter una denuncia.

Sin cagarse en nada, el otro vejestorio mordió a Hermo en la garganta. Lo atacó por la espalda, por sorpresa, con el sigilo de una serpiente.

El Señorito se afanó en separarlos, pero vio algo aterrador. Por los pasillos aparecía gente corriendo con nuevas marcas de dentelladas. Vio a varias enfermeras huyendo, a un paciente que se abalanzó sobre Suso el Grande y comenzó a zampárselo, a uno que había ingresado con quemaduras por todo el cuerpo caminando como si tal cosa, a otro que había perdido las dos piernas en un accidente arrastrándose por el suelo. Sus pupilas se cruzaron con las de la muerte y sintió miedo.

No podía hacer nada. La situación lo superaba. Había decenas de ataques por todo el pasillo. La gente se dedicaba al canibalismo con alegría y jolgorio. No sabía por dónde empezar. Observó que el anciano mordía a Hermo sin ganas, hasta que lo dejó a un lado. En ese momento el médico abrió los ojos y se puso en pie.

—A darle por el culo a todo —dijo el Señorito.

Los empujó a un lado y salió en dirección a los ascensores. Sólo pensaba en salir de ahí, pero antes debía recoger a David. Lo había llevado al hospital con la intención de protegerlo pero el resultado no había sido el que esperaba. La gente se dividía en dos bandos: los que escapaban para salvar la vida y los que ya la habían perdido y sólo querían comer carne humana. Diego sorteó varios obstáculos y llegó al descansillo de los ascensores. Encontró uno vacío con la puerta abierta. No dudó en entrar de un salto y pulsar el botón del tercer piso.

No pudo recuperar el aliento. El ascensor se detuvo en el primer piso. Puede que alguien hubiera pulsado el botón de llamada o puede que el destino aún tuviera ganas de bromear. Nada más alcanzar el nivel superior, las puertas se abrieron y una docena de zombis se giraron hacia él. Reconoció a algunos compañeros, pero en su mayoría era gente ingresada. El ding dong al abrir las puertas atrajo su atención hacia Diego. Casi como si se tratara de un ballet ensayado avanzaron en su dirección con pasos espasmódicos. El Señorito pulsó como un loco el botón marcado con un tres, pero las portezuelas mecánicas no se cerraban. Hubiera preferido que esos seres se le hubieran lanzado corriendo y no con esa cadencia de pasos lenta e infernal. Ya casi los tenía encima cuando un segundo ding dong le avisó de que se cerraba el habitáculo. El deslizar de las hojas de hierro le permitió volver a respirar.

—Bueno, no te has meado encima —se palpaba el pantalón—. No te has meado, aún no.

Sus ojos se posaron temblorosos sobre la pantallita que le marcaba los pisos. Por un momento temió que encallase de nuevo en un piso al que no se dirigía, pero en esta ocasión el ascensor continuó su camino. Al llegar al tercer piso en lo que le pareció una eternidad, se preparó para salir a toda velocidad en dirección a la sala de descanso donde esperaba encontrar a David.

Las puertas se abrieron de nuevo. Ante él apareció un tipo con la cara carcomida, bizqueante, con la mueca de enfado y los dientes torcidos. Trató de evitarlo pero lo agarró del cuello con el brazo en lo que parecía una llave de judo.

—¿Dónde vas tan deprisa, Dieguito? —dijo.

Se trataba de Martínez, el jefe de piso y un tipo tan chistoso como pesado.

—Huye de aquí —le contestó el Señorito, muy serio.

—¿Te sabes el del tipo que compra condones de sabores? —Diego intentó zafarse de su brazo, pero no hubo forma—. El ingenuo le llega a su mujer y le dice: «María, mira, he comprado condones de sabores. Me los voy poniendo y tú intentas adivinar cuál es». Y le dice la mujer: «Mmm... éste es de salmón con roquefort». Entonces va el marido y contesta: «Pero espera a que me ponga uno, carajo».

Diego empujó a su superior a un lado y se libró de la presa. Después lo agarró de las solapas y lo estampó contra la pared.

—¡Tenemos que salir del hospital! —gritó—. Hay una horda de… zombis, que nos atacan.

El Martínez enderezó un poco su mirada estrábica. Se humedeció los labios con la lengua y dijo muy serio:

—Tú no has entendido el chiste. Anda, deja que te cuente otro. ¿Te sabes el de…?

El Señorito se marchó a toda prisa hacia la zona de descanso. En el tercer piso aún reinaba la tranquilidad, pero no duraría demasiado. Entró a la carrera en la sala. David minimizó una web porno.

—Eh, tío Diego, llama antes de entrar, ¿no?

El Señorito cerró la puerta de golpe. Sujetó a su sobrino de la camiseta y lo levantó a pulso.

—Pilla tus cosas, que nos vamos.

—¿Pero qué pasa?

—Tienes razón, ya lo haces luego.

Al salir de nuevo, la situación parecía similar salvo por los zombis que entraron por la puerta de salida. Uno más llegó en ascensor. En un momento aquello parecía una reunión de friquis disfrazados.

—Mierda —dijo el Señorito—. Por allí ya no podemos escapar.

—¿Escapar? Oye, a mí me cuentas lo que pasa aquí, ¿o qué?

—En aquella dirección hay una pasarela que conecta con el pabellón de psiquiatría. Si lo alcanzamos podremos salir de esta ratonera.

Dejaron atrás a gente gritando, a dientes desgarrando carne, a personas que iban a morir y después a renacer desde la muerte para seguir matando. Se dirigieron hacia el pasillo que servía de puente entre pabellones, pero al llegar encontraron que también estaba tomado por gente cubierta de sangre y de extraños andares.

—Joder…

—¿Quiénes son esos idiotas? —preguntó David.

—Estamos rodeados. No hay escapatoria.

Los del pasillo los vieron y se dirigieron a su posición. Uno de ellos iba más rápido. Sus piernas fueron tomando velocidad hasta el punto de empezar a correr. Al Señorito le sorprendió aquella reacción. ¿Por qué la mayoría arrastraban los pies pero ése en concreto podía dar zancadas? Al no encontrar una respuesta clara, decidió dar media vuelta con David de la mano. Al pasar por la zona de camas que los médicos usaban para descansar en las guardias, no se lo pensó dos veces y entraron. Echó el pestillo en el momento justo en que el corredor los alcanzaba y aporreaba la puerta con la cabeza y los brazos.

—¡Ayúdame a empujar esa litera! —ordenó a un David cada vez más estupefacto.

Entre los dos arrastraron uno de los catres de dos alturas y quedó atravesado contra la hoja de madera.

—¿Qué está pasando aquí, tío? —insistió David.

Diego apenas tenía resuello. La adrenalina le golpeaba la cabeza. Estaban atrapados en aquella habitación sin ventanas con zombis al otro lado.

—Dime que tienes el teléfono móvil a mano, David.

CAPÍTULO 20

El hospital comenzó a construirse a mediados de la década de los setenta. En ese momento se pensó en crear una gran obra contemporánea con los últimos avances técnicos y científicos a disposición de los facultativos. Dos meses después de que se aprobara el proyecto, el concejal de Urbanismo desapareció con varias partidas presupuestarias, incluyendo la del hospital. Por ello, y como no quedaba más remedio que cumplir las promesas electorales, el alcalde de la época aprobó una remesa extraordinaria de dinero destinada íntegramente a la edificación del hospital. El noventa por ciento de esos billetes acabaron en el bolsillo del concejal de Sanidad, con los que le levantó una pequeña mansión de tres mil metros cuadrados a su amante. Con el diez por ciento restante se compraron sacos de cemento y ladrillos para construir la insigne obra.

Por supuesto, el resultado fue, cuanto menos, mediocre. Grietas, tuberías mal colocadas, un aire acondicionado que se estropeaba cada cinco minutos, quirófanos sin equipamiento, sillas de ruedas sin ruedas y cierto aroma a aguas fecales procedente de una mala conexión con las alcantarillas. Cuentan que el arquitecto a cargo del proyecto se suicidó hasta tres veces. Otros dicen que fue el alcalde quien hizo rodar cabezas. El caso es que lo que debería ser un grandioso legado para las generaciones futuras se convirtió en el peor hospital del país nada más ser inaugurado. Las posteriores reformas no hicieron más que parchar los defectos. Se construyeron nuevos pabellones en las propiedades colindantes y se los unió a la cutre mole central por medio de puentes. Alguien pintó una H dentro de un círculo en la azotea y los medios aseguraron que habían habilitado al hospital con un helipuerto. Curiosamente, no había rastro de cucarachas ni de ratas. Hubo quien dijo que ni las alimañas querían terminar ahí.

Entre los lujos del hospital se encontraba el *parking* subterráneo que conectaba con las diferentes alas. Allí se aproximó la furgoneta de la banda con el Perrolobo al frente. Antes sopesaron sus opciones y vieron que cualquier otra alternativa era inviable. Aquello parecía un avispero agitado. Los zombis manaban por las puertas como una inacabable fábrica de carne. Al grito de «no hay más huevos» dirigieron la furgoneta a la rampa del aparcamiento.

—¿Qué capacidad tiene este edificio? —preguntó el Perrolobo, limpiándose los brazos de aceite para coches con un trapo.

—Ahí cabe mucha gente, Juande —dijo el Cani—. Yo diría que, entre los que trabajan y los que agonizan, pueden sumar más de mil.

—Mi coño mil —contestó la Chunga—. Tú de matemáticas ni puta idea. A ver: enfermeros, médicos, los de cocina que no vemos, los celadores, las de limpieza, mantenimiento, auxiliares, gente de la oficina… Ahí ya tienes tus mil.

—Y las visitas —añadió el Cani.

—Eso, las visitas también suman. En total, pues casi tres mil.

El Matraca los observaba sin entender nada. Una vez le dieron diez golpes en la cabeza y perdió la cuenta. A decir verdad, no sabía contar mucho más, lo que suponía un problema a la hora de repartir los botines.

—Entonces estamos bien jodidos —confirmó el Perrolobo—. Digamos que la mitad de esos tres mil han huido y la otra mitad se ha convertido en zombi. Por muchos que hayan salido al exterior, la gran mayoría continuarán perdidos en el interior del edificio.

Todos asintieron: estaban bien jodidos.

El Mosca evitó a varios desgraciados más y descendió hasta el *parking*. Todos los coches estaban bien aparcados, como si nadie se hubiera atrevido a bajar hasta allí. Pararon cerca de la puerta de acceso y apagaron el motor.

—Dame el teléfono —ordenó el Perrolobo—. Si no sabemos dónde están, podemos pasar horas dando vueltas por el piso.

—Ahora me da línea —la Chunga le pasó el móvil.

Juande se quedó con la oreja pegada al auricular. Los pitidos llegaban con mucha estática. Al tercero escuchó la voz de su hijo al otro lado.

—¿Papá? —preguntó David—. ¿Eres tú?

—¿Dónde están? ¿Va todo bien? ¿Te han herido?

—Esto está lleno de idiotas, papá. He visto cómo se comían a gente. Se han vuelto todos imbéciles. Ahora estamos escondidos en una habitación con literas.

—¿Dónde está eso?

—Espera, que te paso al tío.

Al instante oyó la voz del Señorito.

—Juande, no sé cuánto tiempo tenemos antes de que se corte esto, así que escucha con atención. Estamos en el tercer piso, dentro de la zona de los quirófanos. Los dos primeros pisos están infectados de zombis, por ahí no pueden pasar. Hay una entrada de emergencia en la parte norte. Se puede acceder desde el aparcamiento.

—Estamos en el estacionamiento.

—Perfecto. Vayan hacia la entrada de Urgencias, y según llegan, a la derecha verán una puerta de color rojo. Una vez dentro, sigan la línea amarilla hasta los quirófanos. Hay que cruzar la pasarela que une los dos pabellones. Estamos en una habitación que pone...

La comunicación se trabó de ruido de estática y al instante se cortó. El Perrolobo pulsó la tecla de rellamada, pero la voz de una telefonista le confirmó que no podían establecer la conexión.

—Mierda…

—¿Qué te ha dicho? —preguntó el Matraca.

—Dice que hay un acceso de emergencia, pero que la entrada está por Urgencias. Luego se ha cortado.

Una mujer embarazada pasó ante ellos. Iba desnuda por completo y tenía una herida terrible en el brazo. El cadáver se detuvo ante la luna de la furgoneta y reventó por debajo. Líquido amniótico se mezcló con un feto convertido en gelatina de fresa. Dejó allí el cuerpo deformado de su pequeño y continuó con su avance errático con el cordón umbilical arrastrando entre sus piernas.

Les costó trabajo volver a respirar.

—Eso ha sido fuerte —dijo el Cani.

—Y repugnante —contestó la Chunga—. Si no tenía ni puta gana de parir, después de haber visto ese desastre, aún menos.

—Debemos olvidar que son personas —el Perrolobo terminó de limpiarse con el trapo y se puso la chaqueta—. Ya no tienen salvación. O ellos, o nosotros.

—*Kamelo que sinelen lenje* —confirmó el Mosca.

—Si una de esas cosas se les acerca demasiado, le meten dos tiros en la cabeza.

El ambiente olía a sucio. La sangre de placenta se mezclaba con el polvo negro que dejan los neumáticos cuando se descomponen. Los bajos del hospital hacían honor a su nombre. Un calor pegajoso se les clavaba en la nuca y les erizaba el vello. El Perrolobo fue el primero en poner un pie fuera. Amasaba entre las manos la Beretta, como si fuera el pito de un jeque árabe y, al igual que ésta, si llegaba la ocasión no dudaría en metérsela en la boca y esperar la descarga.

Avanzó en dirección a la pared norte, donde el Señorito les había indicado. Escuchó pasos a su espalda pero no se giró. Confiaba en que se tratase del resto de la banda. Husmeó tras cada pilar antes de continuar a la espera de alguna otra preñada demencial pero no encontraron resistencia. Al Perrolobo le molestaba tanta tranquilidad. No comprendía por qué los zombis no habían tomado aquel pequeño reducto. Supo la respuesta al llegar a la entrada de emergencia.

Se trataba de una portezuela de hierro enmarcada en el concreto. Era pequeña para una camilla, pero lo bastante espaciosa para que una persona pasase de un lado a otro.

Pero no cualquier persona.

Había un zombi encajonado en mitad del marco. La obesidad mórbida se quedaba corta para describir su envergadura. No sólo medía más de metro noventa, sino que el perímetro de su barriga daba la razón a las compañías aéreas que lo obligaban, antes de la catástrofe, a comprar dos asientos en vez de uno. El trozo de carne se había quedado encajado al intentar salir, creando a su vez un tapón para que otros pudieran entrar.

—Excelente —la Chunga se adelantó unos pasos—. ¿Y ahora qué mierda hacemos?

—Miren sus brazos —dijo el Cani—. Son del tamaño de mi tronco.

El trozo de tocino abrió la boca para intentar morderlos, pero ni siquiera movió la papada. El Perrolobo se acercó hasta colocarse a su altura.

—¿Y si lo arrastramos con el coche? —preguntó el Matraca—. Lo enganchamos con una cadena y pegamos un acelerón.

—Yo digo que le metamos un tiro y luego lo descuarticemos.

—No —el Perrolobo sacó la navaja—. Demasiado ruido.

Apoyó el filo en la oreja del gordo y de un certero golpe la clavó hasta el mango. El zombi se quedó sin pilas y todo su cuerpo se derrumbó flácido. Sin embargo, aunque ya no representaba un peligro para nadie, continuaba obstruyendo la entrada al hospital.

El Mosca se asomó por el resquicio que quedaba entre el cuello y el hombro, y observó que tras la muralla de carne no había peligro.

—*Estiñela liché* —gruñó.

—Vale, vamos a quitar este estorbo de aquí —ordenó el Perrolobo, limpiando el pincho en la ropa del zombi.

Primero tiró el Matraca, que para algo era el más grande de todos, pero no hubo forma. Probaron a ayudarle, pero el cadáver parecía fusionado con el edificio. Empujaron todos a la vez, para tratar de meterlo hacia dentro, pero fue en vano. El gordo cabrón aguantaba cada embestida con una tranquilidad absoluta.

—Necesitaremos una motosierra —dijo la Chunga—. Si no quitamos a este pitocorto ya, se nos hará de noche.

—Nada de motosierras —el Perrolobo se encendió un Bisonte para tratar de calmar el cansancio—. Hacen ruido. El ruido los atrae, ya lo hemos comprobado.

—Si tuviera un barreno de la cantera —añadió el Matraca—, se lo metía por el culo y...

—Nada de ruido —repitió Juande—. Hay que quitar a este cabrón rápido o buscar otra entrada.

—No hay otra forma de pasar —la Chunga se recogió el pelo en una cola de caballo—. Ya has visto cómo está la cosa ahí fuera.

—Mierda... —se llevó las manos a la cabeza—. No puedo creer que me esté pasando esto.

Se giró hacia el mastodonte que les impedía el paso y le propinó una patada en los huevos.

—Está bien —el Cani se arremangó—. Dejen al maestro de la ilusión.

La navaja de Lolo era de tamaño Excalibur. Cuando la llevaba en el bolsillo del pantalón parecía que un camerunés se hubiera puesto cachondo pero cuando la desplegaba, hasta las chicharras enmudecían. El Cani enarboló el medio metro de acero y lo clavó en la barriga del obeso. Con un movimiento de muñeca, hendió el filo hasta el fondo y lo fue desgarrando de lado a lado. Las tripas emergieron de su bolsa de carne y salpicaron todo el suelo. El cadáver quedó abierto en canal, con una tira amarilla de grasa entre la piel y el mesenterio.

—Joder, qué peste —la Chunga se tapó la cara con un pañuelo—. ¿Se puede saber qué mierda has resuelto con eso, desgraciado?

El Cani agarró la escopeta de dos cañones que cargaba el Mosca y la introdujo en el interior del abdomen del tipo. Antes de que el Perrolobo pudiera impedirlo, apretó el gatillo y los perdigones salieron a bocajarro. El sonido del disparo quedó amortiguado por el montón de carne. Le devolvió el arma al Mosca y realizó un par de cortes más en la zona delantera.

Al retirarse, pudieron comprobar el resultado de sus acciones. El gordo tenía un enorme boquete que lo atravesaba por completo. El plomo a quemarropa había destrozado la pared lumbar y las vértebras, dejando un hueco por el que cabía una persona.

—¿Cómo era aquello del moro y la montaña? —se jactó el Cani—. Si la montaña va pal moro… no me acuerdo, carajo, pero habría quedado de puta madre aquí, ¿o qué?

—Mierda… —el Perrolobo no salía de su asombro—. ¿Le has hecho un agujero a este cabrón?

—Ya lo ves. Ahora podemos pasar al otro lado sin problema.

—¿Sin problema? —la Chunga le regaló un sonoro golpe—. ¿Quieres que pase resbalando por el interior de este trozo de tocino? Joder, estás enfermo, Lolo.

—¿Qué tenía de malo derribarlo con la furgoneta? —preguntó el Perrolobo—. ¿Alguien lo recuerda?

—Yo no quepo por ahí —se quejó el Matraca—. Hay que hacerlo más grande.

—Carajo, está bien —Juande arrojó el cigarro y cayó sobre la alfombra de intestinos—. Es mi familia. Iré yo. Ustedes pueden quedarse aquí si quieren. Nadie los obliga a venir.

—Es que no quepo —repitió el Matraca.

—Jódanse —el Cani guardó la navaja en el bolsillo—. Yo voy. Es mi puta obra maestra.

—Está bien, no podemos perder más tiempo —el Perrolobo se remangó—. Iremos Lolo y yo. Macu, te quedas en la rampa a vigilar que no entren cosas de éstas. Pepe, ten la furgoneta preparada para cuando volvamos —le pasó una Beretta—. Chus, te ocupas de que ningún zombi pase por el hueco del gordo éste, ¿de acuerdo?

Todos asintieron con desgana.

CAPÍTULO 21

—Te dije que funcionaría —dijo el Cani, limpiándose la sangre del cadáver con unas toallas.

—Prefiero no pensar en eso —contestó el Perrolobo a su lado, quitándose vísceras y aceite de coche con unas sábanas—. De verdad, ¿qué tenía de malo engancharlo a un coche y sacarlo de ahí?

El Cani agarró una escopeta de cañones recortados y le pasó la Beretta a su compañero.

—A veces hay que reaccionar, Juande. Tú me lo enseñaste.

—Ahora sólo quiero olvidarlo y encontrar a David.

Habían alcanzado la lavandería del hospital tras atravesar varios pasillos. Allí encontraron una puerta con claraboya que los llevaría al resto de galerías. Se asomaron y comprobaron que se trataba de una sala de espera que conectaba con varias galerías. Vieron a decenas de zombis deambular por los pasillos. Arrastraban los pies y hacían crujir sus dientes, pero no parecían haberlos visto todavía. En la pared encontraron un plano del edificio.

—Estamos aquí —susurró el Perrolobo—. La escalera más cercana está a unos metros. Tenemos que alcanzar el tercer piso, recorrer toda la galería hasta el pabellón de psiquiatría y seguir la línea amarilla.

—Como el coño de una quinceañera.

—¿Qué?

—Nada, que está chupado.

—Iremos en silencio. Me seguirás de cerca y sólo les dispararemos si la cosa se pone fea. Estos cabrones tienen un oído fino.

—¿Y por qué no los distraemos con ruidos?

—Eres un optimista, Lolo. ¿Cómo piensas hacer eso?

El Cani señaló un tanque de oxígeno que descansaba sobre una camilla.

—Podemos engancharle un mechero y empujarlo por el pasillo.

—Tú eres un puto psicópata —contestó el Perrolobo.

—Joder, acabas de decir que les atrae el ruido. Si es en la otra punta, los bichos irán a ver qué carajos pasa. Entonces tendremos el camino despejado.

—Y el otro lado se llenará de zombis. ¿Y si alguno de nosotros necesita salir por allí?

—Va, vamos, no me seas cagado.

El Cani agarró la camilla y sujetó el tanque con unas correas que llevaba incorporado. El Perrolobo abrió la válvula y el aparato comenzó a emitir gas. Luego prendieron fuego a las sábanas. El armatoste se cubrió de llamas al momento.

—Vamos, empuja fuerte.

Entre ambos tomaron carrerilla por uno de los pasillos y lanzaron la camilla incandescente hacia lo más profundo del hospital. La soltaron y fue dando tumbos por todo el corredor hasta chocar con varios zombis. Entonces el soporte perdió el equilibrio y se volcó. Había llegado hasta la mitad de una sala de curas. El Perrolobo y el Cani regresaron a su posición en la lavandería. Por la claraboya de la puerta observaron a varios zombis que se dirigían hacia su posición. Sin duda, los habían visto con claridad. Empujar una hoguera con ruedas es lo que tiene.

—Mierda, no explota… —se quejó el Perrolobo—. ¿Estás seguro de que esos tanques pueden explotar?

—Carajo, en las películas les sale a la primera.

—En las pelis la tía buena se va con el tonto, Indiana Jones salva la vida veinte veces y Bruce Willis se da de golpes con el malo sin despeinarse.

—Bruce Willis está calvo.

Una pareja de zombis, enfermero y enfermera, se acercaron demasiado y el Perrolobo tuvo que cerrar la puerta. Las criaturas apoyaron sus infectos rostros contra el ventanuco redondo y así quedaron, mirándose a través de un cristal frío y a todas luces frágil.

—La madre que te parió, Lolo. Tú y tus putos planes de micrda. Primero, atravesar a un gordinflas, y ahora preparar una explosión que no va a producirse.

La explosión los sorprendió de improviso. La sacudida les agitó los huesos, hizo temblar las paredes y cada objeto de cristal acabó convertido en confeti vidrioso. El fuego inundó el pasillo y en apenas un pestañeo desapareció. En su lugar dejó un rastro de humo denso como una neblina matinal mezclada con la contaminación del tráfico.

Una vez superada la sorpresa inicial, se asomaron para ver los desperfectos. La vista apenas les alcanzaba un par de metros. Los tubos fluorescentes yacían reventados en el suelo y toda aquella zona estaba a oscuras. Los zombis que unos instantes antes los acechaban se levantaron en perfecta sincronización de ballet ruso. Tenían la piel negra por las quemaduras y la ropa llena de hollín, aunque ninguno ardía. Aún más desorientados de lo que ya estaban, giraron en redondo y se dirigieron al origen de aquel estallido.

—Ha funcionado —murmuró el Cani—. Joder, ha funcionado.

—Ahora tenemos que atravesar esa cortina de humo a oscuras. Un gran plan, Lolo.

—Gracias, Juande.

—Vete a la mierda.

—¿Qué?

—Que me sigas, carajo.

—Ah, claro.

Aguardaron unos minutos a la espera de que se despejase algo el humo provocado y a que los zombis se agolpasen contra los restos de la camilla. Al no suceder lo primero desconocían si había ocurrido lo segundo, pero no les quedó más remedio que adentrarse en lo desconocido.

En una postura que más tarde el Cani describiría como de «maricas perdidos», avanzaron tomados de la mano ante la enorme pantalla de humo que les impedía la visión. Juande apuntaba al frente con el brazo estirado, con el oído atento a cualquier arrastrar de pies o a algún ruido sospechoso. Iban con el culo pegado a la pared en una posición que el Perrolobo más adelante explicaría como «ducharse en la cárcel».

El primer recodo los llevaba directo a las escaleras. Aguantaron la respiración hasta que no pudieron más, lo cual no fue mucho tiempo dados los hábitos nocivos a los que habían habituado a sus pulmones desde pequeños. El Cani se arrepintió de esnifar el pegamento que su madre usaba para arreglar zapatos, y el Perrolobo recordó aquel primer Bisonte sin filtro allá cuando apenas tenía pelos en los sobacos. Sin embargo, el humo del tanque de oxígeno no se parecía en nada al del buen tabaco negro. En realidad les dieron ganas de toser y de vomitar a la vez. Los ojos ya los tenían en lágrima viva, pero aun así reprimieron sus instintos de echar hasta la primera mamada de leche materna y alcanzaron las escaleras.

Subieron a toda prisa, ya que el humo ascendía hacia arriba, aunque allí era menos espeso. Al tener cierto contacto visual, se soltaron de las manos y se cubrieron las bocas con las faldas de sus vestimentas. Encontraron un zombi en la primera planta. Se acercó con pasos espásticos hacia los dos compañeros, pero éstos lo agarraron de los brazos y lo arrojaron por la barandilla. El Perrolobo le indicó con gestos al Cani que se diera prisa y que no se separara de su espalda. Avanzaron por el siguiente trecho y no encontraron resistencia. Parecía que los muertos vivientes no habían tomado en masa aquella zona. Quizás el plan de Lolo había tenido un éxito rotundo, atrayendo a los cadáveres hacia la explosión como las amas de casa van al bingo.

El Perrolobo pensó que ellos también estaban en la misma situación, moviéndose por una tela de araña donde la muerte los acechaba tras cada esquina.

En la segunda planta tampoco vieron nada. Allí el aire era más respirable. Subieron un nivel más con el mismo resultado. Escucharon pasos arrastrándose por el techo, pero no les importaba. Habían alcanzado el tercer piso y su objetivo cada vez estaba más cerca.

—¿Hay cobertura? —preguntó Juande.

—Nada —Lolo le mostró el móvil.

Se asomaron por la puerta de acceso de aquella planta. Daba a una zona de descanso, con máquinas de refrescos y butacas de plástico para las visitas. El Perrolobo hizo la primera incursión a modo de avanzada mientras el Cani aguardaba con la puerta entornada. Juande encontró rastros de sangre, una silla de ruedas cruzada en mitad de ninguna parte y un cadáver que se movía en círculos con la cabeza colgando hacia un lado. A la derecha se abría el ala de psiquiatría, mientras que hacia la izquierda aparecía el pasillo que la unía al pabellón de cirugía.

Indicó al Cani que lo alcanzase. Al llegar a su lado le mostró un objeto plástico que llevaba en la mano.

—Mira, Juande, ¿sabes lo que es?

—¿Dónde has encontrado esa porquería?

—Es una teta de silicona, hombre —el Cani estaba encantado—. Un melón de mentira, una pera de la Pamela Anderson. Lo pone aquí, ¿ves? «Prótesis mamaria». Es la maravilla, ¿no te parece?

—Tira eso. Tenemos que seguir.

—Qué carajo tirarlo —lo guardó en el bolsillo de su chaqueta—. Joder, pienso tocarlo hasta que se gaste. Es mejor que una de esas bolas antiestrés que tienen los banqueros para que se les ponga dura.

—No las usan para eso —se secó el sudor de la frente—. Da igual, carajo. Tenemos que atravesar el pasillo. Con suerte no encontraremos demasiada oposición, como hasta ahora, pero ten los ojos abiertos.

Se adentraron en el corredor. Había ventanas a los lados, aunque ya oscurecía. La galería que comunicaba ambas alas del hospital estaba a una altura de quince metros suspendida en el aire. No era muy larga, pero la sensación de estar cruzando un puente ponía nervioso al Perrolobo. Si la cosa se ponía fea, sólo podrían regresar por donde habían venido. Aquello era una ratonera de dos salidas y ninguna parecía segura. Para terminar de complicar las cosas, en ese instante se fue la luz de todo el edificio.

—Mira, Juande, una línea amarilla —el Cani señaló al suelo con el cañón de la escopeta.

—¿Qué dijo el Señorito? Que la siguiéramos hasta la zona de quirófanos. Una vez allí nos toca preguntar a gritos…

El camino de losetas amarillas desembocaba en un nuevo pasillo con puertas a ambos lados. Aquella zona aún olía a hospital, con esa mezcla de productos químicos y enfermedad fermentada. Apoyados en las vigas, descubrieron a un zombi que golpeaba una puerta con un entusiasmo desmedido. Al sentir la presencia de los dos intrusos, giró el cuello en su dirección y el ruido de las vértebras al moverse resonó por toda la estancia. El Perrolobo notó al momento que había algo distinto en él. Puede que se tratase de sus ojos inyectados en sangre, de pupilas dilatadas y enormes, o el baile constante de su mandíbula que parecía masticar el aire. Apartó todas aquellas ideas en el momento en que descubrió la verdad: aquel zombi corría muy rápidamente.

El cadáver se abalanzó sobre ellos. Era mucho más rápido que cualquiera que hubiera visto antes, vivo o muerto. Incluso Usain Bolt habría parecido una tortuga a su lado. Los músculos de sus piernas se tensaban en cada paso hasta casi quebrarse, para después impulsarlo como si tuviera un cohete metido por el culo. Al Perrolobo sólo le dio tiempo a levantar la Beretta y disparar sin apuntar. Las balas le atravesaron el pecho pero no lo detuvieron. Entonces, cuando casi lo tenía encima, Lolo dio un paso al frente con la escopeta preparada.

No le dio tiempo a abrir fuego.

El zombi se empotró contra la carabina. El cañón del arma se clavó en su boca y asomó por la nuca. El embiste tumbó al Cani, pero no soltó la culata. Apretó el gatillo y los perdigones brotaron de su punta. Por supuesto, aquello no funcionó, ya que el muerto viviente estaba atravesado de lado a lado, force-jeando para arrancarle los ojos a su contrincante, y la munición terminó en el techo. Fue el Perrolobo quien apoyó la pistola en su sien y le reventó la sesera. Esquirlas de huesos decoraron la pared del pasillo junto a restos de masa cerebral. El cadáver se derrumbó como un pito que se queda sin Viagra y el Cani pudo quitárselo de encima.

—Este cabrón se había tomado las espinacas —dijo.

—Hemos armado un buen desmadre —el Perrolobo le ayudó a recuperar la escopeta—. Esto se llenará de hijos de puta en cualquier momento.

En el silencio del atardecer escucharon unos gritos. Juande los reconoció al momento. Se acercó a la carrera al lugar donde el zombi golpeaba sin descanso. Encontró la puerta cerrada.

—¡David! —aulló sin preocuparse de que el sonido atrajese a visitantes no deseados.

—¡Papá! —contestó una voz al otro lado.

Se oyó el sonido de un mueble al arrastrar. La puerta se abrió y pudo abrazar a su hijo.

—David —dijo mientras se fundían en un abrazo—. ¿Estás bien?

—Joder, papá. Esto está lleno de locos. El tío Diego me ha escondido en ese cuarto. He tenido que mear en una botella y todo.

—Era por si nos quedábamos sin agua —contestó el Seño-rito, tras él.

—¿Ibas a dejar que mi niño se bebiera tus meados, pervertido?

—De nada por salvar a tu retoño, pedazo de mamón.

—Oigan, colegas —el Cani puso fin al cálido reencuentro—. ¿Por qué no nos piramos de este antro y luego se dan de golpes, o qué?

—¿Y los demás? —preguntó el Señorito.

—Nos esperan abajo —contestó el Perrolobo—. Vámonos de aquí.

Escaparon a la carrera. Ya no era necesario ir despacio. El ruido iba a atraer a más cadáveres infectos. El Perrolobo iba en cabeza y nada más cruzar la puerta que daba a la pasarela se encontró cara a cara con un viejo enganchado a un gotero. El anciano intentó darle una dentellada, pero Juande le devolvió un puñetazo.

—Adelántense ustedes —ordenó al grupo—. Los alcanzo en unos segundos.

Obedecieron sin dudar. El plan del Perrolobo era destrozarle la cabeza al anciano a culatazos. Su idea era tardar poco y reunirse con ellos, pero se topó con un problema. Aquel hombre había sido soldado y tenía el cráneo invadido de placas de metal. En vida, pasar por el control de un aeropuerto era una odisea parecida a querer abrirle los sesos a culatazos. El Perrolobo tardó un rato en enfrentarse a la realidad. Aquel cabezón era indestructible, una mollera dura y sólida. Le habían pateado las costillas con palos más blandos. Llegó a plantearse dejarlo allí y que los siguiera, pero luego pensó que no era buena idea que los pudieran sorprender por la retaguardia y a oscuras. Le apoyó el cañón en el ojo, calculó la trayectoria de la bala y apretó el gatillo. El plomo rebotó por todo su cráneo metálico antes de detenerse. Le había licuado el cerebro. El abuelo ya no volvería a dar guerra.

—Vamos, Juande —gritaron desde el otro lado de la pasarela.

Ya no había más enemigos a la vista. La galería acristalada reflejaba la sombra de una ciudad oscura. La noche estaba al caer. Sus amigos lo esperaban en la otra punta.

Fue entonces cuando lo escuchó. Las aspas de un helicóptero.

Apenas tuvo tiempo de mirar por la ventana y ver lo que se le venía encima. Ya había visto a uno de esos armatostes caer del cielo. Lo que no esperaba era que le sucediese a él. Quizás el piloto había tratado de llegar al helipuerto de la azotea y se quedó sin combustible. O tal vez iba borracho o medio zombi. No importaba. Sólo fue consciente de que se iba a estrellar sobre su cabeza. Apenas pudo desandar el camino cuando las hélices impactaron contra la galería. La bola de fuego, la explosión y la posterior onda expansiva fue lo que menos le importó. Lo que realmente le dejó sin habla fue comprobar que el pasillo había quedado partido en dos. Tres pisos más abajo el hierro se retorcía sobre sí mismo envuelto en llamas. Un enorme vacío lo separaba de sus compañeros.

—Mierda... —musitó.

Se acercaron a su posición. El Cani se llevó las manos a la cabeza. Todos estaban desesperados. Ahora era el Perrolobo quien estaba atrapado. El Señorito fue el primero en reaccionar.

—Juande, escúchame bien. Los pisos inferiores están llenos de zombis. Es un caos. Debes atravesar toda el piso y salir por las escaleras. No sé lo que te vas a encontrar allí, pero debes ser rápido. Nosotros bajaremos por donde han entrado y nos veremos en la puerta.

—Para eso tendremos que cruzar la planta baja —confirmó el Cani—, y también está llena de esos bichos.

—Si no vienes tú, lo haré yo solo —le contestó Diego—. Este hombre se ha arriesgado por salvar mi vida y no voy a dejarlo solo.

—Eh, que yo también estoy aquí. ¿O no me he arriesgado como un tonto?

El Señorito le lanzó algo al otro lado del agujero. A pesar de la frustración, el miedo y la desesperación, el Perrolobo lo cazó al vuelo. Se percató de que era una linternita de plástico con un logo publicitario en su mango.

—Eres el tipo con más huevos que he conocido en mi vida —afirmó Diego—. Ahora no te rajes por cuatro muertos vivientes de mierda.

El Perrolobo apretó la Beretta contra la pierna.

—Nos vemos abajo, ¿no? —preguntó.

—Claro que sí, papá —contestó David.

Encendió la linterna, dio media vuelta y se dirigió hacia la oscuridad enseñando el colmillo.

CAPÍTULO 23

Estaban todos, y estaban bien. Algunos zombis caminaban como idiotas hacia su posición. El Cani metió dos cartuchos en las recámaras. El Perrolobo no tenía más munición. Diego y David iban de la mano.

—¿Estás bien, papá? —preguntó.

—Sí, pero... —le faltaba el resuello—. Creo... creo que he perdido el paquete de Bisonte... —metió la mano en el bolsillo—. Ah, no: está aquí.

—Vámonos rápido —dijo el Cani—. En este sitio hay más gente que en un *bukake*.

—¿Tú también lo piensas?

—Joder, salta a la vista. Aunque prefiero que una de estas cosas se me corra encima a que me muerda.

Avanzaron por el pasillo en dirección a la lavandería. Un grupo de muertos vivientes yacían alrededor de lo que quedaba de la camilla que habían incendiado un rato antes. Al parecer, el Cani había practicado puntería.

—Están muertos —recalcó Diego—. Y lo primero que sucede cuando alguien muere es que el esfínter se relaja y sus fluidos se escapan. Estos tipos se corrieron nada más irse al otro barrio.

—No me jodas, Señorito —dijo Lolo.

—Se han meado y se han cagado encima, ¿que no lo huelen?

173

—Carajo, y tanto. Pero pensaba que era porque estaban podridos.

Por un lateral surgieron varios más. El Cani disparó y la lluvia de perdigones los detuvo en seco. No se detuvieron para rematarlos.

—¿Cómo van a descomponerse en dos horas? —prosiguió Diego—. Para eso hace falta más tiempo. Lo que ocurre es que tienen el culo taponado de mierda y las perneras de los pantalones mojadas de orín. Joder, Lolo, ¿es que no aprendiste nada en el colegio?

—En la escuela me dedicaba a mirarle las bragas a las crías y a fumar en los baños —el Cani buscó la complicidad de David—. Como todos, vaya.

Un zombi aguardaba ante la puerta de acceso a la lavandería. El Perrolobo se acercó por detrás y le estampó la cabeza contra la esquina de un pilar. Al tercer golpe le reventó el frontal. Confiaba en no encontrar más *cyborgs* con placas de metal en la frente.

Se introdujeron en el interior de la estancia. Ante el asombro de Diego y David, el Cani se envolvió en una sábana limpia. Les dijo que era mejor para no mancharse, ya que la salida estaba un tanto mugrienta. El Perrolobo vigilaba por la claraboya de la puerta.

En ese instante apareció una horda al otro extremo del pasillo. Caminaban apelotonados, como una bandada de pájaros. De vez en cuando tropezaba uno y todos los demás le pasaban por encima. Los ojos en blanco, las bocas abiertas, los dientes amarillentos. El Perrolobo había visto repartos de metadona menos numerosos. El bloque de carne avanzaba en el único sentido que podía y la riada humana acabaría en el lugar exacto donde ellos se encontraban.

—Dejen eso —ordenó—. No hay tiempo.

Se alejaron hacia la zona de salida. El Cani iba en primer lugar vendado como una momia que sujeta una escopeta. Dio varios gritos a modo de aviso para que la Chunga no lo reventase de un tiro según se acercaban.

—¡Denle al contacto! —aulló mientras sacaba la cabeza por la barriga del gordo.

David y Diego no se preguntaron qué hacían atravesando un cuerpo humano hasta que llegaron al otro lado. El Matraca los observaba con sorpresa, la Chunga con preocupación, y el Mosca casi los atropella al hacer marcha atrás con la furgoneta.

El Perrolobo fue el último en emerger por la panza. Antes aún tuvo el arrojo de mirar atrás, y lo que vio lo acompañaría hasta el fin de sus días. La turba había traspasado la puerta de la lavandería, que ahora vomitaba cadáveres a borbotones. Allá adonde se posasen sus pupilas encontraba unos ojos con conjuntivitis y unos dientes con restos de sangre. Se lanzó de cabeza por el agujero y llegó al *parking* vía cesárea.

Se deslizó a la parte trasera de la furgoneta y emprendieron la huida con las puertas abiertas. Juande se abrazó a su retoño. Aquel fue el verdadero reencuentro. No tras salir de la cárcel, ni cuando lo vio en la tercera planta del hospital. Aquella fusión de dos cuerpos en un abrazo, chorreando de jugos gástricos y retazos de hemoglobina, era el auténtico cierre del círculo.

La Chunga sacó la mitad del cuerpo por el techo solar. Empuñaba el rifle de caza y se disponía a hacer tiro al blanco. El Mosca pisó el acelerador en la rampa de salida y salieron a la noche. Conducía con las luces apagadas, iluminado por los tenues rayos de la luna llena y los incendios pavorosos de algunos edificios. No hacía falta ponerse gafas para distinguir a decenas de zombis patrullando las calles. A diferencia de los que aún estaban vivos, no necesitaban los ojos para localizarlos en la oscuridad.

La caterva se abrió y se contrajo y luego volvió a abrirse. El ruido del motor les llamaba la atención y se dirigían en su dirección casi por inercia. La fuerza que los llevaba a actuar como criaturas gregarias no tenía nada que ver con el intelecto o el hambre: era el instinto.

El interior del vehículo estaba inundado de un silencio de sepulcro. El Mosca intentaba no ir demasiado rápido pero cada vez se le echaban encima más desgraciados. La Chunga dudaba si abrir fuego o no. Un disparo llamaría la atención mucho más que el ronronear de los pistones. La idea primigenia de Pepe, el Mosca, de tomar la vía más amplia para salir de la ciudad se vio anulada cuando encontró un camión de bomberos atravesado en mitad de la calle. Los accesos aledaños estaban colapsados de muertos vivientes y tuvo que virar en redondo. Regresar por sus propias huellas de neumático no era buena idea. La muchedumbre de zombis que invadía el hospital había llegado a la entrada del *parking*. En un pestañeo esa zona acabó aún más saturada de zombis.

La Chunga apretó el gatillo de pura desesperación y le voló el capirote a un nazareno zombificado. El Mosca encendió las luces y pisó el acelerador a fondo. Se dirigió al lugar que le pareció más despejado, una ruta que habría desechado momentos antes por masificada. Ahora, la situación era mucho peor. No se veía a un alma viva. Todo eran monstruos de mirada opaca. La ciudad había caído antes del primer round.

Se metieron en un parque. Los baches eran continuos. Los pasajeros de la zona trasera se tenían que sujetar a las barras laterales de la furgoneta para no salir despedidos. El Matraca, en el asiento del copiloto, se puso el cinturón, pero el Mosca se lo quitó al instante.

—*Sinelas bombañí* —le riñó.

—No hagas eso —dijo el Cani—. Si tenemos un accidente, más vale que te abras la cabeza a que te quedes atrapado por culpa de la seguridad vial.

El Matraca hizo caso y se agarró con todas sus fuerzas al asidero que tenía sobre la ventanilla justo cuando el Mosca despeñaba la furgoneta por unas escaleras. En el jardín vieron a más zombis que surgían de la maleza y los estanques. Otros caminaban tranquilos por los accesos cuando los arrollaban sin compasión.

—Estamos regresando al barrio —el Perrolobo se acercó al conductor—. Tenemos que irnos de la ciudad, no ir de compras al centro.

—*¿Qué kamelas aquere?* —preguntó el Mosca.

—Quiero que aparques en una zona donde no haya demasiados. Después nos bajaremos y entraremos a una casa. No podemos seguir dando palos de ciego. Es de noche y estaremos más seguros entre cuatro paredes.

—¿Y si hay más zombis en las viviendas, Juande? —dijo el Señorito.

—Me preocupa más que haya gente viva.

—¿Y cómo saldremos luego? —El Cani se abrazaba a la recortada—. Las calles están llenas de estos bichos.

—Es eso o continuar hasta que nos rodeen. Y el combustible no durará para siempre.

El Mosca derrapó. La Chunga casi sale despedida por el techo solar. El giro fue tan brutal e inesperado que se le escapó un pecho por el escote. El Cani se quedó embobado pensando que era la primera alegría en un día infernal.

Se detuvieron en una zona comercial de segunda división. A los lados de la calle había tiendas de todo tipo: una farmacia, un supermercado, una copistería, una droguería, una tienda de cortinas y cerca de ocho bares. Bajaron en tropel, salvo el Mosca, que permaneció en el asiento del conductor por si acaso, y la Chunga, que continuaba con su labor de centinela. David ayudó al Matraca a cargar las bolsas de dinero y el resto de armas que llevaban, mientras que el Señorito y el Cani se dispersaban en busca de una puerta abierta. En el peor de los casos romperían el cristal de un escaparate y se refugiarían en la trastienda, pero no querían arriesgarse. El Perrolobo recargó munición y se dedicó a ejercer de guardaespaldas de Diego. Cada vez que un zombi se le acercaba demasiado, le disparaba en el entrecejo.

—Vengan —gritó el Señorito desde la tienda de cortinas—. Está abierto.

El Perrolobo llegó el primero. Con la linterna comprobó que no había nadie a la vista en el interior. Al parecer, los ocupantes del negocio se habían marchado sin preocuparse lo más mínimo por echar el candado. Sintió una mano en el hombro. Era su cuñado, que le señalaba lo que se les venía encima.

Se trataba de un zombi que no esperaban ver. O, al menos, supusieron que era un zombi. Era un culturista enorme, cubierto de músculos que ocultaban otros músculos, con la cabeza afeitada y un gran tatuaje en el hombro derecho. Sin embargo, de su espalda surgía otro torso humano. Un segundo tipo, mucho más delgado, aparecía fusionado a su piel. Entre los dos formaban un monstruo de cuatro brazos y dos cabezas.

—¿Qué carajos es eso? —preguntó el Perrolobo.

No esperó respuesta. El adicto a los anabolizantes estaba demasiado cerca. Sus dos bocas babeaban saliva negruzca. Alumbró con cuidado y disparó a la cabeza que tenía más cerca. El poco cerebro que resguardaba se licuó cuando la bala le destrozó el parietal. La criatura se colapsó sobre sí misma, pero el tipo delgado aún se movía. Era pequeño y huesudo, casi un apéndice más del gigantón, pero no moría con él.

—¡Vamos adentro! —gritó la Chunga cuando pasó por su lado.

Todos habían llegado a la tienda de cortinas Mari Pili. David fue el primero en entrar, cargando una de las bolsas de deporte que transportaban el armamento. El Matraca lo siguió, no sin antes asentir con conocimiento de causa ante los músculos del culturista fallecido. Cuando todos llegaron, cerraron la puerta y esperaron a sobrevivir una noche más.

—Macu, Chus y yo nos quedamos a controlar la puerta —dijo el Perrolobo—. Ustedes dos, Lolo y Pepe, agarran la linterna y comprueban que esto está tan vacío como parece.

—¿Y nosotros qué? —preguntó Diego.

David y él permanecían agazapados tras el mostrador.

—Quédense quietecitos y sin hacer ruido. No molesten a los mayores. La noche será larga.

CAPÍTULO 25

La docena de supervivientes se habían encontrado dentro de una mercería. Habían encendido una hoguera y se calentaban junto a ella. Destacaba una familia común, contando padre, madre y parejita, que temblaban de miedo ante las llamas. A su lado descansaban dos jóvenes policías locales con el uniforme hecho trizas, mientras que un par de militares con aspecto de quinceañeros los observaban con curiosidad. Un tipo de aspecto extraño fumaba impasible junto a un montón de bragas. Sumido en las sombras, un individuo apestoso se camuflaba bajo una capucha fabricada con cortinas. Ante la puerta hacía guardia un chino que no hablaba castellano, y alejado de todos una sombra meditabunda intentaba conectar su computadora portátil a internet.

—Atacaron por sorpresa —relató la madre—. Estábamos en el parque de atracciones cuando aparecieron. Eran tres, todos con heridas terroríficas por todo el cuerpo. Al momento supe que debíamos salir de allí. Nos dirigimos a la carrera hacia el *parking* donde habíamos aparcado nuestra vieja camioneta. Mi marido llevaba a la pequeña a cuestas, y con la mano libre sujetaba al mayor. Yo tiraba del mediano, le apretaba las manos con todas mis fuerzas, hasta que sentí que él jalaba más que yo. Fue al girarme cuando lo vi. El ratón Mickey estaba devorando a mi pequeño. Vi los dientes bajo esa máscara de gomaespuma clavándose en mi niño. Al fondo aparecieron el Pájaro Loco y Bob Esponja con pasos tambaleantes. Intenté zafarme por todos los medios, pero no lo soltaban, no soltaban a mi Tomás... Fue entonces cuando mi marido me obligó a abandonarlo. Me agarró del brazo y tiró de mí. Yo estaba deshecha en lágrimas, con todo el dolor que un corazón puede sentir cuando ve a un dibujo animado convertido en caníbal masacrar a tu retoño. Y les digo con el alma en la mano que...

—Blablabla —interrumpió el que fumaba—. Esa historia es la de siempre. La típica madre que tiene que soltar a su hijo para salvarse ella. ¿Sabes cuántas veces la he oído hoy? Cien. No, qué carajos: mil. Mil veces la misma puta historia. Ya no hace gracia. Invéntate otra cosa.

—¿Que me invente? —la mujer no salía de su asombro—. Es lo que me ha pasado. El ratón Mickey y Bob Esponja han...

—Como si ha sido Julio Iglesias. Está muy visto. Por Dios, hasta yo podría inventarme algo mejor. «Oh, iba con mi perro salchicha y apareció un gordo comebollos y se hizo un hotdog con él, qué tragedia más grande».

Los niños sollozaron. La madre estalló en llanto. El tipo se carcajeó.

—¿Cómo se atreve a bromear con el dolor de mi familia? —preguntó el padre.

—No bromeo, pero me cansa escuchar siempre la misma historia —se giró hacia los policías—. ¿Por qué no cuentan ustedes por qué están aquí? Seguro que es más interesante que esta retahíla lacrimógena.

La familia se abrazó entre sí y se retiró todo lo que pudo de la fogata. No querían estar cerca de aquel individuo tan desagradable. Los niños lloraban a moco tendido. Nadie los podría consolar jamás.

—No estábamos preparados —dijo uno de los locales—. Nuestro trabajo consiste en vigilar al ciudadano. Es muy fácil multar a alguien o sorprenderlo borracho. La gente cree que estamos para salvaguardar su seguridad, pero se equivocan. Vamos contra ellos. A veces nos motivan a alcanzar determinado número de multas en un mes con tal de obtener un plus por objetivos. En las dependencias sólo terminan los desgraciados. Por supuesto, si vemos a un pobre de la calle que no tiene donde caerse muerto, ni lo miramos. Sólo vamos por el ciudadano medio, el que puede pagar las multas. Los que no tienen dinero nos dan igual, como si están atracando en plena calle. Ese tipo produce más papeleo que otra cosa, y como sabemos que no llenará las arcas, lo dejamos en paz.

—Mi compañero tiene razón —añadió el otro—. Nos ocupamos de riñas domésticas y tonterías similares. Cuando multamos a un tipo, este nunca opone resistencia. En la Policía Local sólo ingresan como agentes los vagos y los que no saben qué hacer con su vida. Odiamos nuestro trabajo, como casi todo el mundo. Yo, al menos, no veo un ciudadano, sino un problema que me hará rellenar montañas de papeleo. Los detesto.

—No estábamos preparados —continuó el primer poli—. ¿Cómo íbamos a estarlo? Basamos nuestra eficacia en la arrogancia. Si alguien se pone tonto, se lleva una buena multa reglamentaria. Nada más. Pero contra estas cosas... no hay nada que hacer. En cuanto los vi, salí corriendo. No me llamen cobarde, porque como les digo no podía hacer nada. Todos estamos en el mismo barco, da igual a qué nos dedicáramos antes. Por ser policía no soy más valiente. Y para lo que me pagan, paso de arriesgar mi vida por otra persona.

La charla dio paso al silencio cuando el chino tuvo un ataque de hipo que todos interpretaron como una alarma. Tras unos instantes donde quedó patente que nada iba a ocurrir, el fumador tomó el turno de la palabra.

—Al fin algo de sentido común —dijo—. Como decía mi padre, ni todos los polis son malos, ni todos los curas son buenos. Está claro que ustedes, policías, no valen para ese trabajo.

Cuando todo esto se solucione espero que reduzcan la plantilla a menos de la mitad. Vaya cáncer tienen los ayuntamientos con ustedes.

—Hombre, tampoco es eso. Vigilamos en Semana Santa para que no haya problemas.

—¿Qué problemas puede haber? ¿Que el Cristo se baje de la cruz? Si eso llega a pasar, se cagan en los pantalones.

—Eso sería un zombi más, ¿no? —preguntó uno de los soldados—. Es decir, Cristo bajando de la cruz ¿sería un zombi? La resurrección y todo eso.

El fumador lanzó su colilla a la pira de abrigos y sillas rotas.

—Y dale con los clichés —se quejó—. ¿Es que no pueden tener una idea original o qué les pasa? Parecen sacados de una puta peli mala. El que Cristo sea el primer zombi está manido.

—Lázaro sería el primer zombi, si nos ponemos así —rectificó el segundo militar.

—Mis huevos fueron el primer zombi —todos lo miraron con miedo—. Joder, no se lo tomen al pie de la letra, que es una forma de hablar. Lo que quiero decir es que eso también me aburre. Cuéntenme algo nuevo, no las tonterías de siempre. ¿O ahora me diran que esta plaga de muertos vivientes es culpa de un experimento secreto del Ejército?

—El Ejército no tiene ni para pipas —contestó el primer soldado—. ¿Cómo iban a gastar dinero en experimentos de resucitar a la gente? Nuestras queridas Fuerzas Armadas tienen más en común con la Policía Local que con los marines americanos. Sin apenas equipo, ni preparación, ni medios. Todo lo compramos de fuera. Lo único que tenemos es gente que obedece órdenes, y a veces ni eso.

—¿Y por qué no han salido fuera a luchar contra esos monstruos? —preguntó la madre de familia, abrazada a sus hijos.

—Lo hicimos, y volvimos derrotados.

—No lo entiendo —añadió el marido—. Tienen metralletas y granadas. ¿Cómo no hacen nada más?

—Al Ejército sólo ingresan los que no tienen nada mejor que hacer con sus vidas. En el cuartel no hacemos más que tareas de mantenimiento. Tengo un compañero que trabaja en un submarino, lo sacan a pasear cada poco y luego regresan a puerto. Es una forma absurda de que el Estado pierda dinero. A la hora de la verdad, no estamos preparados para ir a una guerra.

—Has dicho que tu colega estaba en un submarino —dijo el de los cigarros—. ¿A qué te dedicabas tú?

—Estaba en la banda.

—¿La banda?

—La banda de música. Toco la trompeta.

Nadie se rio. Ni siquiera les hizo gracia.

—¿Me estás diciendo que mis impuestos van a pagarle el sueldo al tipo que toca la trompeta en la banda de música del Ejército?

—Así es. Mis maniobras consistían en colocarme a la derecha del tambor y hacer sonar mi instrumento. Nada más. Ni disparos, ni oficina, ni submarinos. Ésa es la realidad del Ejército.

—¿Y la guerra? ¿No han ido de cascos azules a sitios jodidos?

—Las plazas para ir a esos sitios están limitadas —explicó el otro—. Yo la solicité porque era una ganga. Pasabas seis meses en Irak jugando a las cartas en el cuartel general y volvías a casa con los bolsillos llenos. Lo que ocurre es que esos destinos están dados a dedo. Igual que los Estados Unidos sólo mandan a hispanos e inmigrantes, nosotros nos llevamos a los fresas y a los contactados. Piénsenlo bien: vacaciones pagadas, no tienes que salir de las cuatro paredes del cuartel salvo para recoger a algún mando en el aeropuerto, y en esos casos mandamos a siete convoyes. Ésa es la gran actuación del Ejército español en tierras peligrosas.

—Cuando ocurrió todo esto, nos movilizaron —prosiguió su compañero—. La mayoría no sabía ni qué hacer. Éramos gente armada sin ideas. Hasta los mandos son gente con carrera universitaria que en la vida han hecho más guerra que las maniobras obligatorias. Los pilotos de helicóptero se estrellaron, los cazas no servían para nada, y los soldados rasos estábamos más asustados que la propia ciudadanía.

El chino continuaba con su ataque de hipo, pero una sonora ventosidad los puso a todos sobre alerta. Cuando vieron que no era más que un pedo, el pulso se restableció.

—Mi misión no consistía en ayudar a la gente —añadió el trompetista—. Nos enviaron a cubrir la retirada de los políticos. Ya saben, diputados, ministros, concejales... lo que fuera. Ellos sí están en un lugar seguro, mientras nosotros nos comemos una gran mierda.

—La culpa es de los políticos —dijo el fumador—. Otro gran cliché.

—Puede que sea así —el padre acunaba a uno de sus retoños en los brazos—, pero no por ello debe ser falso.

—¿Políticos en un búnker secreto? No me jodas, hombre.

—Míranos a nosotros —prosiguió—. Gente de distinta ralea, encerrados en esta tienda de ropa, quemando las puertas de los muebles para calentarnos. ¿Acaso esto no es una situación repetida hasta la saciedad? ¿Y tú? El típico desencantado de la vida, supliendo su falta de agallas con cinismo. ¿Acaso no eres un cliché más?

—¿Me estás llamando cliché?

—Sí, ¿qué pasa?

—Pues yo te llamo hijo de puta. Y me cago en la zorra de tu mujer.

La trifulca llegó a las manos. El fumador se lanzó sobre el padre y ambos se regalaron una bonita colección de golpes. Todos saltaron a separarlos, salvo los dos tipos que no habían dicho ni una palabra en todo el rato. El encapuchado que se ocultaba en las sombras ni siquiera parecía estar despierto. El informático se acercó a él con la computadora portátil en la mano. Cuando llegó a su altura se sentó a su lado. Al instante sintió el frío contacto de una escopeta recortada en las costillas.

—Déjame en paz —dijo Abelardo, el Ronco, bajo la capucha.

—Puedo localizar al Perrolobo —Miñarro, el Pollatriste, le mostró la pantalla—. Tiene una pulsera localizadora. Llevo tres baterías llenas en la bolsa de viaje y bastante munición. Si aún quieres matarlo, te lo puedo servir en bandeja.

El Ronco apartó la chata.

—No siempre capto una red —añadió Miñarro—, y el GPS va y viene.

—Habla en cristiano, policía.

El guardia civil se aguantó las ganas de meterle cinco tiros.

—Yo solo no puedo atravesar este infierno de zombis, pero entre los dos quizá tengamos alguna posibilidad. Si aceptas, te diré el lugar exacto donde se esconde ese desgraciado con un margen de error de diez metros.

El fumador iba perdiendo la pelea contra el padre. Estaba claro que el tabaco era perjudicial para la salud y convertía a los hombres en lo opuesto a atletas.

—Follémonos a ese cabrón —dijo el Ronco.

CAPÍTULO 24

El Cani y la Chunga estaban de guardia en el primer piso de la tienda de cortinas. Desde el balcón tenían una gran perspectiva de toda la calle, incluso de la puerta de entrada del establecimiento, convenientemente bloqueada con muebles y aperos diversos. Ante ella, una chica zombi con patines intentaba incorporarse una y otra vez.

—Mira a esa pobre diabla —dijo la Chunga—. Se levanta, se golpea, y vuelve a levantarse. Está seguro que era una de esas zorras que ponen en los centros comerciales para...

Al Cani le abultaba el pantalón.

—Deja de mirarme las tetas, Lolo, que te meto un tiro en los huevos.

—Vamos, Macu, que estás muy buenota. Además, no hace mal a nadie, ¿o qué?

—O qué, o qué —lo imitó—. Siempre con la misma tontería. Estás pervertido de tanto matarte a pajas. Si hasta tienes el brazo derecho más grande que el izquierdo. No sé para qué tienes el cerebro si no haces más que pensar con el pito.

—Es que la tengo tan grande que me tira hacia abajo y por eso tengo los sesos resecos.

—Tú lo que necesitas es echar una cogida. Y un baño, ya puestos.

—¿Por qué no las dos cosas juntas, eh, Macu? Tú, yo y unas toallitas perfumadas que tengo en la mochila.

—Mira, niño, no te usaba ni para limpiarme el coño. Vamos, es que no te cogía ni con el conejo de otra.

—Va, vamos, Macu. Que estamos en el apocalipsis. ¿Nunca has imaginado perderte en una isla desierta? Esto es lo mismo, pero con bichos cabrones por todas partes.

—Que te den mucho por el culo, Lolo. Antes me coso la raja del coño, mira lo que te digo.

La zombi rubia de los patines se puso en pie, aguantó el equilibro dos segundos y se reventó la cabeza contra el bordillo de la acera. Ya no se volvió a mover.

—¿Y una mamada? —preguntó el Cani

—¿Alguien tiene hilo y aguja? —la Chunga se marchó hacia el interior del comercio—. ¿Nadie?

La tienda de cortinas era vieja, tanto como su dueña, la señora Mari Pili. Según los papeles que habían encontrado, la señora María del Pilar aguantó el negocio hasta el mismo día en que los zombis llamaron a su puerta. Mientras tanto, convirtió su trabajo en su vida, y su vida en su trabajo. La tienda era pequeña, pero contaba con un gran almacén en la parte trasera. Además, todo el edificio era de su propiedad. La tienda estaba en la planta baja y ella vivía en el segundo piso, mientras que el tercero y el cuarto permanecían vacíos. En una serie de cartas manuscritas confesaba que su gran sueño era que sus hijos, Nicolás y Luisito, hubieran heredado el negocio y vivieran junto a ella en el mismo conjunto habitacional. Su esperanzadora ilusión de confeccionar un cartel que pusiera «Mari Pili e hijos» se fue al traste al poco tiempo. Nicolás se marchó a Tailandia a descubrir su bisexualidad, mientras que Luisito siguió los pasos de su padre y se ahorcó del mismo pino pero con distinta cuerda. Nunca entendió que los tres hombres de su vida se hubieran separado de ella de esa forma. La realidad era que no la soportaban, y ante la tentación de provocar una explosión de gas, unos se suicidaron y el otro se marchó todo lo lejos que pudo para no aguantar ni por un segundo más a la quemasangres de su progenitora.

La banda descubrió por qué odiaban tanto a Mari Pili, la nonagenaria de sonrisa piadosa. Encontraron varios botes de aceite de ricino, hasta nueve cinturones de castidad medievales deslucidos por los orines, cuadros de santos de esos que parecen que te miran a cada momento te pongas donde te pongas, incluido uno bien grande en el único y estrecho cuarto de aseo de todo el edificio, ubicado en la primera planta. Por suerte, también contaba con una gran colección de cirios a san Antonio que les servía para no aguardar a oscuras. Las fotos familiares mostraban a Mari Pili siempre joven mientras que sus tres hombretones iban envejeciendo a marchas forzadas. En los retratos de primera comunión, Nicolás y Luisito parecían treintañeros, con canas y arrugas de súplica por toda la cara vestidos con trajes de niña. Sin embargo, lo más inquietante de todo eran las herramientas de castración de bueyes que guardaba bajo la cama junto a lo que parecían seis testículos en salmuera. En las estanterías sólo había libros de cirugía y diferentes ediciones de la Biblia.

El Cani sólo deseaba que la Chunga no hubiera ido a continuar con la bella tradición de Mari Pili.

Mientras la Macu buscaba unas buenas tijeras se encontró con el Matraca temblando bajo un montón de faldas. La falta de heroína le producía náuseas y sudores. Le tocó la frente y sintió que estaba ardiendo.

—Tienes fiebre, Chus.

—Shhh… —la obligó a susurrar—. Nos escuchan.

—¿Quién? —y al momento se arrepintió de hacer la pregunta.

—Los marcianos. Están por todas partes. Ellos son los causantes de todo esto. Primero fueron los viejos. Siempre son los viejos. Tengo unas ganas de golpearlos a todos que…

—No hay extraterrestres, Chus, que pareces un niño.

189

—Ni tampoco hay zombis, ¿no? Yo lo sé, a mí no me engañan. Aquí vivía una vieja, una muy zorra. Por cierto, ¿quieres un gnomo? Los vendo baratos.

—¿Un gnomo?

—¡Los viejos son alienígenas! —se alteró—. En el Área 51 encontraron un ovni, uno pilotado por un abuelo que apestaba a naftalina. Fue la prueba que todos esperábamos. ¿Lombrices cuando cagan? A mí no me engañan. Son sus huevos, así se reproducen. Se te meten en el cerebro y te lo perforan y te hablan desde dentro de la cabeza.

—Joder, Chus, para ya carajo. Que me asustas. Eres como un marica locazo pasado de *speed*.

—¡Los mataré a todos! —se puso en pie de un salto y su enorme envergadura eclipsó a la Chunga—. ¿Dónde hay un viejo? Nadie jode mi planeta, salvo los que controlan el petróleo.

Los músculos del Matraca se tensaron bajo la piel labrada de tatuajes iluminados por la tenue luz de las velas. Se colocó delante de la fotografía de bodas de Mari Pili, donde aparecía ella tan joven y su marido sin nombre tan demacrado como algunas momias de piel cuarteada. Elevó los puños a la altura de la cara en una clara pose pugilística, para después descargar un tremendo puñetazo. El impacto fue tal que atravesó el cristal del marco, el retrato y la pared. El Matraca quedó con el brazo incrustado hasta el hombro entre restos de ladrillos. Lo extrajo tras varios intentos, lleno de cortes y arañazos. Ante él surgía ahora un boquete que llegaba hasta el cuarto de baño. Pepe, el Mosca, se abrochaba los pantalones con cara de espanto.

—Cálmate, cariño —la Chunga lo sentó en un sillón—. Vamos a conseguirte una dosis, ¿vale? Tú quédate aquí y no te hagas daño.

—No voy a sobrevivir —los cambios de humor eran característicos en casos de abstinencia, y el Matraca se puso a llorar—. Cuando queramos conseguir droga, yo ya estaré ido. Me habrán zampado esas cosas. Joder, hasta me parece escuchar la voz de un viejo.

—Vamos, no pasa nada, Chus.

—Ni siquiera los gnomos me respetan ya…

—Los… gnomos…

—Oh, perdona, Macu —se enjugó las lágrimas—. Yo aquí con mis problemas y no te he ofrecido uno. ¿Quieres un gnomo? Son limpios y comen poco.

—No importa.

—¡Los putos viejos me van a comer el pito! —se levantó de un salto—. Pero con condón, no me vayan a contagiar sus enfermedades seniles.

A la Chunga le aterraban los cambios de humor del Matraca. Medía casi dos metros, debía pesar una barbaridad, y estaba fuera de sí. La droga lo convertía en un gigante de pensamiento lento y buen corazón, pero la abstinencia lo transformaba en un paranoico obsesionado con la tercera edad. Sería imposible controlar a alguien así. Pondría en peligro a toda la banda. No podían dejarlo, pero tampoco podían llevarlo consigo en semejante estado. No quería tener que recorrerse media ciudad plagada de zombis sólo para que a él se le pasase la borrachera. Pepe, el Mosca, regresó del aseo con un candelabro en una mano y una bolsa llena de botes en la otra. Se asomó al destrozo de la pared y silbó asombrado. Después se acercó al Matraca.

—*Lolé ocolo* —dijo—. *Alachar en el común.*

—No pienso tragarme nada que haya en el botiquín de esa vieja —contestó al ver las botellas que le ofrecía—. Seguro que está lleno de gérmenes de Urano. Podrían matar a mis gnomos y…

Se echó a llorar de nuevo. La Chunga agarró una de las botellas y leyó el contenido.

—Joder, es jarabe para la tos —el Mosca asintió—. Chus, hermoso, vamos, hazlo por mí. Tiene codeína. Esto te calmará la abstinencia. Puede que hasta te coloques —le echó un ojo al alijo—. ¿Pero cuántas botellas tenía esta mujer?

—*Butés.*

—Ya veo que son muchas. Me cago en su mala sombra: la mujer se tenía que meter unas parrandas de escándalo con esto.

—¡Vive en una piña debajo del mar! —el Matraca se puso a cantar a voces.

—*Mengue lo hacisela.*

—Haz que se lo trague, Pepe —respondió la Chunga—. Va a perder la cabeza del todo, puede que se vuelva a hacer daño. Que se beba los jarabes y mañana veremos qué hacemos.

El Mosca asintió mientras se remangaba. La Chunga decidió no ver el espectáculo, que con toda probabilidad consistiría en hacérselo engullir por la fuerza o, usando un eufemismo, a base de golpes. Retrocedió por donde había venido y pasó junto al Cani, que continuaba asomado al balcón.

—Macu —la llamó.

—¿Qué te pasa ahora?

—¿Y si te como el coño? Es decir, tú no tendrías que hacer nada, sólo relajarte y disfrutar. Mientras tanto, yo me meriendo todo lo de abajo y me toco con la mano libre. Salimos ganando los dos. Es una ganga de puta madre.

—Joder, Lolo, ¿has estado pensando eso en todo este rato?

—Ya te digo. Si cuando le doy al coco salen pepitas de oro —y recalcó—: pepitas de oro, Macu. A este paso me fichan de tertuliano para la tele, ¿o qué?

La Chunga descendió las escaleras hasta la zona de la tienda. El Cani le exigía una respuesta, pero ella no le hizo el menor caso. Abajo encontró al Señorito y al Perrolobo sentados en el suelo, con la espalda apoyada en el mostrador, cuchicheando ante varias velas mientras compartían un cigarro.

—¿Entonces qué hacemos? —dijo el Señorito.

—Nada ha cambiado. Seguiremos como si los muertos estuvieran en sus tumbas.

—¿Y tú? ¿Qué vas a hacer ahora con lo que ponía el papel que me enseñaste?

—¿Qué papel? —preguntó la Chunga al llegar a su altura. Los hombres callaron y arrugaron la nariz. El Perrolobo sonrió enseñando el colmillo.

—Nada —dijo—. Cosas de hombres. ¿Todo bien allí arriba?

—No puedo dormir. Y por lo que veo, ustedes tampoco.

—He dormido en jergones llenos de ladillas con un ojo abierto y el culo apretado por si a mi compañero de celda le daba por ponerse cariñoso —contestó el Perrolobo—, pero con esas cosas de ahí fuera no puedo concentrarme.

—Quién podría —suspiró el Señorito.

—He bajado para contarles que Chus tiene una abstinencia de campeonato. Ya saben, fiebre, desvaríos en la cabeza y todo eso. Pepe le está dando jarabes de codeína.

—Preparémonos para un viaje —confirmó Diego.

—¿Qué propones que hagamos? —preguntó el Perrolobo—. Buscar heroína ahora es una locura. Tiene que aguantar hasta que desplumemos al Canciller.

—Desde el balcón he visto que enfrente hay una farmacia. Puede que allí haya algo que le sirva para no reventar. No sé, metadona, dolantina… esas cosas.

Juande miró a su cuñado y éste se encogió de hombros.

—No nos vendría mal un alijo de medicinas.

—Yo puedo cubrirte desde la ventana. Y si no quieres ir tú, puedo probar yo, pero creo que se lo debemos. Él te acompañó a buscar a tu hijo. Es lo mínimo, ¿no?

Sus ojos se volcaron de nuevo en Diego. Tenía una mirada jocosa en el rostro.

—Ahí te ha atrapado.

—Está bien —dijo al fin—. Vamos a descansar esta noche y en cuanto amanezca me voy para allá.

—Será fácil. Tengo buena puntería, ya lo verás.

—Salimos de un puto hospital y no se nos ocurre agarrar anfetas. Somos imbéciles.

—¿Y la puerta de atrás?

La Chunga se refería al acceso a la trastienda, un enorme portón de madera cerrado que no habían podido abrir.

—Prefiero que continúe cerrado —el Perrolobo chupó lo que quedaba de la colilla del Bisonte—. Cuando no quede otra, la reventamos a palos, pero mientras tanto prefiero no saber lo que hay dentro.

—No se escucha nada —la Chunga apoyó la oreja en la puerta.

—Esas cosas son silenciosas —afirmó Diego—. No respiran, por lo que no jadean ni emiten ningún sonido. En realidad sólo podemos saber de su existencia si se chocan con algo, arrastran los pies o hacen crujir las mandíbulas. No me extraña que haya tantos contagios. Atacan por sorpresa, en grupo y sin hacer ruido.

—Deberíamos tener un perro —el Cani se asomó por el hueco de las escaleras—. O un ciego. Se supone que tiene buen oído. Seguro que nos podrían avisar de dónde paran. Joder, o un ciego con un perro lazarillo. Eso ya sería increíble, ¿o qué?

—Tú lo que quieres es encular al pobre chucho, que estás más caliente que un mono hinchado a Red Bull. O peor aún: violar al ciego.

—Eh, no los discrimines.

—Vuelve a hacer guardia, Lolo —ordenó Juande—. Y basta de dar voces. Los bichos estarán pudriéndose pero tienen un oído mejor que el de un perro ciego.

El Cani regresó a su puesto. La Chunga se sujetó las tetas mientras respiraba profundamente con el diafragma. Hizo acopio de valor y resignación, y rifle en mano volvió escaleras arriba para continuar con su labor de centinela. Allí proseguiría la conversación de los perros. ¿Qué preferiría, un samoyedo o un husky?

—Tu plan es una mierda —dijo el Señorito cuando se encontraron solos.

—Todos lo son. ¿Has hecho el inventario?

—El Cani tiene veinte cartuchos de escopeta, la Chunga otros tantos para el rifle. Hay dos Berettas y cuatro cargadores.

—Podemos tomar Irak sin despeinarnos.

El cirio consumía parafina a toda velocidad. El Señorito no podía evitar pensar que se trataba de una metáfora demasiado obvia.

—Me sorprenden las ganas de pelea que tienes —prosiguió Diego.

—No tengo ni puta gana, pero no me queda otra. Además, estoy jodido de agujetas. No había corrido tanto en mi vida. Mañana estaré para el arrastre.

—Yo me habría rendido hace tiempo.

—Tengo un objetivo. Eso es lo que me da fuerzas para seguir adelante, aunque los problemas me muerdan las pelotas.

—Siempre creí que odiabas a tu hijo.

—Es lo único que dejaré en este planeta cuando desaparezca. Es lo único que me dejó María. Creo que merece la pena luchar por él.

David dormitaba en un montón de cortinas apiladas en un rincón. Tío y padre lo miraron, y aunque ya no era el niño que recordaban sino el trasunto de un adulto, algo se les encogía muy cerca de la boca del estómago.

—¿Por qué no nos hemos refugiado en una marisquería? —preguntó el Señorito—. Me zampaba una langosta cruda.

—Yo me comería un jabalí, como en el cómic ése... *Tintín*, creo.

—No, era *Mortadelo.*

—¿*Mortadelo?* Si salía Julio César.

—En *Tintín* no había romanos.

—¿Y en *Mortadelo* sí?

CAPÍTULO 27

—Tenemos que marcharnos de aquí —dijo el Perrolobo.

—¿A qué viene tanta prisa? —la Chunga le arrebató la mochila con los fármacos—. Chus necesita esta mierda para ser persona.

—¿Y por qué has disparado ahí dentro? —preguntó el Cani—. ¿Tantos zombis había?

El Perrolobo se mordió los labios. No podía decirles que se había cruzado con el Ronco. No quería preocuparlos contándoles que, aparte de los zombis, el psicópata del Abelardo le seguía la pista para vengarse por la muerte de su hijo Christian. Las palabras se le ahogaban en la garganta al mirar a David y pensar en lo que le haría el Ronco de atraparlo. Toda la banda estaba en peligro por su culpa, y ni un apocalipsis podría detener a su archienemigo.

—No hay tiempo —replicó—. Que se lo tome por el camino. Nos largamos pero ya.

El Señorito husmeó entre las cajas de medicinas y agarró metadona líquida. Vació un tarro de lápices y vertió la dosis justa. Después se la pasó a un tembloroso Matraca.

—Lo ideal sería mezclarla con un zumo para que el sabor asqueroso no te...

No pudo terminar la explicación. El Matraca le arrebató el portalápices y se bebió su contenido con ansia desmedida.

Después lamió el interior hasta donde le llegó la lengua. Diego retrocedió unos pasos antes de que le arrebatase el resto del opiáceo. Para su sorpresa, el Matraca recuperó el buen humor antes incluso de que la droga le hiciera efecto.

—¿Se imaginan que me desengancho? —bromeó—. Aquí, rodeado de muertos vivientes, voy y me hago sano. ¿No sería total?

—Recojan sus cosas —el Perrolobo había recuperado el aliento y se encendió el último Bisonte que le quedaba—. Al que vea holgazaneando le parto las piernas.

—Ahora no podemos salir —el Cani se asomó a la calle—. Hemos armado un escándalo muy cabrón. Están viniendo más bichos a la fiesta. Es como si regalaran anfetas.

—Iremos por los tejados, nos colaremos en otro edificio y de ahí a la calle.

—Éste es el piso más pequeño que hay —el Señorito se acercó a su cuñado—. Es imposible pasar a los de al lado. ¿Qué te pasa, Juande? Nunca te había visto tan perdido buscando una salida.

Su mirada se cruzó con la de David. Aquello no podía ser una ratonera. Debía existir una escapatoria, aunque tuvieran que tirar paredes.

—La puerta trasera —dijo el Perrolobo.

—Está cerrada, papá —contestó su hijo—. Ya he tratado de abrirla con una tarjeta de crédito, pero no hay forma.

—¿Qué has hecho qué?

—Yo… joder, me lo enseñaron en el colegio.

—¿Tus profesores te dan clases de ratero?

—He dicho en el bachillerato, no que fueran los maestros.

—A la mierda —se dirigió hacia allí—. Si está cerrada la echamos abajo.

El Mosca y el Cani se ofrecieron voluntarios para reventar la puerta. Subieron escaleras arriba por algo que les ayudara para realizar su cometido. El Señorito se dedicó a examinar al Matraca para ver cómo evolucionaba. David prosiguió con su técnica de la tarjeta de plástico. La Chunga se puso junto al Perrolobo.

—Puede que los demás no se hayan dado cuenta, Juande, pero yo he visto cómo entraba un tipo justo tras tu sombra. Y después se han agarrado a tiros.

Desde la planta superior descendió una estatua de Cristo fabricada en bronce de un metro de alto. El Cani lo sujetaba de los pies y el Mosca de la cabeza.

—No digas nada, Macu.

—De acuerdo, pero cuéntame lo que ocurre antes de que me cague de miedo.

Usando la imagen a modo de ariete, comenzaron a golpear la puerta hasta que cedió. Al tercer embiste derribaron una moldura.

—Esta noche te lo cuento todo, Macu, te lo prometo —le clavó sus iris azules—. Sólo te pido que confíes en mí como siempre lo has hecho.

La vieja puerta dio menos guerra de lo que parecía en un primer momento. La madera estaba enmohecida por dentro y se convirtió en serrín en poco tiempo.

—Esto ya está —dijo el Cani de espaldas al hueco desvencijado de la puerta—. ¿Quién nos iba a decir que Dios nos salvaría de ésta, eh?

Todos enmudecieron al ver algo que no esperaban. Por el agujero en la madera asomó un rostro que conocían muy bien por las numerosas fotografías que adornaban la tienda de cortinas. Se trataba de Mari Pili, la anciana dueña del edificio a la que creían huida. Tenía la peluca desprendida y dejaba a la vista una cabeza llena de estrías. La cara arrugada terminaba en dos pozos sin fondo que debían ser sus ojos. Varias marcas de dentelladas le surcaban el rostro.

No pudieron reaccionar a tiempo. Cuando el primero de ellos quiso abrir la boca para advertir al Cani de lo que se le echaba encima ya era demasiado tarde. Mari Pili Z le lanzó un mordisco directo a la mano. El Cani sintió el tirón y se giró para ver cómo aquella anciana zombificada apresaba sus dedos entre sus mandíbulas.

Dio un salto a un lado y logró extraer la mano de sus fauces. Ante la pasividad de todos fue el más debilitado quien atacó. El Matraca se abalanzó como el demonio contra el cadáver de la abuela al grito de «putos viejos de mierda». La enganchó del cuello y le regaló una espléndida colección de golpes.

Casi todos iban dirigidos a los ojos. Causaba impresión ver a un loco enorme y musculado con tatuajes acabando con una anciana a puñetazo limpio.

—¡Nadie invade mi planeta! —bramaba el Matraca—. ¡No quiero dejarte pasar en la cola del supermercado, ni visitarte en tu puto asilo, ni ayudarte a cruzar la calle!

Ninguno se atrevió a acercarse. Estaba fuera de control, era una bomba en plena explosión, un huracán arrasando el país de Oz. Pasó un tiempo antes de que se calmase. La malograda Mari Pili tenía la cabeza abierta. El Matraca ya sólo golpeaba sesos desparramados y trozos de cráneo.

—¿Quién es ahora el que no sabe poner ladrillos? —dijo—. Qué fácil es criticar desde el otro lado de la valla cómo se construye el edificio.

El Señorito se acercó al Cani. Caminaba con la cabeza agachada, como los soldados de las películas que tratan de evitar las balas enemigas. Lo encontró tumbado entre un montón de cortinas caídas con la mano escondida bajo el sobaco.

—Enséñame la herida —le pidió.

—Joder, Diego, que no soy tonto —tenía los ojos vidriosos y temblaba de miedo—. Cuando unas de estas cosas te muerde, estás perdido, ¿verdad?

—Tú enséñamelo.

—¿Cuánto tiempo me queda antes de convertirme en uno de esos bichos?

Los demás aparecieron tras él con cara de preocupación.

—Por lo que vi en el hospital, no demasiado —explicó el Señorito—. En una hora te matará. Y entonces regresarás.

—Oh, joder...

—Lolo, cariño —la Chunga se arrodilló a su lado—. Lo siento tanto.

—Ay, Macu… Una mamada, por el amor de Dios.

—¡Pero qué carajo dices, degenerado!

—Que me muero, Macu. Es la última voluntad de un moribundo. Mírame, estoy casi en el otro barrio.

—Será mejor que no —Diego intentó mirarle la herida, pero el Cani se negaba a mostrarla—. No sabemos si se puede contagiar por otros fluidos.

—Pues con condón —se le iluminó la mirada—. Juande, tú has ido a la farmacia. Seguro que has sido previsor y has agarrado preservativos de sabores, ¿o qué?

—Lo siento —contestó el Perrolobo, asomado al otro lado de la puerta con la linterna por si aparecían nuevas sorpresas—. No me dio tiempo, Lolo.

—Oh, la puta… Una paja no es lo mismo…

—Déjame ver el mordisco —el Señorito se puso serio—. O la paja te la doy yo con una motosierra.

El Cani sollozó. El mundo se le venía encima. No sabía por qué tanto interés en mirar la herida. Todos habían visto cómo la vieja sacudía la cabeza como un lobo que atrapa a su presa. El mismo Lolo había sentido sus fauces en su piel. Irritado y desesperado, intentó alcanzar la escopeta para volarse los sesos. Diego le agarró el brazo antes de que se suicidase y comprobó algo sorprendente.

—Joder, Cani —dijo—. ¿Pero dónde te ha mordido?

—Coño, en la mano. No te burles de mí, Diego, que aún te puedo soltar un golpe.

El Señorito le mostró el dorso y la palma. El Cani tardó en asimilar lo que veía: no tenía ninguna herida.

—Estoy… ¿Estoy bien?

—Pero… —la Chunga no salía de su asombro—. ¿Cómo es posible?

—Todos hemos visto cómo te atacaba —añadió David.

El Matraca apareció a su lado limpiándose las manos en un muestrario de telas.

—Putos viejos desdentados… —gruñó—. No duran ni medio asalto.

Una lucecita se encendió en la mente del Señorito. Se aproximó al cuerpo de Mari Pili. La parte superior de su cabeza era una pulpa sanguinolenta, pero tenía las mandíbulas intactas. Con ayuda de un lápiz le abrió la boca y comprobó lo que ya anunciaba el Matraca.

—Esta vieja no tiene dientes —confirmó—. Es pura encía.

Todos se asomaron como si aquello fuera una partida de cartas muy interesante. En efecto, tenía las mandíbulas huérfanas de dentadura. El Cani se miró de nuevo la mano. Quizá lo que sintió fue la fuerza de sus fauces al cerrarse, pero no le había hecho ni un rasguño. Por si acaso, la restregó contra una cortina con tal de desinfectarse un poco. Nunca se sabía.

—Estoy vivo —repetía—. Estoy vivo…

—Y pensar que poco más y te como el ciruelo —la Chunga lo consoló con unas palmaditas en la espalda—. No quería decírtelo, Lolo, pero en peores plazas he toreado.

—Todo se andará, Macu, tú no te preocupes.

—Ah, qué iluso —y se fue con media sonrisa.

Algo chocó contra la puerta de entrada. El Perrolobo se crispó. Si era el Ronco la cosa podía acabar mal. Al cabrón del Abelardo le importaba tan poco salir vivo como a él. Uno quería venganza, el otro sacar vivo a su hijo.

—Luego montamos una orgía —dijo—. Ahora nos largamos.

—¿Qué has encontrado? —preguntó el Mosca.

—Aquí hay una salida, o eso parece. Esto da a una zona de carga. Puede que le sirvieran el género por este lado y luego ya lo dispusiera ella en el almacén o en la tienda.

—¿Cuál es el plan, papá?

Allí había toda clase de herramientas. El Perrolobo le pasó a David un hacha.

—Acabar con todo lo que se mueva.

PARTE TRES

SOSPECHOSOS
HABITUALES

CAPÍTULO 35

Los muros del museo estaban hechos de hierro y concreto. Una construcción sólida y horrenda, siguiendo los cánones del artista más laureado de la época, que pasó de moda tan pronto se colocó la primera piedra. Las galerías asépticas y el color blanco predominaban en un claro gusto hacia lo retrovanguardista-pospop. Habría sido bonito de no ser por el arte moderno que resguardaba.

—¿Dónde está la puta de corazones? —el Cani movía tres cartas reventadas—. ¿Dónde se esconde esa zorra de mierda? Vamos, Macu, que si lo adivinas hay premio.

—Es tan insultante eso de la guarra de corazones.

—Nadie quiere a las reinas, esto es más divertido para el público —dejó de marear los naipes—. Venga, a ver si sabes cuál es.

—No pienso jugar a eso.

—¿Y por qué no?

—Porque me da miedo ese «premio».

El Cani agachó las orejas. Su pose de cordero degollado y sacrificado al demonio siempre daba buen resultado con las chicas.

—Quiero ser tu sol, Macu.

—Pues aléjate de mí, Lolo. Vete más allá de la luna.

—¿Por qué me tratas así? —se lamentó el Cani—. Lo de hace unas horas ha sido tan… tan…

—Es lo más cerca que vas a estar de echar un polvo conmigo en tu vida, cariño —lo consoló—. Míralo por el lado positivo.

Un zombi de cinco brazos, tres piernas y una señal de tráfico atravesada en la espalda se asomó por una ventana enrejada. Su rostro asemejaba el de un murciélago.

—No hagan mucho el idiota —dijo el Señorito—. Descansamos un rato y nos marchamos.

—¿Por qué tenemos que irnos? —se quejó la Chunga—. Aquí tenemos comida, bebida y estamos a salvo.

Era cierto. La cafetería de aquel mastodonte de cemento contaba con suministros para varias semanas. Era como si hubieran previsto el cambio de paradigma, donde los muertos tomarían las calles y los vivos se esconderían como las ratas que siempre fueron.

—Juande tiene un plan mejor —contestó Diego.

La Chunga y el Cani se miraron durante un segundo. La telepatía entre ambos tuvo como invitado inoportuno al Señorito, que les leyó la mente sin dificultad.

—Puede que hayamos tenido algunos tropiezos hasta llegar aquí —dijo—, pero sé lo que se propone y tiene lógica.

—Yo no lo juzgo, pero todos vimos lo que ocurrió —indicó Lolo.

—¿Qué plan es ése? —preguntó Macu.

—Será mejor que se los cuente él —el Señorito no tenía ganas de discutir—. Pero háganme caso y vengan con nosotros. Juande sabe lo que hay que hacer para sobrevivir a un apocalipsis zombi.

Se marchó sin esperar respuesta. Más adelante, David y el Matraca también jugaban a las cartas con una baraja de la tienda de *souvenirs*. Al verlo llegar, agacharon la cabeza.

—Ya lo hemos oído —dijo David.

—¿Lo de que nos vamos en unos minutos? —su tío se guardó las manos en los bolsillos del pantalón.

—Y lo de papá —prosiguió el adolescente—. Yo estoy con él.

—Ellos también. Sólo que no se dan cuenta —se giró hacia el Matraca—. ¿Cómo vas de esos temblores, Chus?

—Bien —contestó—. Bueno, mejor dicho, estoy jodido. Es una especie de espasmo involuntario que no me deja tranquilo. Como si tuviera mucho frío o mucho miedo.

—Por eso se llaman temblores.

—Ah, claro.

El gigantón lanzó una carta sobre la mesa, recogió el montón central y robó de nuevo del mismo mazo.

—¿Quién gana? —preguntó Diego

—Los zombis —dijo David.

El Señorito pensó que tenía razón. Prosiguió su lento deambular por la cafetería hasta llegar tras la barra. Encontró al Perrolobo sentado en el suelo, entre revistas de obras de arte que habían perdido todo significado, ya que lo que les da valor es el ojo que las observa. Diego se sentó a su lado, parapetado tras el mueble bar. Junto a él había una botella de escocés doce años con el precinto puesto.

—¿No bebes? —le señaló el bourbon.

—No merece la pena. Además, estoy en una forma asquerosa. La guardaré para cuando todo esto termine.

—¿Esperas durar tanto tiempo?

—Por lo que yo sé, puedo morir en cinco minutos.

—Una razón más para empinar el codo. Los chicos están contentos aquí. Preguntan si podemos quedarnos un rato más.

—¿Ya no estás de acuerdo con el plan que te conté en la tienda de cortinas?

—Me parece arriesgado, pero inteligente. Nos dará la ventaja que necesitamos para movernos por este mundo de locos.

—¿Entonces? No tenemos tiempo que perder. Puede que cuando lleguemos a nuestro destino ya sea demasiado tarde.

—Ya es demasiado tarde para casi todo. ¿Por qué no esperar un par de horas? Los chicos están cansados y en un rato se hará de noche. Creo que todos nos merecemos un respiro de vez en cuando.

Le pasó un paquete de tabaco que llevaba en el bolsillo. Cuando el Perrolobo lo vio, apenas podía creer lo que tenía ante su rostro.

—¿De dónde lo has sacado, Diego?

—En el recibidor hay una máquina automática. La he reventado a golpes. He pensado que te haría ilusión.

—Lo que me hace es una falta que te cagas —lo encendió al instante—. Llevo sin fumar no sé el tiempo.

—Eso pensaba yo.

—Diego, el atracador de las máquinas de tabaco. Algunas cosas nunca se olvidan, ¿eh?

—Y otras es mejor olvidarlas rápido.

—Algunas veces es imposible. Llevo a tu hermana tatuada en el cerebro.

—Yo también —dijo—. María fue la mejor persona que pisó este puto mundo, y se marchó sacrificándose por David. A decir verdad, no es tan diferente de lo que vas a hacer tú.

—Sacaré a David de ésta. Me da igual morir, ya lo sabes.

—Demasiado bien. Hablando de lo cual…

—Estoy bien —contestó irritado—. No hace falta que seas mi niñera las veinticuatro horas del día.

—¿Entonces qué?

Juande respiró una larga calada de humo negro y la mantuvo dentro de sus pulmones durante un rato.

—Ha sido un día muy largo —exhalaba una neblina con cada palabra—. Diles que nos quedaremos esta noche.

El Señorito asintió y se levantó.

—Vaya aventura la de las últimas horas, ¿no? —dijo.

—Hemos abandonado la tienda de cortinas y hemos llegado al museo. Si pudiera, lo olvidaría todo, pero es mejor recordarlo.

CAPÍTULO 28

El callejón tras la tienda de cortinas daba a un montón de problemas. Lo primero que vieron nada más abrir la puerta fue
a un tipo vestido de submarinista que rebuscaba entre la basura de
un contenedor. En su cabeza descansaban unas gafas de bucear,
pero en lugar de aletas gastaba unos tristes zapatos marrones.
Llevaba un lanza-arpones y a su pies descansaba una caja con
un loro. El hombre se giró al escuchar el ruido de las bisagras.
Cuando vio a la banda, sus ojos se abrieron de par en par.

—¿Quiénes son ustedes? —preguntó con fuerte acento gallego.

—¿Qué carajos te importa? —contestó la Chunga—. Largo
de mi vista, tonto.

El hombre se colocó las gafas de piscina, aunque no tenían
cristales.

—Vamos, síganme —ordenó—. Soy abogado. Los sacaré
de aquí.

—No pensamos ir contigo, joder —gruñó el Perrolobo,
apuntándole con la Beretta—. Así que más vale que te esfumes
y no nos sigas.

—No lo entienden. Esto es imparable. Pensé que la ciudad
sería un punto seguro, por eso vine aquí. Pero me equivoqué. Ya
es demasiado tarde. Ahora sólo quedamos Lúpulo y yo.

—¿Quién es Lúpulo? —quiso saber David.

—Ante ustedes tienen al primer loro que ha sobrevivido a un apocalipsis zombi.

—No soy marica —gorgojeó Lúpulo en su jaula—. No soy marica.

—¿Qué carajos dice ese pajarraco?

—Nada, una cosa que repetía ante el espejo todas las mañanas —se justificó el gallego—. Se ve que Lúpulo se lo aprendió y ahora no dice otra cosa. Pero eso fue antes...

—¿Antes?

—Antes de que los no muertos dominasen el mundo. Apenas hay sitios donde resguardarse. Los puntos de evacuación de las zonas militares ya han caído. Galicia es un hervidero de estas cosas. Hay focos en Málaga, en Sevilla, en Valencia, en Barcelona, en...

—No soy marica —repitió Lúpulo—. No soy marica.

—¿Y por qué vas vestido como un idiota? —la Chunga le pellizcó el neopreno.

—Es mi armadura. Sus dientes no pueden traspasar la goma. Lo jodido es mear con esto puesto, pero me he puesto pañales para adulto y ya está solucionado.

—Mira, hombre, mejor será que te pierdas de vista —el Perrolobo le metió un empujón—. Aquí que cada cual salve su propio culo, ¿vale?

—Tienen que venir conmigo —sus ojos mostraban locura o lucidez, no quedaba claro—. Soy abogado, háganme caso.

Agarró la jaula del loro y salió dirección norte apuntando hacia delante con el arpón. Los cacharros de su mochila tintineaban al chocar entre sí. Apenas parecía tocar el suelo con los zapatos desgastados. Una gota de sudor le recorrió la frente.

—El camino desde Galicia ha sido duro —explicó—. Los no muertos han acabado con todos mis compañeros, salvo conmigo. Mi madre decía que tenía una enorme flor en el culo, o lo que es lo mismo, una suerte del cagarse. Aunque, la verdad, yo pienso que estoy gafe. Es decir, que atraigo la mala suerte, sobre todo a los que están a mi alrededor. Incluso me he planteado si he sido yo quien ha originado esta locura zombi.

Levantó el puño para que el grupo se detuviese. Un cadáver pasó ante sus ojos, pero no frenó. Cuando giró la cabeza para dar nuevas órdenes a sus compañeros, se dio cuenta de que estaba solo. La banda estaba al otro extremo del callejón: en lugar de seguirlo se habían marchado en la dirección contraria.

—Está bien, vamos a salir rápido —dijo el Perrolobo—. La calle está plagada de estos putos bichos, pero creo que podemos alcanzar aquel portal de allí. Después nos deslizamos hasta aquella iglesia. Varias calles más allá está el museo. Una vez lo hayamos alcanzado estaremos en una zona más amplia y cercana a las afueras. Será más fácil evitarlos.

Todos asintieron en silencio. Cada cual sabía sus órdenes. Salieron a campo abierto. La calle estaba atestada de zombis que deambulaban como apagados, más fijos que de costumbre. La banda se deslizó por la acera, con el Perrolobo al frente, las cabezas agachadas y atentos a cualquier sonido extraño. Un zombi les cortó el paso. Era un panadero cubierto de harina y sangre. El Matraca lo agarró del cuello y lo redujo. Ya en el suelo le cortaron la cabeza de un hachazo.

—Vamos a cruzar la calle y ya estaremos más cerca. Al ir al descubierto puede que nos vean más cabrones de estos de lo aconsejable. Si todo se jode, salimos a toda mecha hacia aquel edificio de allí, ¿están de acuerdo?

—Marica, marica.

—Shhh, Lúpulo, no hagas ruido.

Todos se giraron hacia el final de la fila, pero fue el Perrolobo el que más alterado estaba ante el regreso del buceador.

—Me cago en tu puta madre —lo saludó—. ¿Qué carajos haces, pedazo de subnormal?

—Deben venir conmigo. Llevo más tiempo en esto. Sé cómo despistarlos. Conmigo estarán a salvo.

—No soy marica.

—Calla al puto loro —amenazó Juande.

—Este viejo cascarrabias y yo hemos vivido las aventuras más increíbles. Luego se las contaré, pero les puedo adelantar que…

El Perrolobo levantó la Beretta, pero el Señorito le bajó el brazo antes de que lo pudiera reventar a tiros.

—No lo hagas, Juande —lo calmó—. Si disparas atraerías la atención de todos los zombis de la ciudad.

—Tienes razón… —susurró.

—Mejor usa el hacha —le arrebató el arma a David y se la pasó—. Es silenciosa.

Un zombi con cuatro brazos apareció tras ellos. Era un horror informe de mirada opaca y colmillos afilados. El gallego tomó la iniciativa.

—¡Síganme! —gritó—. Yo los sacaré de este atolladero.

—¿Ha dicho atolladero? —preguntó el Cani.

A su lado, Pepe, el Mosca, asintió.

No tuvieron más remedio que escapar como gallinas. Avanzaron a grandes zancadas evitando las dentelladas de una rumana pedigüeña, un pintor de brocha gorda y hasta de un ciclista con su dorsal aún puesto. La turba fue compactándose según los veían y apenas les quedaban espacios por los que huir. Giraron por una calle y torcieron por la siguiente, pero las salidas eran pocas.

—Allí hay una puerta abierta —gritó el abogado—. Síganme.

—Marica —añadió Lúpulo.

Al Perrolobo no le hacía ninguna gracia ir en la misma dirección que ese idiota, pero no le quedó otra. Con el resto de la banda a su espalda, avanzaron hasta introducirse en el portal. Una vez dentro procedieron a bloquear la puerta con todo lo que tenían a mano.

Se trataba de un recibidor cochambroso y sin salida. Alguien había levantado barricadas en las escaleras y era imposible avanzar hacia allá. Bajo unas piedras había un zombi aprisionado. Tenía la mitad del cuerpo aplastado por un derrumbe y la viga le impedía incluso agitarse ante la llegada de los extraños.

El Perrolobo agarró al submarinista del cuello.

—Por culpa de tu puto pajarraco nos han oído y ahora estamos atrapados.

En el exterior se agolpaban los zombis. Algunos rondaban la puerta, los ojos muertos en la entrada del edifico, expectantes, hambrientos.

—Puedo sacarlos de aquí… Tengo un plan…

—¿Por qué será que no te creo?

—El plan es agarrarse a tiros y salir corriendo —dijo David, poniendo en palabras lo que todos pensaban.

—No… es otra cosa… déjame que… te lo demuestre.

El Perrolobo aflojó la presión y el gallego cayó de culo. La mochila que colgaba de su espalda se abrió y varios cacharros se esparcieron sobre las losetas.

—Esos seres nos detectan por el olor —explicó mientras recogía sus cachivaches—. Si nos bañamos con la sangre de uno de ellos, los confundiremos y no nos harán nada.

—No pienso ducharme con vísceras —gruñó el Perrolobo.

—*Mengue tampoco* —negó el Mosca.

—Lo haré yo —se aproximó al zombi atrapado entre los cascotes—. No es la primera vcz.

Le disparó con el arpón a la cabeza. La aguja de acero se incrustó en su frente y lo convirtió en un ser inerte de verdad. Después recuperó su proyectil y sacó el cuerpo de debajo de la viga. Con la misma arma le abrió por el costado y los intestinos salpicaron el suelo. La peste en el descansillo era vomitiva, pero el abogado se enrolló las tripas alrededor del cuello y se embadurnó el pecho con sus jugos.

—Es importante que no toque ni ojos ni nariz —dijo—. No sabemos si te puedes contagiar de otra manera aparte de que te muerdan, pero más vale estar seguros.

Se acercó a la puerta cubierto de casquería, agarró la jaula de Lúpulo y se despidió de todos.

—Nos vemos en el otro lado de la calle. No tarden.

—¿Y si no funciona? —preguntó el Señorito—. Quizás estos seres se guíen por el calor corporal, no por el olor a muerto.

—Sé lo que me hago, no te preocupes.

—Me importa tres pares de pitos lo que te pase. Sólo te digo si no será por el calor corporal.

—Seguro que no —le guiñó el ojo—. Hasta pronto, caballeros.

—Marica, marica —añadió el loro.

Abrió la puerta y la cerró a toda velocidad. En apenas un pestañeo ya estaba en el exterior. La banda observó sus movimientos desde el refugio de su guarida. A través de la ranura del buzón vieron cómo se adentraba en la marea de zombis. Sus pasos eran lentos, sus movimientos serenos y armoniosos. Los muertos vivientes apenas le prestaban atención. Entonces Lúpulo se puso a chillar como un loco, los zombis se giraron y varios de ellos se le echaron encima. La jaula se rompió y el loro se marchó volando. Los gritos del abogado no duraron mucho.

—¿Pero a quién se le ocurre ir por ahí con un animal? —la Chunga no cabía en sí de asombro—. Es como caminar con una bocina que suena cuando le da la gana. Joder, hay formas más sencillas de suicidarse.

—Miren —David mostró un cuaderno de notas—. Se le debe de haber caído después de que papá lo estampase contra la pared.

—Déjame ver —el Señorito lo abrió por una página al azar—. Parece que es su diario.

—¿Qué pone? —preguntó el Matraca.

—«Diario, 15 de abril» —leyó—. «Hoy me ha salido otra almorrana. No he encontrado ningún espejo para vérmela, pero es del tamaño de una pelota de golf. La aprieto y duele, apenas puedo permanecer sentado. He ido a una farmacia en busca de alguna crema pero no quedaba ninguna. ¿Será algún nuevo síntoma de la infección? Es decir, tal vez los supervivientes tengan que continuar con su existencia cargada de dolor. Cuando me tope con alguno más le preguntaré. Lúpulo es una buena compañía pero de vez en cuando echo de menos la presencia de más gente. Aún recuerdo cuando mi amigo ruso me portó en sus fuertes brazos. Fue una pena lo que le pasó con aquel no muerto. Me habría gustado que hubiera sobrevivido hasta el invierno. Siempre me han interesado las historias de escaladores que duermen en el mismo saco de dormir para darse calor mutuamente. Mañana proseguiré en mi viaje hacia Mallorca. Allí seguro que me irán bien las cosas, estoy convencido».

—Vaya puto llorón —concluyó la Chunga.

—Un llorón de cuidado —recalcó el Cani.

—*Dikar* —el Mosca les llamó la atención sobre algo que sucedía en la calle.

Los zombis se apartaron del lugar donde habían derribado al gallego. En su lugar apareció un zombi con neopreno ensangrentado. Tenía la mitad de la garganta desgarrada y su cabeza se curvaba ligeramente hacia la izquierda.

—Ha resucitado —confirmó el Perrolobo.

Al principio parecía que no sabía muy bien cómo caminar. Después fue poniendo un zapato marrón tras otro. Se dirigía hacia el edificio donde se refugiaba la banda. En su errático deambular no se percató de que había una enorme mierda de perro en el suelo. La pisó, resbaló hacia delante y se abrió la cabeza contra una farola. Sus sesos quedaron esparcidos por toda la acera.

—Vaya pedazo de idiota —dijo el Cani—. Valía lo mismo vivo que muerto.

—Es la evolución —explicó el Señorito—. Para que los más aptos vivan, tienen que morir los más inútiles.

—¿Alguien se quiere embadurnar con las vísceras de este bicho? —David señaló los restos del cadáver.

—Y una mierda —rezó el Perrolobo—. Yo creo que se guían por el calor corporal.

—Entonces, ¿qué hacemos? —preguntó la Chunga.

—Intentaremos subir a través de esas barricadas. Puede que el edificio tenga otra salida. Joder, sólo le pido al futuro que se porte bien de una puta vez.

CAPÍTULO 29

Habían llegado a aquel edificio por error y ahora no podían salir. La banda se dividió en dos grupos. El Señorito, el Mosca, David y el Matraca aguardarían en la puerta para que nada ni nadie la traspasase. El Perrolobo, el Cani y la Chunga buscarían otra forma de salir de allí.

—Vamos escaleras arriba —dijo Juande—. Si no regresamos en un rato, péguense un tiro.

Los peldaños estaban repletos de obstáculos y les costaba trabajo ascender. David observó cómo su padre desaparecía hacia la planta superior. Tan sólo le quedó el eco de sus gruñidos cada vez que pisaba un cascote. Sentía que no conocía a su padre. Sí, se había arriesgado por él, pero en ningún momento le había prestado más atención que a un neumático viejo. Quizás esto lo hacía por él mismo, para demostrarse que podía con cualquier problema que le sobreviniese. Tal vez no tenía nada que ver con el amor porque el Perrolobo ya no sabía lo que era eso.

—No te preocupes —el Señorito le colocó la mano en el hombro—. Vendrán pronto, ya lo verás.

—Ya...

Diego, el Señorito, sí conocía a su sobrino a la perfección. Había pasado muchas horas con él. Las charlas que tenían buscaban alejarlo de la calle, del vicio, de convertirse en un reflejo de su padre. No quería que fuera enfermero, ni meterse en su vida más de lo necesario. Sólo se aseguraba de que no terminara en un reformatorio con vistas a la cárcel. Por ello, supo al instante lo que le ocurría.

—Juande te quiere —afirmó—. Su forma de demostrarlo es agarrándose a tiros contra todo muerto viviente que se le ponga por delante.

—Me ignora, pasa de mí. Ni siquiera sabe los discos que me gustan, o si he tenido novia. Sí, puede que me quiera, pero igual que quiere a un perro.

—No lo juzgues a la ligera. Toda su vida ha sido reprobable al máximo, pero sacarte con vida de toda esta mierda es lo mejor que ha hecho en años.

—Me importa tres huevos.

El Señorito resopló por la nariz y se ajustó las gafas. David era un chico centrado, pero un adolescente al fin y al cabo.

—¿Confías en mí? —le preguntó.

El chaval levantó los hombros con desgana.

—Me tomaré eso como un sí. Así que, por favor, hazme caso en esto: no lo juzgues. No hasta que todo esto termine. No soy nadie para abrir la boca, pero tu padre tiene un plan.

—¿Cuál?

—Eso es algo que debe contarte él.

—¿Y si no lo hace?

—Dale tiempo. Antes o después se confesará ante ti.

Pepe, el Mosca, vigilaba por la ranura del buzón. La calle estaba infectada de zombis. En el descansillo había un cadáver inerte pero no por inofensivo era menos desagradable u olía mejor. El Señorito se acercó al Matraca.

—¿Estás mejor?

—La meta me ha quitado los temblores, pero no puedo dejar de pensar en meterme una dosis más, sólo una más.

—La adicción psicológica es la más fuerte —explicó—. Ahí es donde tienes que luchar en solitario.

—Prefiero partirle los dientes a los viejos.

—Dios, ¿pero se puede saber qué te han hecho? Algún día tú también serás un anciano.

El Matraca iba a contestar a la pregunta cuando escuchó el final de la frase. Algo se quebró en su cerebro para luego recomponerse con una disposición de piezas distinta. Chasqueó la lengua un par de veces, abrió la boca para responder, pero la cerró sin decir nada.

—Así me gusta —concluyó el Señorito—. Los viejos son buenos. A ver, repite conmigo. Los viejos son...

Un ruido los sobresaltó. Varios pisos más arriba se escucharon voces, pero no se trataba de eso. Era algo más cercano, más próximo, y por tanto más peligroso. Un segundo sonido los llevó a la fuente. Tras unos tablones había una puerta de contrachapado y alguien estaba llamando. Toc toc. El Mosca le pasó al Señorito la pistola. El Matraca apartó los bultos y el Señorito se acercó con la Beretta dispuesta. De nuevo, unos nudillos chocaron contra la hoja al otro lado.

—¿Sí? —preguntó.

—Yo... —le contestó una voz gangosa y apagada—. ¿Pueden abrir? Tengo frío.

—¿Quién carajos eres?

—Estoy solo. Ni siquiera voy armado. Sólo quiero que abran la puerta.

David lo reemplazó como vigilante. El Mosca se colocó junto al Señorito y asintió en silencio. El Matraca agarró una tubería de hierro que encontró en el suelo y la enarboló.

—¿Y qué haces ahí dentro? —prosiguió Diego.

—Es una larga historia. Resulta que...

Abrieron la puerta de golpe. Se trataba de un cuarto para los contadores. En su interior había un tipo agazapado vestido con una bata blanca del hospital. El Matraca lo agarró del cuello y lo sacó de un empujón. Dio con sus huesos contra la pared y se le escapó un quejido leve. El Mosca se abalanzó sobre él y le tapó la boca con la zurda mientras que con la diestra le apuntaba a la cara.

—Si gritas atraerás a todos los zombis de la calle —dijo el Señorito—. Y no queremos eso, ¿verdad?

El tipo estaba temblando de miedo y de frío. Sus ojos descargaron un par de lagrimones gordos como caracoles. El Mosca le aflojó la presión.

—Habla —ordenó Diego—. ¿Quién eres y qué coño hacías ahí dentro?

—Oh, Dios, no me maten… —suplicó.

—Contesta —bramó el Mosca.

—Yo… fui a ver el futbol con unos colegas y los ultras me dieron una paliza. Veintiocho días después me desperté en el hospital. Creo que he estado en coma todo el tiempo, y al despertar esos… infectados están entre nosotros.

—No son infectados —le corrigió el Matraca—. Son zombis.

—¿Cómo sé que dices la verdad? —preguntó el Señorito—. El que estés con una bata del hospital no demuestra que lo que dices es cierto. Por lo que sé, podrías ser un caníbal o un psicópata.

El tipo se levantó el camisón. De su pene salía un tubo de goma conectado a una bolsa hasta arriba de meados.

—Tenía tubos de esos por todas partes —contó—. En los pulmones, en el estómago… Me los he quitado todos menos ése.

—¿Por qué te has dejado esta sonda?

—Me daba miedo quedarme sin pito. ¿Por qué nadie me consultó si quería un tubo en mis partes? Me siento violado…

—Deja que lo mire —el Señorito se remangó—. Soy enfermero.

El Matraca y el Mosca se alejaron de allí. No les apetecía para nada contemplar aquella escena. En tiempos de guerra todo agujero es trinchera, y la frontera entre uno y otro sexo era muy difusa. Se miraron de forma incómoda y se dedicaron a gandulear.

—Está infectada —concluyó el Señorito tras realizar el examen médico—. Si no te atienden rápido es posible que la pierdas.

—¿Perder? —el tipo se puso blanco—. ¿Te refieres a mi pito?

—Exacto.

—Joder, estás bromeando, ¿no? —sonreía como un pelele—. Los pitos no se pierden. En todo caso…

—Se amputan —lo cortó.

—¿Amputan?

—De raíz. Aunque debería decir que la raíz está incluida.

Cuando su tez no podía ser más pálida, se puso azul.

—Ni hablar —se puso en pie de un salto—. A mí no me la corta nadie. Joder, vaya mierda.

—Has estado en coma mucho tiempo. Es normal que se infecten estas cosas. Y con toda esta confusión no han podido curarte.

—¡No me cortarás el pito! —gritó.

—Baja la voz, payaso —susurró el Señorito, con las manos extendidas para que se calmase—. No pienso hacer eso.

—Lo veo en tus ojos.

—¿En mi ojos?

—El deseo. Quieres amputarme el rabo. Te gustaría hacerlo.

—Pero no te estoy diciendo que yo no…

—¡A la mierda! —se lanzó contra el cuartucho de contadores—. ¡Nadie me cortará el pito!

El tipo se encerró dentro y pasó el pestillo. Diego estaba anonadado.

—¿Por qué le querías cortar el pito? —preguntó el Matraca.

—¡Que yo no quería!

—Sí, ahora disimula…

◆

Un par de plantas más arriba, el Perrolobo luchaba contra un montón de cajas, armarios de cocina, alambre de espino, cojines, cubos de plástico, varias sartenes y un enorme frigorífico que estaban dispersos por los escalones. A su espalda, el Cani lo iba guiando.

—Mueve el pie hacia la derecha. Eso es, ahora gira hacia mí, la mano en la pared y la otra en la barandilla.

—¿Estás ayudándome o jugando al Twitter? —preguntó el Perrolobo.

—¿Qué?

—Sí, el juego ese tonto de poner una mano en el círculo rojo y un pie en el azul.

—¿Se llama así? ¿Twitter?

—Joder, y yo qué carajos sé, Lolo. Lo que quiero es pasar este puto estorbo.

Lo consiguió trepando por encima y resbalando por detrás. Las leyendas urbanas referidas a que esa parte de las neveras está llena de mierda eran ciertas. El Perrolobo llegó al descansillo de la segunda planta para sacudirse el polvo. Apestaba a humedad y a alcohol. Había dos puertas enfrentadas, correspondientes al A y al B. La primera se entornó y de ella asomó una carabina de dos cañones.

—Quieto ahí, cabrón —dijo una voz desde el interior.

El Perrolobo ni respiró. Permaneció inmóvil, con los brazos relajados y la respiración entrecortada. Sabía que antes o después se encontraría con un loco que le querría volar la cabeza. Escuchó al Cani insistiéndole a la Chunga para que ella pasase delante y así la ayudaba empujándola del culo. Aquello iba para largo. No iba a obtener ayuda a corto plazo. Muy despacio, giró la cabeza hacia los ojos de la escopeta. Un tipo con cara de malas pulgas se mojaba los labios con la lengua. A sus pies tenía un pequinés vestido con un pequeño jersey.

—¿Cómo te llamas? —preguntó el tipo.

—Juande. ¿Y tú?

—No me jodas, Juande. Yo soy Patricio. Éste es Perrete.

El chucho arrugó el hocico.

—Vale, Perrete… ¿Me puedo ir ya?

La puerta del 2º B se abrió de golpe. Una segunda escopeta asomó de su interior. El Perrolobo dio un paso atrás y su espalda chocó con la puerta del ascensor.

—¿Quién cojones eres? —bramó el segundo tipo—. ¿Vienes a cogerte a mi mujer?

—Papá, ¿qué es coger? —dijo una niña que aguardaba tras él.

—Nada, hija.

—Vuelve a tu madriguera, Pedro —ordenó Patricio, apuntando con el entrecejo fruncido—. Nadie quiere tirarse a tu esposa.

—¡Porque está muerta, joder! —gritó—. Pero cuando estaba viva bien que te la calzabas, pedazo de cabrón.

—¿Qué es un cabrón, papá?

—Calla, niña.

—Sólo fue una vez, pero me martirizas a cada instante.

—No pienses que porque estamos ante un apocalipsis zombi voy a bajar la guardia, Patricio. Ya te inventaste lo de aquellas gárgolas surcando el cielo.

—¡Las vi!

—Porque estabas borracho, por eso las viste.

El silencio era espeso, tenso y sucio. De las viviendas salía un aíre frío, casi polar. Un póster de Maine decoraba la entrada del A. Los dos hombres acariciaban los gatillos.

—Fuimos grandes amigos, Pedro. ¿Qué nos ha pasado?

—¡Que te cogiste a mi mujer!

—Ya, pero aparte de eso.

—Oigan —el Perrolobo se deslizó hacia un lado—. No me interesan sus asuntos, así que, si no les molesta, me gustaría marcharme de aquí.

—¿Y tú qué pintas en todo esto? —Pedro le apuntó a la cara.

—Nada, ya me iba.

—Se llama Juande —aclaró Patricio, parapetado junto a su perro—. Y él no va a escribir nuestro destino, sino nosotros.

—Voy a matarlo —amenazó Pedro.

—Deja que se vaya. Es mi invitado en el edificio.

—¿Ya no recuerdas quién inició todo esto? Aquella reportera, Manuela Nosequé, que vino acompañando a los bomberos para asistir a la del primero. Ellos fueron los que soltaron a la bestia.

—Esa teoría es absurda.

—«Grábalo todo», repetía sin parar. «Por tu padre, grábalo todo». Ni que estuviera en una orgía.

—¿Qué significa orgía, papá?

—Pesada de niña, deja de preguntar.

—Por eso mismo, vecino —contestó Patricio—. Si fueron los de la tele los que crearon toda esta devastación, entonces este imbécil no tiene culpa de nada.

Juande asintió.

—Yo nunca les haría daño.

Tras unos instantes de confusión en los que el Perrolobo estuvo a punto de lanzarse al suelo y desenfundar la Beretta, Pedro bajó el arma.

—¿Sabes qué? —dijo—. Tu buen amigo Juande tendría que joderte vivo, pero bien.

—Papá, ¿qué es joder?

—Vamos, hija.

La puerta del B se cerró. Patricio pateó a Perrete y lo incrustó en el interior de la vivienda.

—Bienvenido al edificio Harmony —dijo—. Y ten cuidado por donde te metes. Esto está lleno de locos.

Un segundo portazo lo dejó de nuevo a solas. Primero miró a la izquierda, luego a la derecha, y por fin se sentó en el suelo. Fue a buscar un Bisonte cuando recordó que ya no le quedaba tabaco. En ese momento aparecieron la Chunga y el Cani.

—¿Con quién hablabas? —preguntó ella.

—No importa —negó con la cabeza—. Joder, con lo bien que estábamos en la tienda de cortinas...

CAPÍTULO 30

La escalera desembocaba en el tercer piso. Alguien había clavado listones de madera en la puerta del A. Una cinta policial dormitaba en el suelo mugriento. En el descansillo, un geranio seco les daba la bienvenida desde su tiesto agrietado.

—Parece despejado —dijo el Perrolobo.

Avanzó hasta la planta y comprobó que, en efecto, no había más alturas en el edificio. Sin terraza, sus planes para pasar a los bloques colindantes se esfumaban.

—¿Y ahora qué? —preguntó la Chunga.

—Aquí no hay nada que hacer —gruñó el Perrolobo—. Vamos a registrar las viviendas por si encontramos algo para comer o agua embotellada.

Antes de que pudieran discutir la orden, la puerta del 3º B se abrió de par en par y de ella asomó un treintañero de barba rala con gafas de culo de vaso y una camiseta de Green Lantern que abombaba con su barriga.

—Joder, ya era hora —balbució con la cartera en la mano—. Pensábamos que esa pizza no iba a llegar nunca. ¿Cuánto es?

—¿Qué dices, payo? —el Cani lo encaró.

—Llamamos hace —se miró el reloj—... carajo, tres días ya. Espero que no esté fría.

—No traemos ninguna pizza —el Perrolobo lo empujó al interior de la vivienda—. ¿Es que me estás tocando los huevos?

—¿Pero qué haces, colega? —el tipo se encogió como un pito en un funeral.

La Chunga cerró la puerta. El Cani se introdujo en la vivienda. En el salón, con las persianas bajadas, encontró a otros dos tipos de similares características sentados en una mesa iluminada con velas junto a papeles dispersos. Uno de ellos vestía una camiseta de Magic the Gathering, mientras el otro lucía a Al Pacino en *Serpico*. Al ver al Cani con la escopeta casi se caen de las sillas.

—No dispares —dijo Mr. Magic—. No tenemos pizza.

—El Black Lotus está en la caja fuerte —contestó el otro con las manos alzadas.

El Perrolobo agarró del cuello al primer friqui y lo metió en la habitación. Los otros dos se incorporaron de un salto y recularon todo lo que pudieron. El Cani se marchó a registrar el resto del piso pero regresó al cabo de un minuto.

—Está vacío —confirmó—. Y la nevera también.

—¿Tienen un cigarro? —preguntó el Perrolobo.

Los tres se miraron entre sí sin saber qué decir o qué hacer. Green Lantern fue el primero en atreverse a abrir la boca.

—No fumamos, colega.

—Sí, tienen toda la puta cara de no fumar.

—Es una Beretta 92, ¿verdad? —preguntó Magic—. Fabricación italiana clásica, punto de mira incorporado a la corredera, casi un kilo de peso vacía, sistema de disparo de doble acción, calibre de nueve milímetros…

—Sí, joder, es una Beretta, no hace falta que me des lecciones —le apuntó al pecho—. ¿Qué coño hacen aquí, mamones?

—Perdonen por nuestros modales —Serpico tragó saliva—. Yo soy Fran. Él es Álvaro —señaló al de la camiseta de Magic—, y éste otro es Sergi.

—¿Y a mí qué? —el Perrolobo sintió cómo le atenazaba una migraña.

—Estamos terminando la partida del siglo —Fran señaló la mesa con los papeles y las velas—. El grupo ha llegado a Pan Tang y pronto tomará las dependencias del teócrata.

El Cani, la Chunga y el Perrolobo se miraron sin haber entendido ni una sola palabra.

—Ahora en cristiano, tonto —espetó Macu.

—Es… es una partida en los Reinos Jóvenes de Elric de Melniboné. Un juego de roles.

—Eso es como la ouija, ¿o qué? —preguntó el Cani.

Los friquis se sulfuraron. El de la camiseta de superhéroes comenzó una larga diatriba sobre la ignorancia del *mainstream* hacia los juegos alternativos. Los otros dos se unieron a hablar a la vez con tal de defender a capa y espada sus aficiones y, de haber tenido la capa y la espada, las habrían usado.

—Deben ser los idiotas más felices de todo el planeta —el Perrolobo cortó la charla amartillando el arma—. ¿Cuánto hace que están aquí encerrados?

—Tres días —dijo uno.

—No, eso fue ayer. Ya llevamos cuatro.

—Joder, que le tenía que echar de comer al gato.

—Olvida al puto gato y suban las persianas —ordenó Juande—. Después me dicen si les gusta lo que ven desde la ventana.

Obedecieron sin rechistar. Al momento aquel habitáculo se llenó de luz. La estancia era más grande de lo que parecía a la luz de las velas, con un televisor de pantalla plana en un extremo de la habitación conectado a lo que parecían cuatro videoconsolas diferentes. Por los sillones se acumulaban centenares de juegos piratas. Una estantería enorme resguardaba cómics y libros. Cuando sus pupilas se acostumbraron al nuevo foco de luz, los friquis se asomaron por el cristal.

—¿Qué está pasando? —se cuestionó Fran/Serpico—. ¿Hay una marcha zombi y no nos han avisado?

—¿Qué estás diciendo, tonto? —estalló la Chunga—. Son zombis de verdad. La ciudad está llena de esos bichos, apenas quedan supervivientes. Joder, deben ser los últimos imbéciles en enterarse.

Los tres friquis se observaron entre sí, anonadados. Después miraron de nuevo hacia la calle. Vieron a tipos sin brazos, otros con las tripas de fuera, un par arrastrándose sobre sus propio tronco partido por la mitad.

—Dios —dijo Álvaro/Magic—. Pensé que no viviría lo suficiente para ver esto.

Se abrazaron con júbilo. Daban saltos y gritaban. El de la camiseta de Green Lantern no pudo reprimir las lágrimas.

—¿Pero qué mierda es ésta? —el Perrolobo no salía de su asombro—. ¿Se alegran?

—Sabemos que estamos muertos, pero carajo, es una pasada.

Juande cayó derrotado sobre el sofá. Quizá les podría quitar la tontería soltándoles un par de golpes a cada uno. Al menos le calmaría la ansiedad.

—Nos hemos estado preparando durante años para este día —Álvaro se acercó a la estantería—. He comprado todos los libros de zombis que han aparecido en el mercado.

—¿Libros de zombis? —repitió la Chunga.

—Es lo mejor —añadió Sergi—. De las pelis de Romero al papel.

—¿Y dicen por qué resucita la gente? —el Cani tenía verdadera curiosidad.

—Bueno, hay de todo. Unos hablan de un virus, otros de entes místicos o de experimentos gubernamentales. Incluso de extraterrestres.

—Tengo un amigo que dice que los viejos son marcianos.

—Interesante teoría.

—¿Y de qué van esos libros? —preguntó la Chunga.

—Casi todos hablan de los supervivientes en un mundo devastado —Álvaro tomó la palabra—. Como en las viejas películas de ciencia ficción. Los humanos que quedan viajan, o se establecen en comunidades, pero los zombis siempre están ahí fuera. Si te muerden, estás jodido.

—Eso ya lo hemos visto.

—Además, hay muertos vivientes y contagiados. No hay que confundirlos. Hay novelas de todo tipo —fue señalando varios lomos—. En ésta sólo mueren los hombres y las mujeres deben luchar contra ellos cuando reviven. Tiene unas escenas lésbicas increíbles. Esta otra va de un detective privado que investiga casos de zombis. Éstas son clásicos literarios de siempre pero con caminantes.

—¿Qué es un caminante? —quiso saber el Cani.

Los friquis lo miraron extrañados.

—¿Cómo llaman ustedes a los zombis? —preguntó Fran.

—¿Qué?

—Sí, hombre. El nombre estupendo que les han puesto.

—En las novelas hay Zetas, Caminantes, Mordedores, No muertos, Revividos... —comenzó Sergi.

—... Resucitados, Muertos vivientes y hasta Podridos —concluyó Álvaro.

—Eso es —Fran retomó el hilo—. Cada autor tiene su nombre. ¿Cómo los llaman ustedes?

El Cani miró las tetas de la Chunga. Ella se encogió de hombros.

—Carajo, pues zombis. ¿Cómo quieres que los llamemos?

—Ya, pero, ¿no usan otra palabra?

—Si esto es un rifle —dijo, mostrándolo en alto—, es un rifle. No un disparador, ni un lanzaplomo. Rifle. Mira que yo el diccionario me lo paso por el coño, pero cuando hay una palabra válida no tiene por qué cambiarse.

Los friquis parecieron disgustados. A los zombis se les llamaba zombis. Nunca se lo habrían imaginado. Sin embargo, la Chunga, al ver la cara de borregos de los tres treintañeros, pensó que había sido demasiado brusca. Aún latía un corazoncito bajo sus pechugas.

—Si les vale, a veces los llamamos bichos.

Como en natación sincronizada, los tres se llevaron la mano derecha a la barbilla en un movimiento idéntico. Poco a poco asintieron y pusieron cara de honda comprensión, de profundo conocimiento de causa, de aprobación absoluta.

—Bichos… —musitó Fran.

—Me gusta… —dijo Sergi.

—¿Y ustedes cómo los llaman? —preguntó el Cani.

—En mi novela son Pálidos —explicó Fran—, por eso de estar blancos.

—¿Son escritores?

—Ya tengo una trilogía de novelas. La pena es que nadie me las quiere editar.

—Yo llevo la mía en un blog —añadió Álvaro—. Casi trescientos capítulos ya. La terminaré cuando llegue a mil.

—Yo preparo una tesis doctoral sobre los zombis —Sergi sonrió bajo la barba—. Me la publican en septiembre. Si la humanidad sobrevive, claro.

—¿De qué va tu libro? —la Chunga se acercó a Álvaro más mimosa que de costumbre ya que nunca había conocido a un famoso.

—Se titula *Afilaor Z*. Es uno de los últimos hombres vivos tras el holocausto y lucha contra los Pálidos armado con su bicicleta de afilar. Cuando aparece grita «Afilaoooooooooor», y los zombis se asustan. Está escrita como el diario de un superviviente. Cada fecha cuenta lo que pasó durante el día. La novela arranca cuando los zombis ya han tomado el mundo.

—¿Y por qué un diario?

—Así queda todo más ordenado. Es el sistema estándar para escribir libros de muertos vivientes. Sería absurdo de otra manera. ¿Se imaginan una novela de zombis desordenada? Nadie querría eso.

—O que empiece antes de que salgan los zombis —añadió Sergi—. Eso sería aburrido. Todos sabemos cómo comienzan estas cosas. Queremos que nos cuenten lo que ocurre después, que aunque siempre es lo mismo, es lo que interesa.

—¡Me tienen hasta el pito! —el Perrolobo se levantó de un salto y pateó a los tres—. Joder, esto es real, es mi vida, ¿vale? Sus estupideces no me hacen gracia.

—No son estupideces —Sergi se rebeló—. Mi tesis es muy sesuda.

—¿Eso era un chiste? —preguntó Fran—. Sesuda, sesos…

—No, hombre. Me ha salido solo.

—Es la hostia.

—Vale, listillos. Vivan en su dimensión de idiotas. Yo me largo de aquí. Pero sepan que sus blogs de mierda se han ido a la mierda por culpa del apagón. A partir de ahora ya no habrá electricidad, ni tesis, ni libros y seguramente ni alimentos. Pero allá ustedes con todas esas niñerías.

—Mierda —se lamentó Álvaro—. Mi partida de World of Warcraft…

—No te pongas así, Juande, son sólo niños —dijo la Chunga con aire maternal.

—Se jodan —agarró al Cani del brazo—. Lolo, dile a los demás que suban. He visto que hay una cornisa que cruza el edificio de un lado a otro. Quizá podamos salir por ahí.

—Se puede llegar a la iglesia de más adelante —explicó Fran—. Alguna vez que hemos jugado a personajes en vivo lo hemos hecho. Desde el campanario se accede al interior. Es divertido.

—Como te suelte un par de golpes vas a ver lo que es divertido.

—Vale, hombre.

El Perrolobo se perdió por el interior del piso a la busca de algo que saquear. Los tres sabios se asomaron a la ventana. En el exterior, los zombis se arremolinaban contra un coche. Un tipo con aspecto de editor estreñido salió del coche. Apenas dio cinco pasos con sus pies descalzos antes de que lo rodearan.

—Precioso —-dijo Álvaro al escuchar sus gritos agónicos—. Es como ver un nacimiento, o un atardecer, o una vieja película de Silvia Saint.

—Pero no de Bruce Lee —replicó Sergi—. Aquí los zombis atacan todos a la vez, no de uno en uno. En esos filmes, los karatecas le hacen la rueda a Bruce y luego van de uno en uno. Si vuelve la luz les busco ejemplos en YouTube.

—Cuántas cosas nos vamos a perder sin electricidad —se lamentó Fran—. Y cuántas palabras caerán en el olvido…

—Ganbang, Big Boobs, MILF, Creampie, Fisting —enumeró Sergi.

—Camel Toe, Cumshot, Squirting, Hairy, BMW, Shemale… —prosiguió Álvaro.

—¿Shemale? —preguntó Fran.

—Er… sí, bueno, es una palabra que va a desaparecer, ¿no?

—Shhh… —los mandó callar Sergi—. Escuchen.

Se mantuvieron en silencio. Al principio no oyeron nada, pero poco a poco se fue acrecentando el ruido. El sonido de varias ventosidades llegó a sus oídos. La sinfonía de pedos creció en intensidad hasta convertirse en un auténtico recital. Los había graves, otros más agudos, incluso algunos aguados.

—Se están descomponiendo —explicó Sergi—. Sus cuerpos se hinchan de gases y los expulsan como pueden.

Varios zombis se tiraron un par de eructos.

—Como ver volar una mariposa —dijo Álvaro—. Como la cabecera de *Juego de Tronos*. Es la belleza en sí misma.

CAPÍTULO 32

Desde el tercer piso del edifico se podía acceder a la iglesia gracias a una amplia cornisa que abarcaba desde el primero al último edificio de la manzana. Parecía que el constructor quisiera dejar pista libre para los rateros. Sin embargo, la banda caminaba despacio. La caída los podía matar, y si no lo hacía, acabarían de aperitivo para la horda de zombis de la calle.

Al Perrolobo, que iba a la cabeza abriendo camino, lo que más le preocupaba era que surgiera algún imprevisto de las terrazas por las que pasaban. En una de ellas encontraron una banderita de la virgen María que alguien había colocado con motivo de la Semana Santa. Estaba llena de sangre, pero no parecía peligroso pasar por allí. Al asomarse por otra vieron a una familia entera sentada a la mesa con el cráneo destrozado. El padre de familia sostenía un martillo en una mano y un revólver en la otra. La estampa familiar los conmovió.

El último tramo era el más complicado. Había que saltar un pequeño desnivel hasta el techo inclinado de la iglesia. Después de pasar ese obstáculo, sólo tendrían que deslizarse a través del campanario hasta la planta baja, y de allí al museo cercano. Si lo conseguían, estarían casi a las afueras de la ciudad.

El primero en saltar fue el Perrolobo. Se agarró a la cornisa y se dejó caer hasta el tejado. Sin embargo, sus piernas estaban tan llenas de agujetas que le fallaron y aterrizó de culo. Trastabilló y resbaló hacia el borde. Ante él se abría el vacío absoluto de una caída de tres pisos. Toda la banda contuvo el aliento cuando consiguió agarrarse a una cruz de hierro. Su asidera no era muy firme y poco a poco cedía a su peso. Abajo, los zombis se percataron de la presencia de carne fresca, y aunque todavía no lo habían localizado, se apelotonaron contra las puertas de la parroquia.

Juande consiguió enganchar una pierna en una gárgola de la fachada y trepó de nuevo hasta la zona del techado. Cuerpo a tierra, se arrastró hasta que dejó el filo del barranco tras de sí. El Señorito fue el segundo en pasar, lo agarró de la chaqueta y tiró de él hasta que llegaron a una zona segura.

—¿Tan pronto me querías perder de vista? —se burló Diego.

—¿Por qué nadie me recomendó de joven que me inscribiera a un gimnasio?

—Porque todos tus amigos estaban contigo emborrachándose en el bar del Piojoso.

Uno tras otro, con un cuidado extremo, fueron pasando hasta llegar al tejado de la iglesia. El Mosca los ayudaba a subir al campanario. Fue al empujar a David cuando se percató de que había alguien más con ellos. Un zombi salió de la otra cubierta y se le echó encima. Era de los que corrían y casi no les dio tiempo para verlo. El Mosca preparó el puño ante lo que se avecinaba pero ya era demasiado tarde. El zombi saltó y, al igual que un superhéroe vetusto, llevaba una especie de capa a la espalda. Fue esa misma tela la que se hinchó y lo elevó hacia el cielo. El Mosca pestañeó varias veces antes de convencerse de que lo que estaba viendo era cierto. Lo que llevaba enganchado al lomo no era una capa, sino un parapente. Probablemente habría caído en esa iglesia después de que lo mordieran. Podía contarlo gracias a aquel golpe de viento que lo había arrastrado hacia ninguna parte.

—¿*Aisnar dikar*? —preguntó Pepe, el Mosca.

—Es el segundo que vemos que sabe correr —dijo el Cani—. En el hospital había otro.

—¿Y qué tienen en común? —David hizo una visera con sus manos para ver dónde terminaba el paracaidista—. Es decir, habrá algo que los diferencie.

—Joder, hay zombis con cuatro brazos y dos cabezas —se quejó su padre—. Es hasta normal que haya algunos a los que les dé por correr.

—Dejen de medirse los pitos y vengan aquí —ordenó la Chunga desde la trampilla por la que se accedía al interior de la iglesia—. A veces me pone mala tanta testosterona junta, joder. Un par de días con el periodo y se les quitan las estupideces.

—Vamos, Macu, que ese zombi ha salido volando —añadió el Matraca—. A mí me ha gustado.

—Pues yo tengo un hambre que me comía un toro cagando. Vamos tos pabajo, coño, ya.

Descendieron por una escalera de caracol tan estrecha como oscura. La linterna del Señorito alumbraba los peldaños por si había alguno roto, ya que era absurdo iluminar hacia delante porque sólo se veía pared. La espiral terminó en un descansillo lleno de polvo y muebles viejos. Un órgano con los tubos ennegrecidos los recibió junto a un olor acre de incienso y cerumen.

—Oye, Juande, ¿por qué no puedo llevar una pistola? —preguntó el Matraca.

—Porque tienes la abstinencia y le podrías pegar un tiro a alguien.

—No, seré bueno. Dame mi pistola, anda.

—Sólo si prometes no disparar a ningún viejo, y me da igual que esté vivo o muerto.

—Siempre le quitas la gracia a todo...

—Sólo puedes usarla si te ves perdido —le pasó su arma—. Recuerda que el ruido atrae a los zombis.

—Tendré cuidado. Como un elefante en una tienda de porcelana.

—Y que yo lo vea.

Al fondo encontraron una segunda escalinata, en este caso más ancha. Continuaron por ahí hasta llegar a la planta inferior. Las figuras de los santos se convertían en monstruos tétricos ante la tenue luz que se filtraba por las vidrieras. María Magdalena parecía la viciosa que fue, mientras que Jesucristo clavado en la cruz los miraba como un buitre. Un par de tronos aguardaban en las esquinas con su imagen a cuestas a la espera de que alguien las sacara de procesión. Varios capirotes de penitente se amontonaban a un lado como posible recambio. La iglesia era el box de la escudería de Dios, polvoriento y olvidado.

Se dirigieron a los portones de entrada. Estaban cerrados. La llave que los abría debía tener varios siglos de antigüedad. El Mosca se acercó a estudiarlos.

—¿Cuánto crees que tardarás en abrirla? —le dijo el Perrolobo.

—*Desh minutos.*

—Diez minutos es mucho. Que sean cinco. No me gustan las iglesias.

—*¿Sósque?*

—Porque no ha salido nada bueno de ellas en dos mil años.

Entrar en una capilla era como viajar en el tiempo. Edificaciones ancestrales, arcaicas y sucias, con olor a humedad y a polvo de las zapatillas de las viejas. Confesionarios con el almizcle de cientos de alientos que habían susurrado sus vergüenzas a los oídos necios de un sacerdote adormilado. La iglesia era un monumento a la halitosis, al espacio cerrado y en desuso, a la liturgia de otra época más cruel y oxidada.

Mientras la Chunga ayudaba al Mosca a abrir la cerradura con horquillas y navajas, los demás se dirigieron con pasos lentos por el resto del templo. El Perrolobo caminaba por el pasillo central armado con el hacha en busca de algún zombi, mientras el Señorito, David, el Cani y el Matraca se dividieron por los laterales. Sin embargo, pese a la penumbra, se respiraba una paz extraña. Al llegar al altar se fijaron en la figura de la cruz. Desde la distancia parecía que se trataba de una escultura más, pero al estar más cerca descubrieron que era un cadáver. El zombi, desnudo y con una gran herida en el lado derecho, estaba clavado por las muñecas a dos trozos de tabla. Lo habían crucificado y elevado al centro del altar. Unas cuerdas sujetaban sus brazos y cabeza para que no forzase los clavos, pero aún así se agitaba con espasmos.

—«Sujetó al dracón, la serpiente antigua, que es Satanás o el DIABLO, y lo encadenó por MIL años».

Un párroco con sotana apareció entre ellos. No lo vieron venir, ni siquiera lo intuyeron. Se deslizaba como una serpiente y eso estuvo a punto de matarlo.

—¿Qué carajos dices? —preguntó el Cani apuntándole con la escopeta.

El sacerdote sonrió con una mueca demente. Era un remedo de Clint Eastwood y de pederasta del Opus. Su rostro huesudo resaltaba los ojos azules y los dientes amarillos. El hábito estaba raído y con sangre coagulada por las mangas.

—El Nuevo Testamento —explicó—. La palabra de DIOS. Ahí está TODA la sabiduría del ser humano, incluyendo la plaga que NOS ha enviado.

—¿Ésta es su iglesia? —el Perrolobo no se fiaba de los curas, y mucho menos de aquél—. ¿Qué hace este muerto colgado de la cruz?

—Soy el padre Isidoro. Los PECADOS han invadido el mundo. El alma de una persona ya no pertenece a DIOS, sino al DEMONIO. Nuestro Señor Jesucristo no ha abandonado a su rebaño, sino que lo ha CASTIGADO. La sociedad de hoy es peor que Sodoma y que Gomorra JUNTAS.

Todos se reunieron cerca del sacerdote. Ninguno había entendido nada.

—No he entendido nada —dijo David.

—Oh, un infante —le acarició el cogote—. «También le presentaban a los NIÑOS pequeños, para que los TOCARA; pero, al ver esto, los discípulos los reprendían». Así reza el libro de Daniel.

—A mí no me toques, cabrón —replicó David.

—¿Sabes cómo ha empezado este barullo? —el Cani se rascó la entrepierna.

—Por supuesto. Albión ha tomado posesión de los hombres JUSTOS. Su necedad fue su perdición.

—¿Hablas en serio?

—¿Aún dudáis de la PALABRA? Dios se ha cansado del consumismo, del PLAY STATION, de la comida basura, de los proabortistas y del sexo con CONDÓN. Por eso ha dejado de vigilar las puertas del INFIERNO. Por eso ahora las huestes del demonio han venido a aniquilarnos. Esto es el APOCALIPSIS.

—¿Cómo lo haces? —el Señorito estaba extrañado.

—¿El QUÉ?

—El hablar… así. No sabría describirlo, pero es extraño.

—¿Intentas CONFUNDIR al enviado de DIOS?

—Er… no, pero me resulta curioso. Yo no sabría hacerlo, vaya.

—El TODOPODEROSO habla por mis labios, propaga su VOLUNTAD, busca a merecedores de su GRACIA. La humanidad ha tenido su castigo y ahora mi ACOMETIDO es lograr que no falle.

—¿Qué quiere decir, padre Isidoro? —el Matraca ansiaba creer.

—Dios os ha enviado desde los CIELOS para ayudarme en mi MISIÓN sagrada. Sois ARCÁNGELES guerreros a disposición de su DOGMA. Vosotros me serviréis en mi peregrinaje por el valle de las SOMBRAS.

—Ya —el Perrolobo cada vez tenía más claro que aquel hombre estaba loco—. ¿Y cuál es esa gran gesta, padre Isidoro?

—¡DEBEMOS MATAR A TODOS LOS SUPERVIVIENTES! ¡LA HUMANIDAD DEBE LLEGAR A SU FIN!

—Matarlos a todos…

—SON PECADORES, GENTE SUCIA DE MENTE ABYECTA. MERECEN SER CONVERTIDOS EN DEMONIOS COMO ÉSTOS —señaló al crucificado—. LA VILEZA DE LA HUMANIDAD ES SU MISMA CONDENA.

—Y sus meadas huelen a colonia, ¿a que sí? —dijo el Cani.

—A AMBROSIA. EL MANÁ CELESTIAL SÓLO CAERÁ EN LAS MANOS DE LOS ELEGIDOS. EL MUNDO ESTÁ CONDENADO Y YO SOY SU EJECUTOR. COMO DIJO SANTA TERESA DE CALCUTA: «ME VAIS A COMER TOL POTORRO».

La cabeza del padre Isidoro explotó en el momento exacto que se escuchó una explosión. Sus sesos terminaron decorando todo el altar junto a los aceites y el cáliz. Tras el desconcierto inicial, todos miraron al Matraca. Su pistola humeaba.

—Joder, Chus —dijo el Cani—. Te has cargado a un cura.

—Da igual: era un imbécil —contestó el Perrolobo.

—La verdad es que sí —apostilló David.

—Yo… no quería —al Matraca le temblaba el pulso—. Apenas he rozado el gatillo.

—A partir de ahora te quedas con el hacha —el Perrolobo le quitó la Beretta y le pasó la herramienta para talar—. Pero que no se te dispare, ¿me oyes?

—Iré con cuidado. Y ha sido un accidente.

Le registraron la sotana y encontraron un nunchaku y varias estrellas ninja.

—Este pavo estaba volado —confirmó el Cani tras analizar su perfil psicológico—. ¿Y qué carajos ha dicho de que los zombis vienen de Dios?

—Idioteces sin sentido, te lo aseguro —el Señorito hizo un par de cabriolas con el nunchaku y casi se abre la crisma—. Seguro que pensaba que los zombis no le iban a atacar a él por ser un elegido.

—A saber —el Perrolobo vio que vestía ropa interior de mujer tras la sotana, pero prefirió no decir nada—. Esta situación hace que mucha gente pierda la chaveta. Debemos permanecer serenos.

—Aquí hay una bolsa de hostias —David los llamó desde la sacristía—. Joder, y vino. Qué hijo de puta el cura.

El Perrolobo halló una llave antigua enganchada del testículo derecho con un hilo. Sospechaba que podía ser de la enorme puerta. Se acercó al lugar donde estaban el Mosca y la Chunga.

—Dejen eso —dijo, y comprobó que la llave giraba en la cerradura—. Vamos al picadero de ahí dentro a emborracharnos. Nos lo merecemos.

La Chunga lo agarró de la manga y dejó que Pepe, el Mosca, se adelantase.

—¿Me contarás ahora lo que te asustó tanto en la farmacia?

—El Ronco me persigue para matarnos a David y a mí —confesó—. No sé cómo consiguió encontrarme pero lo logró. Y estoy seguro de que lo volverá a lograr.

CAPÍTULO 31

Abelardo, el Ronco, deseaba matar al Perrolobo. Miñarro, el Pollatriste, ansiaba matar al Perrolobo. Y el Ronco y el Pollatriste fantaseaban con matarse el uno al otro.

Habían localizado a la banda en una tienda de cortinas. Ellos se parapetaron en un estudio de tatuajes cercano a la espera de una oportunidad para atacarlos cuando el Perrolobo decidió suicidarse. Cruzó a toda velocidad la calle hasta introducirse en la farmacia de enfrente. Los zombis apenas le hicieron caso. Estaban entretenidos mirando la nada, olisqueando el aire y cagándose por la pernera del pantalón. Miñarro optaba por esperarlo a la salida y coserlo a tiros, pero Abelardo tenía otros planes. Se marchó tras sus pasos y al cabo de un rato volvió con el rabo entre las piernas. Aquello fue la gota que colmó el vaso. A partir de entonces, Miñarro pensaba que el Ronco era un inútil y quería deshacerse de él. Por su lado, su compañero creía que el sargento era un cobarde por no haberlo acompañado a la farmacia. Eran un grupo imposible. Sería más fácil apuntar a un negro en un grupo neonazi.

—Allí está otra vez —dijo el guardia civil.

Le pasó los prismáticos a su aliado, pero habría preferido estampárselos contra la cabeza y sacarle los sesos. El Ronco se asomó por los gemelos y vio una figura que se movía entre los zombis entre asustada y perdida. Sin duda, se trataba de un zombi. Su rostro deformado no dejaba lugar a dudas.

—¿Estás seguro? —preguntó, aunque hubiera preferido cortarle el cuello—. ¿Un zombi inteligente?

—O que no ha perdido su humanidad. Piensa un poco, joder. En todas las enfermedades siempre hay alguien inmune. Incluso en el sida se han dado casos de gente que sobrevive al virus. Imagínate a ese cabrón, zombificado pero aún con los sesos lúcidos. Si fuera él, no dudaba en pegarme un tiro.

—Yo también te pegaría un tiro.

—¿Cómo dices?

—Da igual.

—Lo interesante es que no lo atacan. Se mueve entre ellos asustado y perdido, pero lo que cuenta es que no lo reconocen como comida.

—¿Y qué propones, policía?

—Vamos a atraerlo hacia acá. Puede que nos sirva de recadero, o incluso que nos dé la fórmula para salir de aquí.

El sargento Miñarro extrajo el móvil de la bolsa de deportes. Entre el material que había traído se contaban varias bengalas, así como cajas de munición y varias armas. De las tres baterías ya había gastado una, y era imposible enchufar la computadora a la corriente eléctrica. La señal del GPS tampoco iba a durar para siempre. Antes o después los satélites necesitarían que alguien pulsara «enter» desde la Tierra, y eso no iba a suceder. Comprobó que la banda y el Perrolobo apenas habían avanzado un par de manzanas. No era mucho, pero a la vez sí que lo era, dadas las circunstancias. Si llegaban al museo, les resultaría mucho más fácil moverse. Desde allí alcanzaban a las afueras de la ciudad, y en campo abierto los perderían con toda seguridad. Ignoraba cuál era su destino pero no iba a llegar vivo. Llevaba demasiado tiempo macerando su venganza, y una puta plaga de cadáveres resucitados no iba a detenerlo. El Ronco fue el encargado de atraer al zombi inteligente. Era de día, pero confiaba en que viera la bengala. La lanzó al medio de la calle y se dispuso de nuevo a mirar por los prismáticos. El humo convirtió en imposible la tarea de seguimiento, por lo que no les quedó más remedio que abrir bien los ojos. Al principio no ocurrió nada. La humareda escarlata impregnó toda la avenida. Los zombis pasaban sobre la bengala y la pateaban. Resultaba aterrador verlos surgir del humo, con la iluminación teñida de añil. Era mucho más parecido a una película de Romero de lo que les habría gustado pensar. Con la luz mortecina del día, sin sombras extrañas, efectos especiales o fuentes de humo, apenas eran un montón de tontos con heridas por la cara. Sin embargo, con la puesta en escena adecuada, se transformaban en seres del averno más ignoto.

El humo no tardó mucho en extinguirse y todo regresó a la normalidad. Esperaron un rato pero el zombi listo no aparecía por ningún lado. Llegaron a pensar que era demasiado inteligente para acercarse a un humano. Quizás había aprendido la lección de no confiar en nadie; no como ellos, que esperaban el momento adecuado para traicionarse mutuamente.

—Plan de mierda —gruñó el Ronco—. Normal que así les colasen toneladas de droga en su puta cara.

—Si se te ocurre algo mejor, me lo dices. Aunque su imaginación sólo llega a tragarse bolas de coca antes de tomar un avión.

—Otros se las meten por el culo.

—Eso te pega incluso más.

—¿Qué quieres decir, policía?

—Que te puedes meter por el culo un...

Enmudecieron de improviso. Una sombra se arrastró hasta el escaparate de la tienda de tatuajes. Reconocieron al zombi inteligente al instante. De cerca era aún más horrendo. Una protuberancia le caía de la frente hasta casi taparle la cara, también abultada por lo que parecían ganglios y furúnculos. Tenía los ojos muy separados y los labios hinchados. Estaba claro que él no podía verlos tras el cristal.

—Vamos —dijo el Ronco.

Saltaron de sus escondrijos y abrieron la puerta. El Pollatriste le realizó una llave desde atrás para inmovilizarle la cabeza. El Ronco apuntaba a todas partes con la escopeta recortada, aunque hubiera preferido disparar a su compañero. La criatura gimió y balbució extraños gorjeos, pero no se resistió. En apenas unos segundos estaban de nuevo de vuelta al interior del establecimiento.

Miñarro lanzó al suelo a su víctima. El ser cayó con todo y se hizo un ovillo. Temblaba de miedo y hasta se orinó encima.

—Sabemos que puedes hablar —dijo el guardia civil—, así que habla.

Aquella abominación hipó al levantar su enorme cabeza. Era el doble de grande que la de un hombre normal, y su pelo mostraba numerosas calvas.

—No me hagan daño —farfulló con dificultad—. Por favor…

—Sabemos lo que eres, trozo de mierda —el Ronco le pateó las costillas.

El sargento apartó a su compinche de la presa. Quería apuñalar a Abelardo por imbécil e impulsivo, y éste a su vez quería degollarlo por creerse más listo que él.

—Deja que hable yo —lo amenazó.

—Por supuesto, policía —se burló—. Charla con tu amigo deforme.

—Como ha dicho mi colega, aquí presente, sabemos lo que eres —continuó—. La pregunta es, ¿nos sirves para algo?

—Yo… no valgo para nada. Déjenme ir.

—Estoy convencido. Sin embargo, esto no funciona así. En realidad, si no nos sirves, te liquidamos aquí y ahora, zombi de mierda.

—No estoy muerto —gangueó—. Aún no.

—Y yo me he follado a la reina de Inglaterra por el culo y aún me pedía más, no te jode —espetó Abelardo, con malas pulgas.

—Me llamo Jaime. Soy una persona.

—Lo eras antes —lo rectificó Miñarro—. Ahora eres un muerto viviente pero por alguna razón conservas el cerebro. Dime, ¿recuerdas cuándo te mordieron?

—¿Morderme? Nunca lo han hecho.

—Jaime, Jaime, Jaime… Si no te han clavado los dientes, eso quiere decir que tú has causado toda esta mierda, ¿no? Eres el primer zombi. ¿De qué va esto? ¿Experimentos secretos para buscar la viagra filosofal?

—Tengo cáncer —dijo—. Los médicos dijeron que tratarían de salvarme la vida. He pasado por un infierno de quimioterapias, curanderos, terapias naturalistas y mil cosas más. Pero nada ha resultado. Mi cabeza se ha ido deformando cada vez más. Mi mujer me abandonó, mis hijos se avergonzaban de mí y no querían verme. Tengo apenas cuarenta años y parezco el hombre elefante. Y, cuando he tomado la decisión de suicidarme, sucede todo esto y resulta que a mí no me atacan. Es como si prefirieran la carne fresca, no la mía llena de tumores. Camino entre ellos para localizar a mis niños, para sacarlos con vida de esta locura antes de que muera. Debo aprovechar la única ventaja que me da esta maldición para hacer algo bueno durante los últimos días que me quedan. Miren —les mostró unas fotos tamaño credencial—. La pequeña es Susana y tiene cinco años. El chico es Julián. Lo apuntamos a piano, pero él prefería dibujo. Sé que están con sus abuelos en el centro, muertos de miedo. Deben ayudarme a llegar hasta allá.

El Ronco comprendía a Jaime. Él mismo acababa de perder a su único descendiente, que aunque no tenía ni media hostia, no dejaba de ser sangre de su sangre. Incluso el sargento Miñarro sentía un nudo en el estómago al recordar cómo su mujer lo abandonó por una deformidad.

—Entonces, ¿no te atacan los zombis? —preguntó el sargento Pollatriste.

—Les acabo de decir que no.

—Y crees que es por tu enfermedad, ¿no?

—Exacto.

—Ya, pero ¿por qué no atacan al resto de tipos con linfoma?

—¿Acaso estás ciego? ¡Mírame! Las células malignas son más que las normales. Soy un tumor andante, enorme y viscoso. Con uno más pequeño no sé si funcionaría.

Miñarro asintió con profundo conocimiento de causa.

—Oye, ¿y no nos podrías dar un poco? Veo que tienes un cáncer bastante hermoso y yo no tengo ninguno.

El tipo palideció.

—¿Qué?

—Tu precioso tumor te convierte en Supermán —añadió el Ronco sacando una navaja—. Yo también quiero uno.

A Jaime no le dio tiempo de reaccionar. El acero se le clavó en el corazón y su muerte fue rápida. Cuando terminó de agitarse, Abelardo comenzó a arrancarle pedazos de carne y los fue echando a una bolsa de plástico. Miñarro recogía la computadora y se cargaba con el móvil.

—Toma —el Ronco le pasó la bolsa sanguinolenta—. Ahora te toca arriesgarte a ti.

Agarró la casquería. Sin pensárselo dos veces, salió al exterior. La marabunta de zombis le bloqueaba el camino. Un rapero regordete vestido con pantalones anchos, sudadera con capucha y una gorra ladeada en la cabeza, se acercó renqueante a su posición. Arrastraba una pierna y le faltaba la mitad de una mano. Al llegar a su lado, Miñarro levantó la bolsa con los restos mientras que con la otra mano le apuntaba con la pistola. El hiphopero se detuvo en seco, lanzó un estufido y continuó su camino. El agente de la ley volvió a respirar.

—Funciona —le dijo a su compañero en el interior—. Sabía que estaba vivo, pero ha preferido pasar de mí.

El Ronco salió con otras dos bolsas de plástico que rezumaban sangre. Se las había colocado a los lados a modo de alforjas.

—Entonces vamos a matar a ese hijo de puta. ¿Dónde está?

—A unas manzanas —consultó en el móvil—. En un edificio que se cae a pedazos.

CAPÍTULO 33

A una manzana de distancia se encontraba el museo. Si llegaban hasta allí todo sería más sencillo. O eso pensaban. Debían caminar por una zona de guerra, donde los enemigos aguardaban en cualquier esquina. Habían esperado hasta que hubo menos zombis por las calles. El Cani, en su afán destructor, había lanzado un tanque de butano por el tejado y después lo había reventado de un disparo. La explosión, en el lado opuesto a la salida, había destrozado las cristaleras de la iglesia donde se resguardaban, pero también había congregado a numerosos zombis que no tenían nada mejor que hacer aquella soleada y plácida tarde de abril.

Bendecidos sus estómagos con vino y hostias, los componentes de la banda salieron a campo abierto en busca del último refugio antes de alcanzar las afueras de la ciudad. La salvación estaba próxima, pero también la muerte. Le abrieron el cráneo con el hacha a una chica gótica que se les puso delante con sus dientes de ortodoncia. Si hubiera estado viva se habría alegrado mucho al ver el lozano aspecto zombificado que lucía. Un vendedor de cupones, con sus gafas negras y las papeletas sobre el pecho, sintió la presencia de los humanos y fue por ellos. Trastabilló un par de veces y luego tropezó con el hueco de una alcantarilla. Su pierna derecha se incrustó tanto en el vacío que no pudo sacarla.

—Vamos, vamos —Juande azuzaba al grupo—. Esta avenida es larga de cojones, pero no hay más huevos que tirar para adelante y llegar al museo.

Se encontraban a mitad de camino cuando vieron aparecer una turba desde el comienzo de la calle. Guiados por un instinto colectivo, aquella caterva se aproximaba a pasos agigantados a su posición. Vieron que muchos llevaban camisetas y banderitas de un sindicato agrario mojadas en hemoglobina. Una pancarta de «no hay pan para tanto chorizo» aparecía enganchada al cuello del más adelantado. Se asemejaban más a un grupo de satánicos que a un colectivo de campesinos por sus heridas y suciedad.

—Mierda —el Perrolobo necesitaba tabaco—. Una puta manifestación. ¿En Semana Santa?

—Y por allí viene otra, papá —señaló David.

Por el extremo opuesto surgió otro grupo numeroso. En este caso eran skinheads y sus reivindicaciones no estaban del todo claras. Unos mostraban sus gargantas abiertas a mordiscos, a otros les faltaban extremidades, un par parecían sanos y hasta regordetes. El problema radicaba en permanecer allí demasiado tiempo. Si no salían rápido de aquella encerrona acabarían sitiados entre ambos movimientos.

—Al museo —ordenó el Señorito—. Ya no podemos regresar a la iglesia.

Salieron a la carrera. La ciudad estaba tan invadida de zombis que no parecía estar desierta. Quizá, cuando pasasen los meses y la mierda se acumulase en las aceras, los coches se cubrieran de polvo y la vegetación se descontrolase un poco, se podría intuir la locura que habitaba en sus vísceras. Mientras tanto, no dejaba de ser un lugar solitario y peligroso, aunque a ratos pareciese tranquilo.

El museo tenía la puerta principal cerrada. Probaron por una secundaria, pero también estaba con el candado echado.

—*Dejiselarme a mengue* —dijo el Mosca, arrodillándose ante la cerradura.

—Date prisa, Pepe, por tu madre —lo acució el Cani.

Los dos focos se acercaban cada vez más. No tardarían en llegar hasta su posición. Unas dos docenas de skins abandonaron el grupo principal y se lanzaron a la carrera hacia ellos como atletas olímpicos en pleno subidón de clembuterol. La Chunga abrió fuego. Era absurdo permanecer más tiempo sin hacer ruido. Un nazi terminó con los pocos sesos que tenía decorando la acera. El Perrolobo se apuntó a la jarana, aunque su puntería no era tan buena y sólo conseguía frenarlos un poco. En apenas unos segundos acabaron envueltos en una nube de pólvora.

El Mosca abandonó la tarjeta de crédito con la que esperaba forzar la cerradura y se calzó un nuevo lingotazo de vino de misa. Agarró el hacha que portaba David y se abalanzó contra los primeros nazis que llegaron a su posición. Los zombis eran rápidos, pero el Mosca lo era más. El alcohol recorría sus venas y lo dotaba de una fuerza inusual. Al primero le reventó la cabeza como si fuera de papel, al segundo le propinó una terrible patada en los huevos que casi lo parte por la mitad. El tercero saltó sobre él, pero lo agarró del cuello y le estampó el cráneo contra el bordillo. En apenas un instante se había deshecho de tres cabrones.

—*Abillar* —rugió—. *Abillar a coba.*

Los zombis frenaron su carrera, se detuvieron un instante, y después la reanudaron con mayor fiereza. El Matraca, loco de espanto, se lanzó de cabeza contra la puerta. Ciento cincuenta kilos de cabronazo con la abstinencia y desquiciado de terror no fueron rival contra las bisagras de aquella plancha de madera, que cedieron contra su peso.

—¡Todos adentro! —gritó el Cani, quedándose en la retaguardia con la escopeta.

Ninguno de los presentes, ni siquiera David en alguna excursión escolar, habían pisado antes un museo de arte moderno. En el interior aguardaban montones de chatarra soldados entre sí con pequeños paneles explicativos. Se sorprendieron al verlo tan diáfano, con esculturas separadas unas de otras por varios metros y cuadros en las paredes blancas manchadas de vísceras.

—Tenemos que encerrarnos en alguna habitación —dijo David.

—Ninguna tiene puerta —se lamentó su tío Diego.

Recorrieron varias salas más a la carrera. Aquello era un laberinto de mierda expuesta con precios desorbitados e información vacua. En la galería dedicada a Tania con i, la destacada artista, se toparon de frente con un zombi distinto. Era similar a otras aberraciones que habían visto con anterioridad, pero en este caso tenía un par de brazos colgando en lugar de orejas y dos orejas en los muñones de sus hombros. El Matraca lo agarró del cuello y lo estrelló contra una estatua de concreto armado que representaba una mierda pinchada en un palo.

—Joder, estamos atrapados —dijo la Chunga al comprobar que aquella sala no tenía una salida.

—Debemos volver por donde hemos entrado —el Perrolobo agarró la pistola con ambas manos.

No dio tiempo a regresar. En ese instante aparecieron varios skins sulfurados y babeantes. Se lanzaron al asalto dando pasos tan largos y veloces que casi parecían brincos. Todo el que tenía un arma no dudó en disparar. El rugir de las balas reverberó por todo el museo. La cordita nubló sus fosas nasales. Los cañones se pusieron al rojo. Apretaron el gatillo sin cesar. Apenas tenían tiempo para apuntar o para pensar qué harían cuando se quedasen sin munición, porque no había un después, ni un mañana, ni un futuro claro o gris donde depositar los sueños y las esperanzas. Todo lo que tenían era el ahora, pistolas entre las manos y el imperativo de resistir vivos un segundo más.

Según se agotaban los cargadores y los cartuchos, agarraban cualquier objeto contundente y esperaban la arremetida de la muerte. Cuando el Cani disparó su última ráfaga de plomo, agarró la escopeta como si fuera un bate de beisbol y dio un par de pasos atrás. La galería no tenía ventanas y aquella zona estaba bastante oscura, apenas iluminada por el reflejo residual de las otras salas. La cortina de humo se disipó tan rápido como llegó. Tras ella vieron un amasijo de carne picada y una pared llena de impactos de nueve milímetros.

—¿*Aocaná que estiñamos?* —preguntó el Mosca.

—Ahora toca jodernos —el Perrolobo sacó un puñado de balas del bolsillo—. Me guardé siete por si llegaba este momento.

—¿No hablarás en serio? —el Señorito estaba perplejo.

—Hasta aquí hemos llegado. Estamos encerrados en este museo, con un agujero en la pared por el que se cuelan estas cosas, sin munición y con la única ayuda de nuestros cojones. Créanme si les digo que es una situación perdida.

Todos enmudecieron.

—Y una mierda —el Cani sacó su navaja del tamaño del mandoble de Carlomagno—. ¡No nos podemos rendir! Joder, vamos por esos hijos de puta.

El Matraca lo siguió armado con los nunchaku, pero fue el único. Los demás no tenían fuerzas ni para levantar la cabeza. Lolo bajó el arma ante el poco entusiasmo de sus compañeros. Dentro de sí mismos sabían que, llegado el momento, el suicidio no era tan mala opción. Mejor una bala en la sesera que decenas de bocas hambrientas revolviendo sus tripas. Nadie dijo nada. Era el mejor plan con el que contaban.

—Siento haberles fallado, chicos.

—Tú nos sacaste del cerco de la poli cuando desvalijamos aquella joyería —recordó el Señorito—. Te diste de golpes con dos guardias de seguridad en el casino para desconectar la alarma y por poco pierdes un ojo. Mierda, incluso te has arriesgado para darle la meta al Chus. Si te hemos seguido es porque hemos querido. No te culpamos de vernos como estamos.

No era fácil consolar a quien no se deja. Pepe, el Mosca, lo sabía de sobra. En situaciones límite siempre tiene que haber alguien que agarre la sartén por el mango y él estaba un poco borracho.

—*Estiñela mistó* —dijo el Mosca—. *Querelalo.*

—Pero Pepe… —musitó la Chunga.

—Mi chanigue gajeré yequí de puñí. Ocolo tumengue dramia sinelan los buter mistós de mi chanigué. Estiñelo lachí. Os Kamelo, os Kamelo baribú. Sinais mi suetí, beicó orobo no ardicar Jelí y el gacharao alcilar diñar.

La Chunga ahogó una lágrima y lo abrazó.

—Ha sido lo más bonito que he oído en mi vida, Pepe.

Enmudecidos, se colocaron en fila, agarrándose de las manos. Pepe, el Mosca, continuaba impasible. Su decisión de ser el primero le hacía más fácil el viaje a los demás. El Perrolobo, autoproclamado verdugo, tenía la peor ficha, aunque confiaba en que no le temblara el pulso llegado el momento.

—*Querelalo* —repitió el Mosca.

Juande apretó el gatillo. La cabeza de Pepe se abrió por la mitad. El disparo a bocajarro nunca dejaba un pequeño agujerito por el que caía un hilillo de sangre. Era una muerte brutal y efectiva.

El cuerpo sin vida del Mosca cayó al suelo. La Chunga soltó su mano cuando se derrumbó, quedando huérfana de cariño. El Perrolobo apuntó a su frente. Tenía los ojos vidriosos y el corazón desbocado.

—Espera —dijo, y se giró hacia el Cani, sujeto a su zurda.

—Macu… —murmuró el joven.

La chica deslizó los dedos por su pelo y lo atrajo a su boca. Cuando estaban a punto de besarse, hizo un mohín extraño y agachó la mirada.

—Joder, lo siento Lolo, pero no puedo, hombre.

—¿Qué? —el Cani no salía de su asombro—. ¡Pero si estamos a punto de morir!

—Coño, ya lo sé, pero es que es superior a mis fuerzas, cariño. Más quisiera yo que darte una alegría ahora, pero es imaginar que me moriré pensando en el sabor de tu boca y me dan arcadas.

—Me cago en mi mala suerte —se lamentó.

La Chunga dio un paso adelante y apoyó su frente contra el cañón del arma.

—Está claro que este mundo ya no nos pertenece —dijo a modo de epitafio.

El Perrolobo agarró el arma con las dos manos y acarició el gatillo. En ese momento sintió algo que no reconoció. Ni siquiera sabía por qué sentido le llegaba la información. La Chunga reaccionó antes que él y apartó la cabeza justo en el momento en que abría fuego. Sintió el calor de la bala atravesando su pelo. Juande se sorprendió de fallar.

—¡Hijoputa! —le gritó ella.

—¿Qué? —balbució.

—¿Cómo que qué, cabrón? ¡Que casi me matas!

—Ésa era la idea. Ahora he desperdiciado una bala y me tendré que cortar las venas con el hacha.

—Espera un poco, papá —lo calmó David—. Mira.

Señalaba a su espalda. Al girarse vio a un tipo encorbatado que los miraba con superioridad desde un panel corredizo.

—Repito —dijo—. ¿Por qué arman tanto escándalo? El Artista está trabajando.

CAPÍTULO 34

El estado de shock hiela la sangre, desboca el corazón y embota la mente. Después evoluciona al estrés postraumático, lo que eterniza los síntomas. El cuerpo no reacciona, el cerebro no puede pensar, la angustia apaga la personalidad y reduce a cada persona al mínimo de la supervivencia, es decir, comer, cagar y llorar.

—Por favor, caballeros —dijo el del traje—. Que ahí fuera hay una hecatombe. No sean superficiales.

Tras el panel móvil por el que había surgido aquel misterioso hombre trajeado encontraron una segunda nave del museo separada del resto. Olía a seguridad, a miedo y a culpa.

El Perrolobo se miraba las manos como si estuvieran llenas de sangre, y tal vez así era. Los demás lo observaban con distancia, pensando a la vez en el crimen de su líder y en lo cerca que habían estado todos de morir. Alguien tenía que tomar la decisión de apretar el gatillo, de cargar en la conciencia con las consecuencias. El Perrolobo no se podía imaginar el tremendo error que había cometido. Su acto tenía más de cobarde que de valiente, ya que era muy fácil acabar con todo si no habría un después. Ahora tocaba tener dos huevos para afrontar lo que venía.

—No quiero parecer insensible —prosiguió el de la corbata impoluta—, pero son unas nenazas.

Si un estirado como aquél, con pinta de estudioso de la clase, vestido como un ejecutivo o un agente funerario, les hubiera llamado «nenazas» en cualquier otro momento de los días pasados, habría estado varias horas vomitando dientes. Sin embargo, el nuevo orden mundial, el caos callejero, la muerte pervirtiendo la vida, transformaba al más tonto de los humanos en el macho alfa de la manada.

—Tiene razón —el Señorito fue el primero en cambiar de bando—. No hay tiempo de lamernos las heridas.

Tras un día entero de lucha contra hordas de zombis, un cadáver más no iba a detenerlos. Incluso contaban con eso. Era parte del guion. Poco a poco, todos se fueron acercando a aquel demiurgo sereno y seguro de sí mismo.

Todos, salvo el Perrolobo.

—¿Usted no viene? —preguntó.

—Que te follen.

—Una reacción muy madura.

El Perrolobo se levantó de un salto. Toda la forma física que le había faltado en su huida alocada por tejados, calles y comercios apareció de improviso. Con una mano agarró del cuello al hombre de negro, mientras que con la otra le colocaba la navaja en la cara.

—¡Todo es por tu culpa! —gritó—. ¿Por qué no apareciste un minuto antes?

—Estaba en el escusado cuando he escuchado el tiroteo.

—¿Me tocas los huevos? —apretó la parte plana del filo contra su rostro.

—Cualquier persona sensata habría corrido en la dirección opuesta a las balas. Debería estar agradecido de que los haya rescatado a usted y a su gente en lugar de dejarlos a merced de la Materia Prima.

—Él es inocente, papá —David lo agarró del brazo y lo obligó a soltarlo—. Nadie te va a juzgar por lo que has hecho.

El Perrolobo lanzó una mirada a sus compañeros. La Chunga, el Cani y Señorito no eran capaces de levantar la cabeza. El

Matraca era el único que le clavó las pupilas, aunque se debía más a la abstinencia que a un perdón legítimo. El interior de Juande era una ciudad en ruinas habitadas por zombis.

—Váyanse a la mierda —dijo.

—Una vez la lógica se ha impuesto —el tipo se ajustó el nudo de la corbata—, es hora de que les presente al Artista.

Caminaron por un pasillo oscuro y frío. El arte moderno estaba reñido con el calor humano. Un sonido de motor se escuchaba desde la lejanía. Sus pasos los llevaron hasta un grupo electrógeno que iluminaba la exposición principal, traída desde la otra parte del globo, donde el Artista plasmaba sus pesadillas con cuerpos donados.

Las esculturas estaban fabricadas con cadáveres humanos, remedos horribles de partes desmembradas y pellejos endurecidos, vísceras de petróleo y cerebros curtidos. Las figuras se alzaban como espectadores de otras épocas, viajeros del pasado en pos de una inmortalidad de cera y plástico. Al igual que los zombis del exterior, carecían de pudor o secretos, pero al menos se quedaban quietos. Era la desnudez extrema, desde músculos a huesos, la intimidad expuesta, sin putrefacción ni identidad, sólo la vitrina de una carnicería convertida en arte de embalsamador.

—El Artista trabaja la técnica de la plastinación —explicó el encorbatado—. Consiste en la extracción de los líquidos de un cadáver para sustituirlos por silicona, acetona y resinas.

La banda se encontraba de nuevo segura, aunque no todos tenían el mismo olfato para la creatividad.

—¿Esta puta mierda es arte? —preguntó el Cani.

—Su visión es similar a la de los detractores del Artista, aunque no los términos en los que se expresa. Las mayores críticas se amparan en conceptos desfasados como la ética, la religión y la coyuntura legal. Siempre hay voces discordantes con el progreso.

—A mí también me parece un timo de los gordos —David tocó la pierna de una escultura, que tenía plastificado hasta el pene.

—Sin embargo, el tiempo ha dado la razón al Artista.

—¿Por qué lo dices, cuatro ojos? —la Chunga contemplaba con asco y curiosidad los cuerpos abiertos en canal, recauchutados y vueltos a montar.

—No hace falta nada más que mirar alrededor —realizó un barrido en abanico con su brazo—. El Artista ha demostrado ser un visionario, un adelantado a su época. El naturalismo de su vanguardia es tal que hasta la propia realidad lo ha imitado. Ahora los cadáveres decoran las calles, y además se mueven.

—Más que naturalismo, yo veo crudeza —señaló el Señorito.

—Una vez más, la vida plagia al arte —continuó el del traje—. Sin embargo, la naturaleza misma del Artista no permite el conformismo. Por ello, aprovecha la Materia Prima para crear nuevos conceptos que revolucionen los paradigmas establecidos.

—No lo entiendo —el Matraca pocas veces entendía algo a la primera—. ¿Qué es la Materia Prima?

—La vida es la Materia Prima —dijo mientras marchaba hacia el final de la sala—. O, mejor dicho, la muerte. El que ahora los cadáveres revivan no es un problema para el Artista. Al contrario, se trata de un aliciente inimaginable, una oportunidad única en la historia.

—¿Los zombis son la Materia Prima? —se extrañó el Cani.

—No juzguen al arte antes de vislumbrar toda su magnitud. En la sala contigua se desataba otro tipo de horror. Sujetos con cadenas, surgían los zombis mutantes que habían visto por las calles. Algunos con hasta ocho brazos emergiendo de su espalda como un puercoespín, otros con varias cabezas, o con la anatomía cambiada. Al fondo surgía una especie de gusano largo y apestoso. Al acercarse vieron que se trataba de troncos sin extremidades, unidos entre sí por costuras que fusionaban la nuca de uno con la pelvis del otro. Cada una de aquellas aberraciones se agitaba entre convulsiones.

Las esculturas con cadáveres tomaban una nueva dimensión.

Un tipo menudo y de aspecto oriental cosía a dos zombis con una grapadora de tapizar muebles. Los muertos vivientes estaban sujetos con correas de plástico y no podían atacarlo.

—¿Esto es arte? —preguntó David—. ¿En serio?

—Las estatuas del Artista ahora son móviles. Alcanzan una progresión sorprendente. Y dado que el museo permanecerá cerrado durante un tiempo, las hemos dejado en plena vía pública a modo de performance.

—En serio, tío —David agarró al encorbatado y lo obligó a girarse hacia una de las obras—. ¿Esto es arte?

Clavado a la pared había un chico con gafas y media melena. Le faltaba la mandíbula inferior y los observaba con media sonrisa cadavérica. Sin brazos ni piernas, varias barras de hierro le atravesaban de lado a lado, otorgándole un aspecto de espantapájaros demencial.

—En este caso, se trata de una deconstrucción del snob común —explicó el individuo—. Tenemos decenas en las otras salas.

—El zombi gafapastas —el Cani negó con profundo pesar—. Ya no saben qué inventar.

—¿Por qué no les revientan la cabeza a estos pobres y terminan con su sufrimiento? —la Chunga sintió un tremendo arrebato de piedad.

—¿Sufrimiento? —el tipo enarcó una ceja—. Lo que tiene ante usted no son más que cadáveres. Al morir perdieron toda capacidad de sentir dolor. No le hacemos daño a nadie. Muy al contrario, descubrimos nuevos aspectos de su composición.

Se acercó a la siguiente deconstrucción gafapastil. Era un tipo sentado en una butaca con la tapa de los sesos levantada. Su cerebro quedaba expuesto, y de él surgían varias agujas de coser.

—Esta obra, por ejemplo, nos dice mucho de cómo actúa la Materia Prima —tocó una de las agujas y el zombi levantó un brazo—. La mayor parte de su masa encefálica está muerta, salvo los receptores básicos del movimiento —pulsó otra palanca y el tipo pateó al aire—. Se rigen por el cerebelo, por lo que si disparan a un zombi a la cabeza, es posible que continúe en pie si no le destrozan además el bulbo raquídeo del encéfalo.

—Que te crees tú eso —contestó la Chunga—. Aún no se nos ha levantado ninguno.

David tocó todas las agujas a la vez. El zombi se agitó en todas direcciones sin control alguno.

—Esto sí que es arte —dijo.

El Artista se giró y lanzó una serie de exabruptos cargados de inquina hacia la banda. Después se sacó la verga y comenzó a masturbase obsesivamente.

—Qué pequeña la tiene —se sorprendió el Matraca.

—Lo estamos alterando —el del traje los invitó a salir—. Será mejor que los lleve a la cafetería para que coman algo.

—¿Por qué tanta hospitalidad? —preguntó el Señorito.

—No vamos a convertirlos en arte, si ésa es su preocupación. Sólo queremos tranquilidad, por lo que les ofrecemos todo lo que tenemos a condición de que se marchen.

—No me quedaría aquí ni loco.

—Me gusta su forma de pensar —el del traje tensó los labios en lo que él creía que era una sonrisa—. Si me permiten, tenemos abundante comida y agua. Incluso pueden asearse en los baños. Después podrán salir por la parte trasera. Hay varios coches con las llaves puestas en el garaje. Cojan los que gusten. Tan sólo les pedimos que propaguen la palabra. El Artista se merece el Premio Nobel.

—Tío, ahí fuera no quedan ni estancos —se burló el Cani—. ¿Quién mierda le va a dar un premio a tu colega?

Continuaron hacia la cafetería a paso ligero. El Perrolobo se rezagó. Cuando nadie lo veía estalló en llanto. David se percató de que su padre marchaba atrasado y se acercó a su lado. Juande tuvo el tiempo justo de enjugarse las lágrimas con la manga de la chaqueta.

—¿Estás bien, papá?

—Claro —contestó—. ¿Por qué no iba a estarlo?

CAPÍTULO 36

La noche pigmentaba las estrellas. La ciudad emergía oscura. Tan sólo los conatos de incendios teñían el firmamento con una luz anaranjada. De vez en cuando regresaba la electricidad y los neones surgían como pequeñas islas en un océano de petróleo. Las ventanas de los edificios continuaban en penumbra. Si quedaban supervivientes se cuidaban mucho de no llamar la atención. Los zombis no dormían, no descansaban. Al cabo de un rato el suministro se cortaba y de nuevo aparecían las siluetas de los apartamentos hurgando en las heridas de la luna. En el museo nadie dormía. Permanecían en un silencio absoluto mientras el Perrolobo hacía guardia asomado por el quicio de la puerta. No le apetecía que una de las aberrantes creaciones del Artista los sorprendiera a media noche con el culo al aire.

El Cani se desperezó y le hizo el relevo a Juande. El Perrolobo tomó su lugar sobre un montón de camisetas de *souvenir*. El resto aguardaba ante una pequeña fogata que habían improvisado en una papelera metálica. Uno tras otro iban lanzando postales de la tienda de recuerdo y las llamas los calentaban un poco en la fría noche. Un esbozo de Marinetti, un mural de Anish Kapoor, el típico cuadro de Warhol... todos sucumbían al fuego. Diego fabricaba pajaritas con los cartones antes de sacrificarlas en la hoguera. El Matraca temblaba por culpa de la abstinencia que le iba a sobrevenir al amanecer. La Chunga miraba el bailoteo de chispas como si estuviera hipnotizada.

—¿Qué pensaban hacer con su parte del dinero? —preguntó.

—¿Qué dinero? —dijo David.

—Antes de que todo se fuera a la mierda dimos un palo a un furgón blindado —le explicó su padre.

El chico meditó unos instantes.

—Excelente —concluyó.

—Yo pensaba abrir una peluquería —continuó la Chunga—. Una de esas modernas donde hacen rastas y ponen extensiones. Nada de viejas tiñéndose el pelo de violeta o revistas de chismes por las estanterías. Un sitio chic, con buen gusto, como la dueña.

—Qué bonito, Macu —el Cani sonrió—. Yo ya tenía visto el local donde montar mi taller de mantenimento de coches. ¿Se imaginan? Convertir bugas de mierda en carrazos de puta madre.

—Me podrías contratar —propuso David—. Soy un buen mecánico.

—Claro, tú y yo, ¿por qué no? Y cuando cerremos, nos daríamos unas vueltas por las discos para conocer chicas, ¿o qué?

—No te acerques a mi hijo, Lolo —gruñó el Perrolobo—. O te vuelo los huevos.

—Yo me iba a abrir una cuenta en el banco —dijo el Matraca.

—Vamos, Chus, que te dedicas a atracar bancos —le riñó el Señorito.

—Pero quiero hacerlo. Nunca he tenido ninguna. Así me siento como un marqués, con mi tarjeta de crédito y todo.

—En fin… —la Chunga suspiró—. Soñar siempre fue bonito y gratis, pero ahora todas nuestras ilusiones no son más que mierda con la que abonar el futuro.

El silencio continuó unos minutos más hasta que el Cani dijo en voz alta lo que todos pensaban.

—¿Y ahora qué?

La banda se removió inquieta. Cada cual tenía un plan pero ninguno lo consideraba infalible.

—Aquí estamos de puta madre, pero antes o después se terminarán las galletas y los sobrecitos de azúcar. Por no hablar del demente de la habitación de al lado, que nos ha dicho muy a las claras que nos larguemos.

—Podemos ir a la cantera —propuso el Matraca—. Allí hay cuevas en una pared de piedra vertical. Podemos descender con cuerdas y aguardar allí.

—Y nos morimos de hambre, ¿no? —lo increpó la Chunga.

—Podemos salir siempre que queramos. A cazar conejos o a algún campo cercano por provisiones.

—Los zombis no saben escalar —lo apoyó el Cani—. Estaremos seguros.

—El problema son los ovnis —continuó el Matraca—. Antes o después llegarán con sus naves espaciales y nos darán por el culo. Ahí sí que estaremos jodidos.

—¿Crees que esto es cosa de los marcianos, Chus? —preguntó la Chunga.

—Claro, Macu. ¿Cómo iba a pasar esto si no es por su culpa?

—Tal vez sea el Ratoncito Pérez quien lo ha planeado todo —ironizó—. Ya sabes, para recolectar todos los dientes de la humanidad.

—Eso es una tontería. El ratoncito Pérez no existe.

—Tampoco los marcianos, Chus. Joder, me habían dicho que te habías quedado tonto de tanto meterte mierda pero esto es la polla.

—¿Quién te ha dicho eso?

—¿Qué importa? Seguro que ya está muerto.

—Eso es cierto.

—Vale —interrumpió David—. Nos escondemos en una puta cueva. Y luego ¿qué?

—Tenemos que esperar al Ejército —dijo el Cani—. Esa gente está preparada para estas cosas, ¿no? Es decir, es como la Protección Civil, pero más molones. Esto los ha pillado en calzones, quizá la mayoría de los soldados estaban de permiso por la Semana Santa. Me juego el pito a que en dos días arreglan este alboroto.

—Yo no veo que hayan hecho nada más que estrellar helicópteros contra edificios —añadió la Chunga.

—A una hora en coche de aquí hay una base militar. Allí estaremos seguros hasta que todo pase. Joder, tienen tanques y bombas. Sería lo lógico.

—Ésos están tan jodidos como los demás, Lolo —Macu se levantó y puso una radio a pilas que descansaba tras la barra, pero sólo le llegó estática—. ¿Ves? Ni una sola transmisión en todo el día.

—Eso son los extraterrestres —aseguró el Matraca—, que las están cortando.

—Sólo hemos encontrado un canal con paranoias cristianas. Y seguro que es un puto desgraciado encerrado en su sótano con una emisora. Ni rastro del Ejército. Ni instrucciones para salvarnos ni nada. Aquí, que cada cual aguante su vela.

—Tal vez el padre Isidoro tenía razón, ¿o qué? —dijo el Cani—. Ya saben, el fin del mundo está en la Biblia.

—Seguro que el arcángel Miliki bajará del cielo con su espada de fuego y nos la meterá a todos por el…

—La Chunga tiene razón —interrumpió el Perrolobo—. Nadie va a ayudarnos. Si queremos salir de esta tenemos que hacerlo nosotros solos.

Todos enmudecieron. Sabían que Juande tenía un plan. Siempre lo tenía. Sólo faltaba por saber si sería lo bastante atractivo para hacerlos reaccionar.

—Esto no va a durar para siempre —continuó—. Esta gente está muerta. La carne se pudre. Y cuando eso pasa, los músculos se separan del hueso. Es pura ciencia. Si esas cosas se descomponen, llegará un momento en que no sean más que esqueletos inertes en el suelo.

—Tan sólo con que se les jodan las piernas ya tendremos una ventaja importante —añadió el Señorito—. Si no pueden caminar será mucho más fácil acabar con ellos.

—¿Cuánto tiempo crees que pase antes de que se pudran, Diego?

Pensó la respuesta unos instantes.

—El proceso de la descomposición comienza en el mismo momento de la muerte. A la semana ya apestan y surgen las úlceras. Las larvas de los insectos se darán un festín por dentro y por fuera. A los quince días habrá tantas moscas que taparán el cielo.

—Bien, entonces supongamos que la mayor parte de la gente que ha sobrevivido se ha escondido en sus casas. Puede que aún haya contagios en los próximos días y semanas pero está claro que la primera oleada, la más importante, ha sido ésta.

Diego recapituló para sí mismo. Calculó mentalmente y dijo:

—En unos tres meses no serán más que despojos de carne reseca e inservible.

—A no ser que los esqueletos sepan caminar —supuso David.

—Estas cosas son físicas —prosiguió Diego—. Si les reventamos la cabeza dejan de moverse, pero si les disparamos en el pecho no sucede nada. Ahora, si les destrozamos una rodilla, esa pierna les quedará inservible. Necesitan de la musculatura para desenvolverse.

—No es tan fácil —el Matraca temblaba cada vez más—. Los zombis son la hostia. Vale, no piensan, pero seguro que segregan algún líquido que espante a los gusanos.

—La descomposición no se fundamenta sólo en los insectos, Chus —explicó el Señorito—. Comienza con los microorganismos. En nuestro cuerpo viven miles de bacterias. Cuando una persona muere, son esos mismos microbios los que comienzan a devorar la carne. Si una persona fallece, la vida continúa en su interior.

—Pero, ¿y si también segregan una sustancia para evitar eso? ¿Y si aguantan así hasta el final de los tiempos? ¿Y si tienen pilas infinitas? En los videojuegos pasa.

—Bueno —el Señorito sonrió con amargura—, en ese caso estamos jodidos, ¿no crees?

—En los próximos días sabremos si Diego tiene razón o no —dijo el Perrolobo—. Si a esas cosas les salen úlceras y se les empieza a caer la piel, estaremos de enhorabuena. Por tanto, debemos pensar que esto es algo temporal, que no siempre será así.

—Entonces, ¿tres meses? —preguntó el Cani—. ¿Podemos aguantar tanto tiempo?

—Necesitaremos varias cosas —el Perrolobo se giró hacia la puerta—. Primero, armas de fuego.

—Ya tenemos pistolas, Juande —la Chunga le mostró su rifle—. Lo que nos falta es munición.

—Estamos hablando de muchas balas. Vamos a estar pegando tiros tres meses.

—Podemos ir al almacén del viejo Pericles —propuso el Cani—. Allí tiene hasta granadas, el muy cabrón. Su chatarrería no queda lejos.

—De acuerdo. Entonces tan pronto amanezca nos vamos para allá.

—Debemos buscar un lugar seguro donde aguantar todo ese tiempo —siguió el Señorito—. Un lugar blindado, con comida, medicinas y, a ser posible, generadores eléctricos propios.

—Eso es lo último —dijo el Perrolobo—. Antes debemos encontrar algo que nos permita sobrevivir también entre los vivos. Porque, por si no se han dado cuenta, esto se va a convertir en el salvaje Oeste. Es una zona de guerra. Habrá violaciones, saqueos, asesinatos… Puede que no al principio, pero sí después. Cuando todo esté perdido necesitaremos algo que nos sirva de salvoconducto, con lo que podamos negociar. A partir de ahora, una cebolla valdrá más que todo el dinero que robamos del furgón blindado.

—¿Alimentos? —la Chunga chasqueó los dedos—. Buscaremos latas. La fecha de caducidad dura años.

—Y agua —añadió el Cani—. Dudo que de los grifos salga nada más que mierda. Y seguro que además está contaminada. Hoy he bebido de la cisterna del baño de lo poco que me fío.

Escucharon un ruido en el exterior. Lolo se puso en guardia. Todos aguantaron la respiración, pero nada ocurrió. Transcurridos unos minutos, continuaron con la charla.

—Sus ideas son buenas —dijo el Perrolobo—. Necesitaremos alimentos para sobrevivir y también agua potable. Pero no podemos ir cargados con todo eso. Lo consumiríamos en unas pocas semanas. Tendríamos que ir buscando por tiendas, viviendo día a día, evitando zombis y cabrones peligrosos. Y hasta que no me convierta en un muerto viviente, me niego a comerme a otro ser humano. No, lo que necesitamos es algo fácil de llevar, que la gente aprecie, que nos abra puertas y podamos cambiar por comida si llega la necesidad.

—¿En qué estás pensando, papá? —preguntó David.

—¿Qué se necesita en el apocalipsis?

Todos se miraron entre sí, expectantes. El Perrolobo sonrió.

—Droga —dijo al fin—. Coca, heroína, hachís… La gente pedirá a gritos algo que le haga olvidar esta puta locura. Quien controle la cocaína, controlará el mundo.

Nadie dijo nada. El shock fue total. La Chunga fue la primera en atreverse a abrir la boca.

—¿Crees que alguien estará tan loco para cambiar comida por coca?

—Lolo, tú has pasado mierda durante años —el Perrolobo lo señaló con la barbilla—. ¿Quiénes eran tus principales clientes?

—Viejos, fresas, jovenzuelos, profesores de autoescuela, concejales, médicos, empresarios, amas de casa, padres de familia, banqueros, dibujantes de cómics… Nunca he ido a la universidad pero tengo una teoría: todo el mundo se mete.

—Abramos los ojos —dijo el Perrolobo—. Todo el mundo come y caga, y casi todo el mundo se droga. Nosotros deberíamos conocer mejor que nadie la hipocresía que hay en torno a la droga. Es como el caso de las putas. Hay cientos de miles pero nadie las frecuenta. Del mismo modo, el narcotráfico mueve toneladas de millones, mucho más dinero que la industria alimenticia. ¿De verdad piensan que la gente dejará de consumir? Un kilo de coca se puede transportar con facilidad y su rentabilidad es igual de buena que antes de que los muertos abandonaran los cementerios. Abran la mente por un momento: cualquier refugio seguro, con comida y agua, ya estará tomado a estas alturas. Y dentro habrá gente. Si no tenemos nada con que negociar, estamos jodidos. ¿Alimento, agua, armas? De eso estarán servidos.

El Perrolobo se llevó un Bisonte a la boca pero no lo encendió.

—¿Y si no quieren atender a razones? —el Cani se mostraba preocupado—. ¿Y si resulta que pasan de nuestra cara?

—Bueno, en ese caso tendrán un problema. Cuando todo iba bien, nosotros éramos los cabrones más peligrosos de toda la ciudad. Ahora que el infierno ha tomado las calles, somos aún más hijos de puta.

Al Matraca le entusiasmaba el plan. Necesitaba una dosis, y rápido.

—¿Y de dónde vamos a sacar la coca?

El Perrolobo no pudo aguantar más las ganas de fumar y encendió el Bisonte. Tras una primera calada escudó el cigarro con la mano para evitar que se viera la brasa.

—Primero nos acercaremos a la chatarrería de Pericles —dijo—. Y cuando estemos hasta arriba de armas, le haremos una visita al Canciller.

COCAÍNA

PARTE 4

CAPÍTULO 37

—Siempre había querido tener un Cadillac —dijo el Perrolobo ante el descapotable rojo.

—Haberlo dicho antes —se jactó el Cani—. Te habría mangado uno en un momento.

—Son coches extranjeros —contestó acariciando la chapa—. No se ven muchos de éstos por la ciudad.

—Bueno —Lolo levantó la cabeza e hizo visera—. Cualquiera lo diría viendo lo que hay aquí, ¿o qué?

El aparcamiento privado para los trabajadores del museo se encontraba en un subsótano protegido de cualquier muerto viviente. En su interior contaron un par de utilitarios cutres, otro que no serviría ni para un desguace pero que en cualquier galería valdría un dinero, y cinco Cadillacs variados. El tipo de la corbata que les servía de guía les explicó el misterio.

—Éste de aquí es del conserje del museo —señaló un Eldorado de 1973—. Por supuesto, todos los mandamases se indignaron ante la posibilidad de que el más precario de los que aquí trabajaban tuviera el mejor coche, por lo que durante la semana siguiente aparecieron con nuevos deportivos —fue tocándolos uno a uno—. Éste es del director, éste de la jefa de prensa, éste del coordinador de las colecciones y éste del asesor adjunto delegado.

—¿Y esa vieja cafetera de ahí? —David se refería a la tartana desvencijada.

—Del Artista, por supuesto.

—¿Y por qué tienen las llaves puestas? —preguntó el Matraca, mirando el interior de un Fleetwood Cabrio.

—Les parecía más americano.

—Oh.

—Sí.

—Nos llevamos éstos —dijo el Perrolobo como si estuviera en un concesionario—. Dos irán en el descapotable a modo de lanzadera abriendo camino, y los demás éste de morro largo.

—¿Por qué no tomamos otro? —la Chunga se maravillaba ante un modelo deportivo amarillo.

—No quiero que esto parezca la cabalgata de los Reyes Magos. Cuantos más vehículos llevemos, más complicado será avanzar. Dos es el número más sensato. Vamos, suban y comprueben si tienen combustible.

—Pues me pido conducir. Ya que no voy a poder lucir las tetas al sol en este pedazo de carro, al menos que se me erice el pelo del coño al pisar el acelerador.

El Perrolobo montó con el Cani en el coche lanzadera, ya que era quien mejor conocía la ruta a tomar, y los otros fueron en el Cabrio. Con los coches en marcha se dirigieron hacia la puerta de salida del recinto. El de la corbata abrió sin preocuparse de lo que hubiera detrás. Un solitario zombi los miraba con las cuencas vacías pero intuyendo su presencia. Se trataba de una mujer con una camiseta de Hello Kitty manchada de sangre.

—Ey, yo tengo una igual —dijo la Chunga—. Menos mal que no nos hemos cruzado en una boda.

—¿Quién va a las bodas con camisetas infantiles? —preguntó el Matraca.

Tras ellos apareció el Artista. Iba desnudo y les lanzaba sus propias heces.

—Por favor, deben marcharse ya —dijo el del traje—. Lo están alterando.

Juande pulsó el acelerador hasta el fondo y el Cadillac rugió. Evitó con un derrape a la chica ciega y enfiló hacia la calle que los vomitaría a las afueras de la ciudad. Por el retrovisor vio cómo la Chunga le chupaba el neumático con su modelo de 1973. Pasaron por el enlace con la autopista y vieron que estaba colapsada de coches abandonados cruzados en la calzada. El Perrolobo viró hacia un acceso secundario. Los zombis permanecían estáticos, como plantados en el suelo a la espera de echar raíces, pero se activaban al escuchar el zumbido de los motores. A la banda le daba igual. Parecían maniquís colocados en mitad de la calle. Había menos masificación en aquellos barrios periféricos y conseguían evitar a la mayoría. Los pocos que se abalanzaban sobre los coches acababan disparados al chocar con la carrocería. Nunca hubieran imaginado que un hombre podía volar tan alto al reventar su cadera contra el faro de un Cadillac.

—Ni la muerte nos detendrá —dijo al Cani—. Ni la muerte.

Y aceleraron hasta la salida de la ciudad.

◆

El hombre del traje negro observó cómo desaparecían hacia la nada. La mujer sin ojos se aproximaba en busca de su yugular, como un vampiro posmoderno desprovisto de la ñoñería de las películas para adolescentes hiperhormonadas. El tipo suspiró, sacó una navaja de la chaqueta y se la clavó en la cuenca del ojo. La chica se desplomó con el hierro en la cara. El individuo se ajustó la corbata y se agachó a recoger su arma mortífera. Al estar cerca del cuerpo caído, reparó en los pechos turgentes que se escondían tras el dibujo de la camiseta. Sin preocuparse lo más mínimo de los tabús sociales, agarró una teta con la diestra por debajo de la ropa y la masajeó.

—Tan fría —se lamentó—. Es como acariciar una estatua de mármol.

—Se te quitan las ganas de meterla en ese coño helado, ¿verdad, amigo?

Las voces provenían del extremo de la calle. Dos individuos harapientos, sucios y con bolsas de carne en la mano se aproximaban a su posición. Abandonó el pecho de nieve y regresó a su compostura habitual. Un zombi con aspecto de novelista de brocha gorda se abalanzó sobre el Ronco, pero éste le reventó la cabeza con tiro de escopeta.

—Asco de casquería —dijo Miñarro, y tiró al suelo la bolsa con los tumores—. ¿Quién iba a pensar que el cáncer también tiene que estar vivo para que sirva de algo?

—¿Puedo ayudarlos, caballeros?

El Pollatriste sacó su móvil. Gruñó al ver algo que no esperaba.

—¿Dónde están? —preguntó con tono ronco.

—Acaban de marcharse. ¿Querrían los señores un vehículo para ir tras ellos?

—¿Dónde está el inconveniente? —el Ronco lo amenazó con la chata.

—Sólo queremos continuar con la obra del Artista. Pueden llevarse todo lo que deseen siempre y cuando no entorpezca su creatividad.

El Ronco miró al sargento de la Guardia Civil. El Artista pasó ante sus narices con una escoba metida por el culo y dos puñados de excrementos en cada mano.

CAPÍTULO 38

Perdida en mitad de un yermo, el único acceso a la chatarrería de Pericles era por un camino de gravilla suelta comido por las malas hierbas. Estaba rodeada de un muro de bloques grises al descubierto coronado por una fila de cristales rotos naranjas, verdes y translúcidos. En su exterior alguien había realizado una pintada que, según le habían contado, era famosa en internet: «Me *cagon* en los muertos del que me robe». A Pericles le gustaba. Pensaba que servía para espantar a futuros ladrones aunque, en realidad, si nadie se atrevía a poner un pie en su negocio era por lo que guardaba en la trastienda. Era casi un secreto a voces que allí se vendían armas de todo tipo. La policía lo tenía controlado, pero como su ayuda fue imprescindible para localizar a cinco células terroristas (chechenas, islamistas, vascas y dos gibraltareñas), lo dejaban trabajar siempre que no montara un lío muy gordo.

El viejo Pericles había sobrevivido a todo lo imaginable. En una ocasión, mientras limpiaba un arma, se disparó en la cara por accidente y perdió un ojo. Él contaba que fue en la guerra contra los moros, pero todos sabían que esa guerra sólo se dio en su imaginación. Sus malas pulgas lograban que nadie preguntase demasiado por la bala que tenía alojada en el cerebro. También perdió un dedo de una forma misteriosa que jamás había explicado. El Cani suponía que le salió un cocodrilo del culo al ir a rascárselo, ya que el bueno de Pericles tenía la sana costumbre afgana de ducharse cada 30 de febrero y su cuerpo era un ecosistema en sí mismo. En su pelo lacio y cano vivían desde insectos hasta caracoles, sus sobacos resguardaban los restos del último unicornio, las ladillas habían crecido hasta parecer huevos duros y en su boca se guarnecían nuevas especies de microorganismos todavía no catalogados. El Cani también pensaba que si el Pericles te mordía, te podía convertir en zombi.

En su camino hacia la armería clandestina tuvieron algunos percances pero apenas les dieron importancia dado el estrés de los últimos días. Un par de zombis rezagados por un camino, un camión volcado en la carretera o un demente armado con un látigo que quería zumbarse a la Chunga no habían supuesto más que un leve problema a la hora de alcanzar su destino. Les molestaba más que a los Cadillacs se les jodiera la amortiguación al pasar por esos caminos de mierda.

—Ve con cuidado —advirtió el Cani—. Este tipo está salado. Una vez se tragó una bombilla delante de mí.

—¿Y por qué hizo eso?

—Para iluminarse el estómago —contestó—. Ni siquiera la desenchufó de la luz. Dijo nosequé locura de que estaba buscando una moneda que se le había perdido.

—Un hijo de puta impredecible, peligroso y armado con lanzamisiles —encendió un Bisonte—. ¿Crees que podrás convencerlo de que nos preste unos cuantos?

Colocaron el coche ante la rampa de entrada a la finca cuando descubrieron que estaba taponada por una apisonadora. El cilindro del cacharro ocupaba toda la puerta y apenas dejaba un quicio por el que se podía ver el interior. Estaba tapizado de restos humanos, entre los que destacaba un cuero cabelludo en asombroso buen estado. Justo al detener el coche escucharon otro ronronear. La máquina de asfaltar se puso en marcha y se acercó al capó del Cadillac. El Perrolobo apenas tuvo tiempo de meter la marcha atrás y caer por el bancal colindante. La Chunga detuvo su carro a unos metros y dejó el motor encendido. Desde la cabina del engendro aplanador se asomó una barba greñuda y sucia. El Cani tenía razón: apestaba más que los zombis y les apuntaba con un lanzacohetes.

—¡Me tienen hasta el pito, putos pesados! —gritó el viejo Pericles—. ¡Que no quiero saber nada de sus enciclopedias!

—¡Pericles! —lo saludó el Cani asomado a la ventanilla—. Que soy el Lolo. Hombre, no nos mates.

—¿Lolo? ¿El vendedor de enciclopedias?

—No, el que te pasa la coca.

—¡Haberlo dicho antes! —el anciano bajó la bazuca—. ¿Y qué haces en un Fórmula 1?

—Es un Cadillac, loco de mierda —contestó.

—Entren antes de que vengan más vendedores a tocarme los cojones.

El abuelo hizo marcha atrás con la apisonadora y desbloqueó el acceso a la chatarrería. La banda metió ambos coches en su interior y la volvió a cerrar. Había varias gallinas sueltas por la parcela y más de una se tuvo que apartar al paso de las ruedas. Pericles se acercó dando saltitos. Vestía una camiseta de tirantes y pantalones cortos.

—Dime que llevas un par de gramos para tu viejo amigo Pericles.

El viejo fue a abrazar al Cani, pero éste logró esquivarlo al llegarle el olor de los fermentos de su sobaco. De aquel pelaje blanquecino y húmedo se podía extraer veneno de cobra.

—¿Pero qué haces aquí sólo, viejo del demonio? —le espetó el Cani—. ¿Acaso no sabes lo que se cuece ahí afuera?

La banda sabía lo que se cocía entre los dedos de sus pies, y aunque pareciera una parrillada de sardinas, estaban conver.cidos de que aquel hedor se debía a hongos que habían cumplido la mayoría de edad.

—¿Que si lo sé? —contestó—. Si tengo uno aquí mismo, en la cochera.

—¿Y para qué has hecho eso? —preguntó el Perrolobo.

—Para obtener respuestas —dijo—. ¿Y tú quién eres?

—Soy Juande, el Perrolobo.

—¿Y a mí qué me importa?

El Señorito y la Chunga agarraron al Matraca cuando se disponía a reventarle la cabeza de un puñetazo. Por suerte, Pericles no lo vio.

—¿Pero qué haces, desgraciado? —le espetó la Chunga.

—Es uno de ellos. Huele como ellos, tiene su aspecto.

—Es un anciano, Chus —aclaró Diego.

—A eso me refiero.

—Síganme —ordenó Pericles al tiempo que se dirigía hacia una puerta oxidada—. El tema es que al principio eran unos pocos pero después empezaron a venir más y más. ¿Y saben qué? Que me harté. Ya lo creo que me harté. Hasta la punta de la verga me tienen —se señaló la coronilla—. Así que agarré a uno y lo até con cadenas en el garaje. Pero no hay manera de saber quién los envía.

—Pero… ¿te refieres a los zombis? —preguntó el Cani.

—Yo hablo de los vendedores.

En el interior de aquel habitáculo infecto y lleno de aparejos inservibles no olía mucho mejor que en el exterior. El techo de uralita convertía aquel pequeño trastero en un invernadero donde cultivar enfermedades.

Y, tal y como había dicho Pericles, había una persona colgada de una viga a modo de fardo.

—Llevo varios días reventándole las costillas para que me diga quién es su jefe. En cuanto me entere, voy allí y le abro la cabeza a puñetazos. Que los testigos de Jehová y los mormones te regalan libros con los que avivar la lumbre, pero éstos me quieren clavar por juegos de sábanas y mierdas así. ¡Que por ser viejo no soy imbécil!

—Pericles: eres un viejo imbécil —aseveró el Cani.

El Señorito se asomó al cuchitril y examinó desde la distancia a aquel desgraciado.

Estaba colgado por los pies y se agitaba con convulsiones. Por su aspecto había expirado hacía varios días, pero una colección de hematomas cruzaba su piel. Diego no era ningún experto pero sí estaba convencido de que se los habían hecho después de fallecer.

—Este hombre está muerto —dijo el Señorito.

—¿Y por qué se mueve? —le preguntó—. ¿Eh, tipo listo?

—¿Acaso no has visto la plaga de zombis que nos asola?

—Zombis mis cojones —todos pensaron que era una buena metáfora para referirse a lo que apestaba desde su entrepierna.

—Es verdad, Pericles —contestó David.

—¿Y eso quién lo dice? ¿Tú? ¿Y quién coño eres tú?

—Me llamo David.

—¿Y a mí qué me importa?

En esta ocasión, tuvieron que aguantar al Matraca entre el Cani, la Chunga y Juande.

—¿Acaso no te parece raro que este tipo no hable? —el Señorito trataba de razonar con él.

—Claro, pero he llegado a la única conclusión posible: es sordomudo —hizo el gesto de remangarse, aunque llevaba una camiseta de tirantes que en otra época, tal vez la napoleónica, fue blanca—. Pero no pierdo la esperanza.

Comenzó a golpear al zombi con sus manos desnudas como si fuera un saco de arena. Las tenía cuarteadas y encallecidas por el duro trabajo durante años cargando chatarra, comprando y malvendiendo. El sudor de su frente había levantado lo que él consideraba su imperio, aunque le había venido muy bien el sobresueldo de la venta de armas ilegales. El Perrolobo se acercó y detuvo la exhibición de boxeo de arrabal.

—No vas a conseguir nada —dijo—. Este tipo está muerto.

—Yo no me voy a ir a ninguna parte y él tampoco.

Juande extrajo la Beretta y descargó las pocas balas que le quedaban en el pecho del zombi. Pericles se echó mano al bolsillo y extrajo una granada de mano.

—Quieto ahí, cabrón —lo amenazó—. A mí no me vengas a joder con pistolitas.

—No jodo a nadie, pero mira lo que tienes delante.

El zombi se seguía agitando como si nada pasara. Las heridas de bala tenían un aspecto aterrador, bajo las cuales asomaban huesos y cartílagos.

—Hay un alboroto que te cagas ahí fuera, Pericles —el Cani trató de respirar por la boca cuando se acercó al anciano—. Son los muertos, hombre, que se escapan de los nichos y vienen a pegarnos mordiscos.

El viejales miró al Cani, luego al zombi y de nuevo al Cani.

—Un pito como una olla —contestó.

—Este desgraciado debería estar muerto, y aquí sigue, agitándose como un… lo que sea, carajo. Son zombis.

El Perrolobo extrajo la navaja y lo degolló. El cadáver apenas sangraba y mostraba una segunda boca como si fuera una branquia de tiburón. Pericles lo observaba horrorizado. Se rascó la barba y cayeron liendres.

—Esto es como en esa película… *Terminator* —musitó.

—Más o menos, Pericles —el Cani chasqueó los dedos ante él—. Necesitamos armas.

—Joder, yo necesito un viaje.

—Me tienes hasta lo más profundo del coño —explotó la Chunga—. Que nos vendas armas de esas que tienes bien calentitas bajo tus huevos y nos largamos, que no te enteras de una mierda.

—Cuidado con ese lenguaje niña —mostró la granada—. ¿Quién te has creído que eres?

—Me llamo Macu, ¿te vale?

—¿Y a mí qué me importa?

La banda al completo tuvo que saltar sobre el Matraca para que no hiciera ninguna locura.

CAPÍTULO 39

Tras una pared falsa dentro de una habitación oculta por una estantería corredera a la que sólo se accedía por una trampilla, se encontraba el arsenal de Pericles. Por los muros de aquella bodega abovedada asomaban decenas de armas de distinto calibre a modo de muestra, mientras que el grueso lo guardaba en barriles de madera. La banda se sorprendió al ver aquel despliegue armamentístico.

—¿Pero de dónde has sacado todo esto? —preguntó el Perro-lobo—. ¿Quieres invadir Palestina tú solo?

—Casi todo es material militar —contestó el anciano—. A veces los soldaditos se ganan un sobresueldo vendiéndome lo que van sacando de sus almacenes. A la hora de hacer inventario les faltará de todo, pero son tan chulos que se niegan a hacer público que pierden pistolas y balas.

No sólo había pistolas y balas. En los muros se exponían ametralladoras pesadas, lanzamisiles, escopetas de gran potencia y rifles de francotirador.

—Necesitarás esto —le pasó al Cani una escopeta con culata plegable—. La Benelli M4 súper 90, la preferida de la policía americana. Cuatro kilos de peso, ciento veinticinco disparos por minuto, cartuchos del doce que alcanzan los cincuenta metros. A esos zombis de mierda se les va a encoger el pito cuando la vean.

—¿Y esto? —la Chunga señaló un rifle.

—PSG1, francotirador semiautomático, ocho kilos de peso, hasta mil metros de alcance, calibre especial. A ti, monada, te iría bien este otro —le pasó uno con mira telescópica—. El viejo Dragunov. Tecnología rusa, poco más de cuatro kilos de peso, capacidad para balas trazadoras, apagallamas ranurado en el cañón, letal a mil doscientos metros y portabayoneta —Pericles sacó un machete y se lo colocó en la punta.

—Creo que me acabo de enamorar —dijo la Chunga.

—¿Qué nos puedes contar de las ametralladoras? —preguntó el Señorito.

—La UMP9 es la mejor —descolgó una especie de mini Uzi—. Tamaño reducido, posibilidad de disparar con una mano, apenas dos kilos cargada, calibre de nueve milímetros, disparos a ráfaga corta y automático. A cien metros es letal.

—Nos las llevamos —aseguró el Perrolobo—. Y también munición.

Pericles sacó varias cajas de balas de una repisa. El Matraca las fue cargando en una bolsa de deportes.

—Agarren cartuchos para las Berettas. Es una buena pistola cuerpo a cuerpo. Y varias linternas, que la luz escasea.

—¿Te apetece un cuerpo a cuerpo, Macu? —preguntó el Cani.

La Chunga, por toda respuesta, cargó el Dragunov con gran estruendo.

—¿Y yo qué? —David mezclaba la indignación y el nerviosismo—. Yo también quiero una pistola.

—Ves demasiadas películas de Charles Bronson, chaval —se burló Pericles—. Nadie las llama pistolas. En todo caso son hierros. Las pistolas son los chismosos de la cárcel.

—El chico es buena gente, Pericles —dijo el Señorito—. No todos hemos pisado la cárcel.

—No soy un cabrón porque no me dejan —gruñó el adolescente—. Yo quiero algo para reventar cabezas, no esta hacha de mierda. ¿Y si me acorralan cinco bichos? ¿Entonces qué?

Las miradas se centraron en el Perrolobo. Juande saboreaba su Bisonte, y entre la neblina del humo azul vio el rostro de su hijo convertido en el bebé que fue. Sin embargo, el mundo había cambiado y ya no había espacio para los niños sin destetar.

—Está bien, dale un arma —respondió.

Pericles se rascó la cabeza y un par de escarabajos salieron volando de su escondite de grasa apelmazada. Tras buscar por varios cajones encontró lo que buscaba.

—Aquí tienes, chico —le dio un tiragomas—. Con esto eres el nuevo justiciero de la ciudad.

El Matraca cada vez tenía más ganas de asesinar al anciano, sobre todo cuando hacía cosas sin sentido aparente.

—¿Te ríes en mi puta cara? —David no salía de su asombro—. ¿Y qué quieres que haga yo con esto? ¿Tirarles piedrecitas a los muertos vivientes?

—Yo no he dicho que se use con piedras.

El viejo le pasó lo que guardaba en su mano nudosa. Bajo la ingente capa de mugre se asomaba la granada con la que los había amenazado antes. David la sostuvo entre dos dedos sintiendo el poder que desprendía. No era rugosa como ésas con forma de piña que veía en las películas. Era redonda con una parte cuadrada a modo de base de donde salía la anilla. Se lamió los labios. Los ojos se le salían de las órbitas.

—Me late —murmuró.

—No late nada —el Perrolobo le arrebató el explosivo—. No vas a ir por ahí con una bomba.

—Ya estamos…

—Esto no es un juego. ¿Y si es de mecha corta? ¿Y si te explota porque está en mal estado?

—También me puede salir un ovni del culo, ya puestos.

—Es cierto —apostilló el Matraca—. Por poder, puede.

—Ya está bien —le pasó la granada al Cani—. Ve a hacer guardia en la puerta, Lolo. Y si alguna de esas cosas se acerca demasiado, estrenas la escopeta nueva. Quiero el camino despejado porque en dos minutos nos vamos de aquí.

—Se irán en cuanto me hayan pagado —dijo Pericles.

El Cani abrió la boca pero no dijo nada. En realidad, quería perder de vista al viejo apestoso en cuanto tuviera ocasión. Se lanzó hacia la salida y dejó al resto recogiendo las armas.

—Te daremos droga —explicó el Perrolobo—. Pero primero tenemos que conseguirla.

—¿Cómo sé que no me van a perjudicar, chico listo?

—No lo sabes. Puede que nos maten allí, o que los zombis se den un banquete con nuestra carne. Sólo te puedo dar mi palabra de que regresaremos para darte lo que te has ganado.

El anciano se quedó mirando al Perrolobo. La tensión era palpable, densa y grumosa como el semen de los caballos. Los duelos a pleno sol en el salvaje Oeste tenían más movimiento que aquellas dos estatuas de cera que apenas pestañeaban.

—Tengo armas de sobra —dijo al fin Pericles—. Y gallinas que me dan huevos. Pero no tengo mis caramelos.

—Considéralo una inversión. La rentabilidad lo merece.

—Déjame algo de fianza y me lo pienso.

—Mi hijo se quedará contigo.

—No pienso esperarlos con este viejo de mierda —contestó David.

—Me obedecerás porque lo digo yo —le contestó a voz en grito—. Vamos a meternos en un tiroteo, ¿es que no lo ves? ¿Qué clase de padre sería si me llevara a mi propio hijo a un combate con armas de fuego?

—Uno que te cagas de bueno.

—Pues no lo soy. Te quedarás con Pericles y harás todo lo posible para que se lave.

—Vaya mierda —se quejó el chaval—. Como personaje secundario doy pena.

—Si le pasa algo —le dijo a Pericles—, volveré y te mataré a vergazos, ¿me explico?

—Éste debe ser el peor trato de la historia —le extendió la mano.

—Pregúntaselo a los que regalaron Gibraltar —Juande se la estrechó.

—Vamos, mariquitas —se mofó la Chunga—. Dense un beso en los labios y terminen de una vez.

Pericles sonrió con su dentadura mellada y carcomida por unas caries negras como el betún y le mostró una lengua blancuzca cubierta de babas.

—Por Dios, Pericles —se apartó de un salto—. Que soy un hombre viudo…

—Lo mismo quiere quitarte las telarañas —el Señorito agarró una de las bolsas de deporte cargada de armas—. Venga, es la hora.

Regresaron sobre sus pasos. Pericles iba cerrando cada compartimento secreto y borrando las huellas con una escoba hecha de rastrojos. La primera en salir al exterior fue la Chunga. Apenas tuvo tiempo de reaccionar y lanzarse de nuevo hacia la entrada. Un estallido de plomo reventó la puerta de aglomerado. Varios perdigones quedaron prendidos en su brazo derecho.

—¿Qué ha sido eso? —preguntó el Perrolobo a su lado.

—Tenemos visita —contestó, dolorida.

El Señorito se arrodilló ante la Chunga y comprobó sus heridas. Juande sacó la navaja y la puso en el vano de la puerta. En el filo de la hoja se reflejaba el infierno.

—Sal si tienes huevos, hijo de puta —bramó el Ronco armado con la Benelli M4.

—O de lo contrario mataremos a este mierda —gritó el sargento Miñarro, encañonando al Cani en la sien.

Guardó la navaja y se llevó las manos a la cabeza.

—Joder…

CAPÍTULO 40

—Sólo quiero matarte a ti, Juande —dijo el Ronco—. Es lo justo por asesinar a mis hermanos. Pero tranquilo, que al contrario que tú, yo no soy ningún monstruo. Tu hijo vivirá, pero será mi putita. Le romperé los dientes y lo vestiré de princesa para que me la chupe a diario.

El viejo Pericles apareció con un espejo roto y un fusil de repetición. El Perrolobo negó con la cabeza, pero agarró el espejo. Lo asomó por el quicio de la puerta y observó la escena con mayor nitidez. A unos quince metros, parapetado tras un montón de chatarra, aguardaba el Ronco, más negro que nunca. Parecía un demonio de ébano con los ojos inyectados en sangre. La barba sucia, el pelo polvoriento, las manos alrededor de la escopeta. Tras él estaba el Pollatriste. El sargento Miñarro se escudaba con el Cani, el cual estaba reventado a golpes por una paliza reciente. La apisonadora que servía de barricada para que los zombis no tomasen el recinto aparecía movida unos metros, dejando un paso suficiente para que se colase cualquier alimaña.

—¿Qué dices chaval? —preguntó Abelardo, el Ronco—. ¿Quieres ser mi putito?

—¿Qué es un putito? —preguntó David.

La Chunga estaba a su lado. El Señorito le limpiaba la herida con un poco de agua. Varios perdigones habían perforado su brazo diestro creando pequeñas heridas por las que caían finos hilillos de sangre.

—Se les llama putitos a los chicos jóvenes que entran en la cárcel asustados —explicó ella—. Los abusones pervertidos como el Ronco se les acercan para cambiar seguridad por sexo consentido.

David estaba blanco.

—Pero… entonces acaban violados igualmente, ¿no?

El Perrolobo estaba ido. No podía pensar con claridad. Aquello era una pesadilla completa. Las dos personas que más lo odiaban se habían aliado para darle caza en mitad de un apocalipsis zombi. Miñarro y el Ronco se habrían matado en cualquier otra circunstancia pero por alguna razón ahora se entendían. El fin justificaba cualquier medio y el enemigo de mi enemigo era mi mano para las pajas. Aquello superaba su capacidad de raciocinio.

—Vamos, Juan de Dios —gritó el sargento Miñarro—. A mí tu hijo me da igual, hombre. Yo también soy padre. ¿Acaso crees que dejaría que este animal le hiciera nada a tu cachorro? Sal aquí fuera y hablamos cara a cara.

—No creo que quieran hablar —el Matraca le puso las manos sobre los hombros.

—¿Cuánto vale la vida de tu colega? —preguntó el guardia civil—. Vamos, sé un hombre y cámbiate por él.

—¡Los de dentro! —gritó el Ronco—. ¿Ven lo que les pasa por confiar en alguien tan hijo de puta? No le importan una mierda. Está dispuesto a sacrificarlos a todos con tal de salirse con la suya. ¡No le deben lealtad! Entréguenlo y nos iremos.

El Perrolobo miró lo que quedaba de la banda y encontró miedo.

—Tienen razón —dijo—. Esto es cosa mía. Será mejor que me entregue.

Cuando fue a salir, el Matraca lo agarró con más fuerza de los hombros.

—No lo vas a hacer.

—¿Qué?

—Que no vas a salir ahí. Te quieren matar.

—Y después matarán al Lolo —añadió el Señorito.

—¿Y qué coño hago? ¿Me quedo esperando a que se lo carguen? ¿Nos agarramos a tiros con ellos y lo acribillamos nosotros?

—¿Qué susurran, gatitas? —preguntó Abelardo

—Esto no es una peli de machorros —añadió la Chunga—. Si asomas la verga te la van a volar en trocitos.

El Perrolobo volvió a agacharse. Estaba bloqueado. Siempre había sido un líder pero tras el alzamiento de los muertos dudaba de casi todo. Sus decisiones provocaban desgracias y sufrimiento. Había lanzado al Cani a los leones al enviarlo a vigilar los coches. Había ejecutado al Mosca por su propia mano de forma innecesaria. Todo era por su culpa, incluso las amenazas del Canciller a su hijo. Lo querían a él.

—¿Cómo lo hacen? —reaccionó.

—¿El qué? —preguntó el Matraca.

—¡John Wayne! —gritó el Ronco—. ¿Dónde está tu Séptimo de Caballería? Hoy ganan los indios, hijo de puta.

—Es la segunda vez que me encuentran —prosiguió Juande—. La primera vez fue en la farmacia, cuando ya había zombis por las calles. Y ahora aquí, lejos de la ciudad. En ambos casos estaba escondido.

—Puede que tengan poderes sobrenaturales.

—O que sean más listos de lo que pensábamos —el Señorito le levantó la muñeca donde llevaba la pulsera telemática.

—Ríndanse y seremos clementes —Miñarro hacía de poli bueno—. Afuera esperan quince de mis hombres. Traten de escapar y los acribillamos, pero si se rinden los llevaremos a un lugar seguro. Sean razonables.

—Que se meta las razones por el culo —dijo la Chunga.

—¡Están solos! —bramó el Cani—. No hay nadie más.

Un par de culatazos en la nuca lo ablandaron.

—Te necesito vivo, no intacto —gruñó Miñarro—, así que ten la puta boca cerrada.

—La pulsera localizadora —el Perrolobo la miraba con odio—. Nos han seguido los pasos desde el principio. Si no nos han alcanzado antes ha sido por la invasión zombi.

—Tengo herramientas ahí atrás —Pericles aún amasaba entre sus dedos el fusil de repetición—. Luego te la puedo quitar.

—¿Hay alguna ventana alta, abuelo? —preguntó la Chunga.

—Ellos les han tomado la posición —explicó—. No pueden sacar ventaja de esto. Nos tienen sitiados y controlan la única salida. En la revista *Comando* cuentan que la única posibilidad es lanzarles una bomba.

—Eso no —el Matraca quería asesinar al anciano—. Lolo está ahí.

—Pues entonces estamos jodidos.

—Juande, saca la patita por debajo de la puerta —dijo el guardia civil—. Venga, mira por tu espejito mágico, que quiero enseñarte una cosa.

El Perrolobo sacó el cristal y miró su reflejo. Miñarro le susurró algo al oído al Cani. El chico negó con la cabeza, y recibió un rodillazo. Entonces, con los ojos muy apretados, levantó la trémula mano derecha y extendió bien los dedos. El sargento le disparó a bocajarro y el índice y el anular se desintegraron. Tras el trueno vino el grito, uno largo y agónico.

—Mira lo que me has obligado a hacer, Juande —dijo Miñarro, falsamente apesadumbrado—. ¿Crees que quería amputar a tu colega? Yo no soy así. Joder, soy un agente de la ley. Esto ha sido culpa tuya, por ser tan cobarde.

—No los escuches —el Señorito se colocó a su lado.

—Nunca he tenido paciencia, Juande —amenazó el Ronco—. Y no voy a empezar a tenerla ahora. O sales o nos cargamos a este imbécil. Te doy diez segundos. ¿Sabes contar tanto? Nueve, ocho…

—Somos más que ellos —se lamentaba el Perrolobo a sí mismo—. Deberíamos poder masacrarlos en un abrir y cerrar de ojos.

—Claro que se puede, pero no con un rehén —Pericles se sentó con la espalda contra la pared—. Ahora toca negociar. Si pierden al Cani, perderán toda su ventaja.

—El viejales tiene razón —contestó la Chunga—. No le harán daño. Si lo hacen, los matamos. No son tan imbéciles.

—Estén preparados por lo que pudiera ocurrir.

—…cero —concluyó el Ronco—. ¿Qué pasa, hijo de perra? ¿No te atreves a salir?

—No me dejas más opciones, Juande —dijo Miñarro.

Y apretó el gatillo. Dos balas entraron por la espalda del Cani y salieron por su pecho. La pared donde se refugiaban detuvo los dos impactos.

El Perrolobo aguantó la respiración y miró de nuevo por el espejo. El Cani se desangraba y tosía sangre. Sus rodillas flaquearon y se derrumbó. El Pollatriste se arrodilló tras él, aún sujetándolo del cuello.

—Todavía no es tarde —aseguró el sargento—. Si lo atienden rápido puede que se salve. Seguro que en esa farmacia robaste un par de parches de puta madre.

—Me los cargo —el Perrolobo agarró la Beretta, pero las manos del Matraca le impidieron levantarse—. ¡Déjenme que lo mate, joder!

—No, Juande —la Chunga estaba compungida, con lágrimas surcándole el rostro.

—Han sido ellos, no es culpa tuya, papá —dijo David.

—¿Vas a dejarlo agonizar? —el Ronco disfrutaba de la locura—. ¿Ni siquiera le vas a meter el tiro de gracia?

El Cani cerró los puños y murmuró algo ininteligible.

—¿Qué dices, tonto? —preguntó Miñarro.

—La puta…

—Cállate. Aquí la única puta que hay es tu madre.

—La guarra… de corazones —arrastró las palabras con cada gorjeo impregnando en sangre—. ¿Dónde está? La cerda de corazones…

—¿Ya estás alucinando? Aguanta un poco más, joder.

—La zorra de corazones… esa golfa…

El Cani levantó el puño izquierdo.

—Haz que se calle —gruñó Abelardo.

—¿Qué carajos llevas ahí?

—Has acertado —el Cani abrió la mano y mostró una granada sin anilla—. Aquí está… la puta de corazones.

En realidad, no llegó a terminar la frase. La explosión se lo impidió. El Ronco reaccionó rápido tirándose al suelo, pero el Pollatriste apenas tuvo tiempo de soltar al Cani y alejarse un paso. La onda de choque rompió los pocos cristales enteros que tenía la chatarrería, levantó polvo del suelo y separó la carne del hueso.

El Perrolobo se asomó con el espejo y vio la polvareda. Agarró la Beretta y se lanzó hacia el exterior. Pericles, el Matraca y el Señorito fueron tras él armados hasta las cejas. El polvo se disipó. Una gallina apareció clocando desesperada sin saber qué dirección tomar. En mitad de un boquete se encontraban los restos destrozados del Cani. Apenas se le reconocía por las cadenas de oro y la enorme navaja del tamaño de la espada de Aragorn. Varios metros más allá, propulsado por la explosión, se encontraba el sargento Miñarro en dos partes bien diferenciadas. Su tronco inferior ya no tenía testículos de ningún tipo, pero el superior aún se arrastraba con las manos engarfiadas asiéndose al suelo.

—¿Y el Ronco? —preguntó el Señorito.

—No lo veo —contestó Juande, ensordecido por la bomba.

Un coche se puso en marcha en el exterior. El Perrolobo salió a toda velocidad hacia la apisonadora. Al llegar vio cómo se alejaba un Cadillac distinto a los suyos. Los dos segundos de duda entre disparar y salir corriendo tras él fueron suficientes para que el coche se perdiera en una bifurcación de caminos.

—Mierda…

—Éste aún está vivo —dijo David, pinchándole con un palo.

El Perrolobo se giró como alma que lleva el diablo y sujetó al sargento de la pechera.

—¿Dónde ha ido? —preguntó.

—Yo qué sé… —escupió—. Mátalo si quieres…

—No aguantará mucho.

Juande agarró el torso de Miñarro y se dirigió hacia el garaje.

—No va a morir —aseguró—. No como el querría.

Y lo lanzó a las fauces del zombi atado boca abajo.

CAPÍTULO 41

El sargento Miñarro era un bonito zombi desmembrado. Al faltarle la mitad inferior del cuerpo ya nadie lo iba a llamar más Pollatriste. Y de los brazos se encargó el Perrolobo con un hacha infecta. El zombi de Pericles le había arrancado media cara, pero aún conservaba su lozano bigote. Se agitaba con la boca vendada con cinta americana para evitar que mordiera a nadie. Le habían colocado un par de cintas en la espalda, como si fuera una mochila, al más puro estilo del Artista. Era como un pequeño osito de peluche con asas y cubierto de sangre.

—No me dejes igual que él —le dijo Juande a Pericles.

El viejo afinaba una viejísima sierra de calar de los tiempos de Cleopatra. La hoja redonda giraba al runrún de un motor de gasolina que le proporcionaba corriente alterna. Su pulso no era el mejor, y la máscara de soldador que se había puesto tampoco invitaba a la confianza.

—Y tú no olvides regresar con mis golosinas —contestó.

El filo dentado chispeó al contacto con la pulsera localizadora. El Perrolobo sentía el calor que desprendía hasta casi quemar su muñeca, pero no dijo nada. El dolor iba por dentro.

A su izquierda, sin tiempo para luto, el Matraca echaba las últimas paladas a la tumba del Cani. Sus despojos sanguinolentos podrían descansar en paz entre mierdas de gallina y restos de herrumbre. La Chunga no podía evitar que una lágrima huérfana escapase de la prisión de sus pestañas.

—Era como mi hermano pequeño —murmuró—. Todas esas tonterías sobre acostarse conmigo me repugnaban por eso. Pero, joder, era mi Lolo, y lo quería a muerte.

El Perrolobo no lo escuchó debido al ruido de la sierra.

—Ya casi… —se escuchó un clac—. Sí, lo tenemos.

El Perrolobo miró su muñeca. Su piel mostraba el típico clareo de quien ha llevado mucho tiempo un reloj. Notó el sudor enfriándose al contacto con el aire y vio que era bueno.

—Aquí tienes tu cascabel —Pericles le pasó la pulsera. Tenía un aspecto desagradable. Hasta su propio tacto le repugnaba.

—¿Aún funciona?

—El cepo es lo de menos. Esto lleva un chip localizador en alguna parte y con eso te dan caza. Joder, hasta podrían lanzarte un misil teledirigido. ¿En qué estás pensando?

—En la utilidad que puede tener para cazar al cabrón del Ronco.

Se puso de nuevo la chaqueta negra y se dirigió hacia sus compañeros. Mostraban un silencio de *sex shop*, incómodos por todo lo que había ocurrido.

El Perrolobo se colocó ante ellos con renovadas fuerzas, encendió un Bisonte y habló a su tropa:

—Vamos a sobrevivir a esto. Por Pepe y por Lolo. Se lo debemos. La fábrica del Canciller está a unos kilómetros en el polígono que hay a las afueras. Llevamos equipamiento militar y un malhumor que no nos la quita ni Dios.

—¿Y si no hay droga? —preguntó el Matraca, ansioso por meterse una dosis de lo que fuera.

—Cuando fui tenía varias toneladas. Si la marabunta de zombis lo ha sorprendido tanto como a nosotros, no le habrá dado tiempo ni para salir de allí. Así que iremos, nos agarraremos a tiros con esa pandilla de hijos de puta y nos largaremos con el cargamento de oro blanco.

—Yo no —se quejó David—. Me toca hacer de niñera para este puto viejo.

—Vamos, chaval, que seguro que nos lo pasamos de puta madre. Te enseñaré a disparar a los vendedores de Timofónica.

—Pero que no se vuele la cabeza —advirtió Juande—. Hijo, ven un momento.

Se alejaron unos pasos. El Perrolobo no era un gran comunicador de sentimientos, y en aquellos momentos aún menos. Para él era más sencillo decir que una cerveza estaba puta madre, o que el árbitro no tenía ni puta idea. A todo le añadía un «puta» delante para intensificar su idea, pero no con las emociones más humanas, y en concreto el amor que sentía por su hijo.

—David, yo... —se trabó.

—Lo sé, papá.

—Te puedes imaginar que...

—Lo sé.

—Pero...

—Lo sé.

Se abrazaron y no dijeron más. De regreso con el grupo, se ajustó la chaqueta e hizo crujir sus nudillos.

—Vámonos de fiesta —dijo.

—Tomen —Pericles agarró una gallina que holgazancaba por allí—. Llévense una por si les apetece comer algo.

—¿Por qué tanta... generosidad? —preguntó el Señorito.

—Cuido de mi inversión. No quiero quedarme sin caramelos si se mueren de hambre.

—Joder, no pienso meter ese puto bicho en mi deportivo —la Chunga miraba al ave con asco.

—Al grano —ordenó el Perrolobo—. El pájaro al coche y el Pollatriste al maletero. Pericles, despéjanos la puerta.

El ruido de la granada había atraído a cinco zombis perdidos en mitad del campo. Cuatro de ellos eran lugareños con sus boinas aún caladas hasta las cejas, pero el quinto era un violonchelista vestido con levita y aún con el arco en la mano.

Pericles se montó en la apisonadora pero en lugar de hacerla hacia atrás, se lanzó a cinco kilómetros por hora contra los zombis. Primero el cilindro los empujó, pero después quedaron atrapados por los pies. El crujir de huesos era melódico. Los músculos se quebraban como una goma que se parte. Uno de ellos vomitó sus propias entrañas. Los cráneos quedaron aplastados y los ojos fuera de las órbitas, enganchados al resto del cuerpo por los nervios ópticos. Una delicia.

La banda saltó al Cadillac, metieron al zombi en la parte de atrás y se subieron armados hasta las trancas. El rifle de la Chunga apenas cabía en el interior, y el Matraca intentaba acomodarse en el asiento del copiloto.

—Vamos por coca —dijo el Perrolobo.

Y salieron derrapando hacia el infierno.

◆

El circo, señoras y señores. Ese sitio mágico donde a los niños se les alegra el corazón y a los curas la entrepierna. Un lugar colorido, lleno de ilusionismo, leones drogados y famélicos, el nuevo mejor trapecista del mundo, y payasos con pinta de yonqui desorejado. Bajo su carpa se encuentra otro mundo donde los sueños se hacen realidad… salvo que aparezca un zombi y se agarre a mordiscos, como había ocurrido en la ciudad. En las inmediaciones de la nave del Canciller habían instalado un espectáculo circense antes de que comenzara la hecatombe. Y allí seguía. No habría mayor problema si todos sus asistentes se hubieran marchado a casa. Los medios de televisión, la avalancha de niños sobreexcitados y trabajadores de la farándula se habían convertido en preciosos rebaños de zombis con la cara pintada como los payasos. Decenas de coches en doble fila bloqueaban los accesos, la miríada de gente se chocaba entre sí a modo de *rave party* y ni las golondrinas tenían el decoro de defecar sobre sus muertas cabezas.

El Perrolobo dejó el motor del Cadillac encendido y miró hacia la infinidad de cadáveres animados que había allí. Aquella turba era mayor que ninguna otra que hubieran visto. Habían tomado los aledaños de los dominios del Canciller como en una fiesta universitaria. Hombres, mujeres y una mansalva de niños a modo de escaparate de obesidad infantil conformaban un perfecto muro de carne y flatulencias. Juande hizo visera con la mano y guiñó los ojos.

—Su puta madre... —rezó—. Ni una pizca de buena suerte en mi vida. Ni una.

—¿Pero cuánta gente cabe bajo esa carpa? —preguntó el Señorito.

—Ni idea. Quizás algunos sean de las fábricas cercanas, o tal vez han venido andando para no perder la entrada.

—¿Crees que se reúnen en los lugares que solían frecuentar? —dijo la Chunga.

—Da igual —se llevó las manos a la cabeza—. El caso es que no podemos acercarnos a los dominios del puto Canciller.

—Quizás haya algún acceso por las alcantarillas, o tal vez podamos encontrar un helicóptero que no se haya estrellado y subirnos por el techo.

—¿Y quién lo manejará, Macu? Seamos realistas: si queremos ir hasta allí y volver con vida, necesitaremos un tanque para pasarles por encima.

El desánimo se instaló en el coche. El plan había fallado. No les quedaba otra que volver por David y marcharse a ninguna parte. Al menos tenían las armas, y quizá podrían negociar con Pericles para que los acompañara. Pese a tener un cable pelado, el tipo parecía razonar de vez en cuando.

—¿Has dicho un tanque? —el Matraca se esforzaba tanto por pensar que arrugaba la frente del esfuerzo.

—Hay una base militar por aquí cerca —dijo la Chunga—, pero no creo que tengan de esas cosas.

—Y aunque tuvieran, tampoco sabemos conducirlos —apostilló el Señorito.

—Yo sé dónde hay un tanque —afirmó el Matraca.

—¿Dónde guardan los ovnis? —se burló la Chunga—. Vamos, Chus, que hablamos en serio.

—Yo también —sus ojos mostraban una extraña lucidez—. Y uno que se puede conducir sin problemas.

—¿De qué estás hablando, Chus? —preguntó el Perrolobo.

—Si quieren un vehículo para aplastar a todos esos zombis, háganme caso —sonrió—. Se van a cagar en los calzones.

CAPÍTULO 42

De noche todo impresiona más. Los monstruos se ocultan en las sombras, a veces de forma literal. La oscuridad no transmite paz ni descanso en el lecho. Cerrar los ojos es la estrategia del avestruz y del kamikaze, ambas con igual resultado. La luna transforma los bosques en guaridas de alimañas, los edificios son cementerios con nichos adosados, y hasta la chica gorda de la discoteca adquiere un encanto del que carece a pleno sol. Por ello, la cantera donde trabajaba el Matraca se convertía en un enorme templo ancestral donde adorar a horrores primigenios. En el Cadillac todos iban callados. La luz de los faros alumbraba el borde del camino. Vieron un par de zombis perdidos que los miraban con pupilas cartilaginosas y brillantes desde los bancales próximos. Arribaron al descomunal muro de bloques, una torre de Babel gigantesca que se perdía en el infinito estrellado. Los zombis se habían comido la electricidad y habían devuelto las constelaciones al firmamento.

La puerta estaba abierta y no se veía a nadie en las proximidades. El Perrolobo metió primera y ascendió la cuesta que les dejaría cincuenta metros más arriba. El boquete de la montaña se asemejaba a una profunda garganta dentada donde van a morir los recaudadores de Hacienda y demás seres abyectos.

—A partir de aquí toca ir andando —dijo el Matraca.

—¿De verdad sabes adónde vamos?

—Que sí, síganme.

Descendieron del vehículo. El suelo estaba seco y polvoriento. El Perrolobo aguantaba una Beretta en cada mano. El Señorito había heredado la escopeta del Cani, mientras que la metralleta del Matraca parecía de juguete entre sus enormes zarpas.

—Escuchen —dijo la Chunga, armada con su sempiterno rifle—. Algo se acerca.

El sonido era nítido. En la soledad de la noche no se apreciaba más ruido que el del viento y el de sus propias respiraciones. Sin embargo, allí estaba. Unos pasos rápidos, como de pezuñas o garras golpeando el suelo, que se acercaban a su posición. Los haces de las linternas perforaron la noche. Unos ojos centellearon a un par de pasos de distancia. Aquel ser iba casi cuerpo a tierra. Cuando casi lo tenían encima descubrieron su propia naturaleza.

—No me jodas —gruñó Juande.

El perro que lo había mordido en el culo estaba ante él. Arrugaba el hocico ante la presencia de intrusos y cabeceaba de un lado a otro. El Perrolobo apuntó con cuidado y disparó, pero en el último momento el animal se movió hacia un lado y erró el tiro.

—¿Pero qué haces? —le recriminó su cuñado—. Joder, ese disparo se habrá oído a kilómetros de distancia.

—Era el chucho o yo —se justificó—. Me ha atacado.

—Eso fue hace varios días.

—Ni olvido ni perdono. ¿Dónde se ha metido?

El perro se había perdido en la penumbra, pero Juande notaba sus colmillos acechantes puestos en sus glúteos. Por instinto reflejo, apretó el culo y colocó la espalda contra el coche. El Matraca se puso a su lado.

—Protege a sus cachorros —dijo—. ¿Tú no harías lo mismo?

Lo cierto es que sí. Él y esa perra famélica y llena de heridas no eran tan diferentes.

—Vámonos —ordenó—. ¿Dónde está ese tanque?

No dio tiempo a contestar. Un grupo de hombres armados con escopetas aparecieron ante ellos de improviso. Vestían overoles de la cantera y cascos de obra. La banda levantó las armas. Los tipos tenían ventaja.

—¡Tiren las pistolas! —gritó el que parecía el cabecilla, un hombre barbudo vestido como una mujer, zapatos de tacón incluidos.

—Soy yo, Fermín —el Matraca dio un paso tímido al frente—. El Chus. ¿No me reconoces?

—Me cago en tu vida, Chus. ¿Pero qué mierda haces aquí pegando tiros?

—Pues resulta que…

—Vamos adentro —bajaron las armas y les hicieron señas con la mano para que los siguieran—. Joder, de vez en cuando aparece un puto zombi por aquí y nos pega un susto de huevos.

El Señorito miró al Perrolobo y éste se encogió de hombros. Recelosos pero obligados por las circunstancias, caminaron en fila tras los trabajadores del yacimiento. Alcanzaron una construcción de estructura metálica y ascendieron por una escalera de mano. Arriba estaban las oficinas de la cantera.

—Vamos, vamos —los azuzó el travesti.

El interior era amplio. Las computadoras yacían apiladas en una esquina y las mesas lucían libres. El suelo estaba acondicionado para dormir, con varias mantas y trapos a modo de jergones. Fermín cerró y los otros encendieron unas velas al cobijo de las persianas bajadas.

—¡Fermín! —el Matraca extendió los brazos para darle un abrazo—. ¿Pero qué haces vestido de zorra?

—Un respeto, cabrón —le palmeó la espalda—. No soy una zorra, sino una señorita.

—A mí no me pareces ninguna de las dos cosas —le recriminó la Chunga.

—Ya ven cómo está el mundo. Ni las emisoras emiten siquiera, sólo un par de radioaficionados medio locos. Así que, dado que no hay leyes que lo prohíban, he decidido vestir de mujer. ¿Y sabes por qué? Porque me da la gana. Y al que no le guste, que vaya y se la chupe a un zombi.

—Te queda bien —contestó el Matraca—. Resalta tus caderas.

—¿Verdad que sí? —Fermín se acarició la barba—. ¿Han escuchado, mamones? —se volvió hacia sus compañeros—. Chus dice que el vestido me queda bien.

Uno de ellos se removió en una silla y dijo:

—Tú sigue así, que en tiempos de guerra cualquier agujero es trinchera.

—Soy demasiada mujer para ti, Fulgencio.

—¿Qué hacen aquí todavía? —preguntó el Perrolobo—. ¿Por qué no se han largado a un lugar seguro?

Los tipos se carcajearon. Uno de ellos se limpió los mocos con la manga.

—Éste es el lugar más seguro que hay —contestó.

—Los zombis tienden a ir cuesta abajo —explicó el travesti—. Se ve que sus piernas no pueden subir las cuestas muy inclinadas o yo qué sé. Por aquí hay unos cuantos, pero no muchos. Los chicos y yo estamos limpiando el perímetro y asegurando la zona. Dentro de poco, esto será el lugar más confortable de la ciudad.

—¿Cómo van a conseguir eso? —el Señorito se cruzó de brazos.

—Tenemos comida en la cantina para aguantar al menos un mes más. Con las grúas vamos colocando bloques de piedra hasta formar una muralla que nos separe de los monstruos. La propia estructura de la cantera ya era bastante parecida a un fuerte medieval, con todas esas paredes, pero la estamos perfeccionando.

—Eso es genial, Fermín —continuó el Matraca—. ¿Y nos podemos quedar?

—Hombre, un par de días sí, pero son demasiados. Nos quedaríamos sin comida enseguida.

—Tenemos coca —dijo el Perrolobo.

El hombre vestido de mujer se relamió.

—En ese caso, tal vez podamos llegar a un acuerdo…

—¿De qué hablas? —preguntó Fulgencio desde el fondo—. Yo no me meto mierda. Y andamos escasos de víveres. Si convertimos esto en una ONG nos moriremos de hambre a los dos días.

—He dicho «tal vez», ¿o no?

—Sí.

—Pues cierra la puta boca.

—Necesitamos el 797 —los interrumpió el Matraca.

Las sonrisas se tornaron gestos serios, y los gestos serios en muecas amenazadoras e incómodas. Hasta Fermín tensó tanto los labios que parecía que se le fuera a correr el carmín bajo el bigote.

—Ni de broma —escupió.

—Vamos, hombre. Que no es de ustedes.

—Ni tampoco tuyo —los hombres acariciaban sus gatillos con un disimulo bastante pobre.

—Hay cuatro. Por uno menos no va a pasar nada.

—He dicho que no.

La tensión aumentaba de nivel. Los autoproclamados dueños de la cantera no querían ceder en sus presiones. Los abrazos y las palmaditas en la espalda quedaban para el Matraca de la semana pasada, aquel del que todos se burlaban y con el que compartían unas cañas. El Matraca de hoy día era un rival directo por la supervivencia. El mundo era otro. Se podía vestir de mujer y podía dispararle a un compañero. Ésa era la nueva ley.

—Se lo compramos —dijo el Perrolobo.

—No tienen bastante.

—¿Qué tal coca para aburrirse? Y un Cadillac nuevecito. Los hombres enmudecieron para después dedicarse a murmurar.

—Yo siempre he querido un Cadillac —aseguró Fulgencio.

—Y yo.

—Tenemos cuatro 797 y varias 992, pero ningún Cadillac —razonó Fermín—. Lo que no sé es por qué deberíamos intercambiarlos cuando podemos matarlos.

En un pestañeo el Perrolobo le apuntó a la cara con dos Berettas.

—Porque todos queremos salir vivos de aquí.

Todos se levantaron y se apuntaron entre sí. La Chunga se atrincheró tras una mesa. El Señorito no sabía a quién disparar. El momento se congeló y se dilató en el tiempo, sin que nadie siquiera respirase.

—Y porque somos amigos —añadió el Matraca.

La mirada de Fermín no era femenina en absoluto.

—¿De cuánta droga estamos hablando?

—De la suficiente para meterse mil sobredosis —contestó el Perrolobo—. Pero primero necesitamos el 797 para llegar a ella y cargarla.

—¿Y luego vendrán a compartirla?

—Ofrézcanos refugio a cambio de coca y nos quedaremos un par de días con ustedes.

Nada parecía haber cambiado. Si acaso había más nervios en el ambiente. Los dedos se enroscaban en los gatillos cuando Fermín dio su brazo a torcer.

—De acuerdo —dijo—. El 797 por el Cadillac. De la coca ya hablaremos más adelante.

—Me parece un trato justo.

Poco a poco, fueron relajando los brazos. La masacre sería en otro momento.

—Vengan conmigo —ordenó el travesti—. Están en la parte de atrás.

Caminaron por un par de pasarelas de metal y llegaron a una segunda escalera. Descendieron con cuidado y vigilaron que no hubiera ningún zombi. Ante ellos se extendía la oscuridad más densa.

—Aquí lo tienen —Fermín señaló a las tinieblas.

La banda aguzó la vista, pero sólo vieron una pared enorme.

—Te quedas conmigo —contestó el Perrolobo, aún con la adrenalina golpeando sus sienes.

—Presten atención.

Enfocaron con las linternas a lo que tenían ante ellos. Un camión minero se alzaba ante sus narices. Sabían que era un camión por las ruedas de cuatro metros que tenía, pero todo en él era desmesurado. Apenas alcanzaban a mirar su final. Habían visto torres más bajas.

—Joder… —el Señorito se frotó los ojos.

—El Caterpillar 797, el modelo más robusto del mercado —explicó Fermín—. Seiscientas toneladas de peso, quince metros de largo por diez de ancho. La altura en cabina es de siete metros sin contar la zona de carga. Tres mil caballos de potencia para correr a un máximo de sesenta y cinco kilómetros por hora, transmisión de siete velocidades, dirección asistida, frenos retardadores y volante ajustable. Cada neumático cuesta treinta mil euros. Amigos, esto es como conducir una casa de tres plantas.

La Chunga se colocó al lado de una de las ruedas del mastodonte y comprobó impresionada que era más alta que ella.

—¿Tiene gasolina? —preguntó el Matraca.

—El tanque está lleno. Seis mil litros a su servicio. Se conduce como un camión normal. Para acceder a la cabina deben subir por la escalera.

El Perrolobo se acercó a la Chunga y acarició la llanta.

—Es perfecto —dijo—. Perfecto.

—Todo el que lo ve se enamora de él —contestó Fulgencio.

—Una cosa más —añadió Juande—. Queremos explosivos.

—¿Dinamita? —se extrañó Fermín—. ¿Dónde carajos van, a una guerra?

—Es una forma de llamarlo.

El travesti miró a sus compañeros. Le regalaron un gesto de aburrimiento.

—De acuerdo —extendió los brazos como un director de orquesta—. ¿Cuántas necesitan?

CAPÍTULO 43

—¿Se acuerdan de aquel anuncio? —dijo el Perrolobo—. Ése en el que aparecía un imbécil y decía aquello de «me gusta conducir».

—Sí —contestó el Señorito—. Era una estupidez.

—Ya te digo —mostró el colmillo—. ¿Pero sabes qué? Ahora comprendo al tipo.

El 797 se deslizaba con la suavidad de una motosierra que lame un papel de fumar. Allí donde pasaban sus llantas de tres metros no volvía a crecer la hierba. En la cabina todo era un avance constante, pero a ras de suelo se podían escuchar los lamentos de la Tierra. Su anchura excesiva hacía necesario que, de vez en cuando, uno de los neumáticos caminase por la orilla. El Perrolobo estaba sorprendido de comprobar lo fácil que resultaba conducir aquella mala bestia de acero y caucho. En apenas cinco minutos se había hecho con los controles. Era como llevar un camión normal, sólo que a siete metros de altura de la carretera y procurando no pisarle mucho para no quemar el motor.

—¿Dónde están? —se lamentaba la Chunga—. Llevamos viendo zombis a diario pero ahora no nos cruzamos con ninguno.

—¿Qué es aquello? —señaló el Matraca.

Al fondo, los enormes focos del Caterpillar 797 desgarraron la oscuridad para chocar con algo que les devolvía reflejos ambarinos.

—Es un coche abandonado en mitad de la carretera —confirmó Diego.

—Oh, sí, nena —el Perrolobo acarició el volante—. Enséñanos de lo que eres capaz.

La gallina se agitó en el interior de la cabina. El zombi de Miñarro, sin brazos ni piernas, la miraba con hambre pese a tener la boca sellada con precinto. Juande metió marcha y frenó el súper camión al llegar al coche. Era un turismo amarillo con un peluche colgando del retrovisor que enseguida se perdió de vista.

—Joder, no lo veo —se quejó el Perrolobo.

La Chunga salió al puente que había ante la cabina y se asomó por la barandilla.

—Lo tienes justo debajo —explicó—. Carajo, parece de juguete. Apenas llega a la mitad de la rueda.

—Perfecto.

Aceleró poco a poco, esperando sentir el impacto o quizás una pequeña subida en el lado derecho. Iban a atropellar a un utilitario, pasarle por encima, convertirlo en confeti. El 797 lo aplastó como si nada y apenas se apreció una leve oscilación en los amortiguadores. La doble llanta trasera terminó el trabajo.

—¿Ya está? —se sorprendió el Matraca.

—He montado en atracciones de feria más salvajes —apostilló el Señorito.

—Vale, apenas ha crujido un poquito —se justificó el conductor—, pero estarán conmigo en que pasarle por encima a un coche tiene su punto.

—Los Monster Trucks hacen más risa —dijo la Chunga.

—Carajo, con esto podemos aplastar un Monster Truck como si nada. Conducimos una abominación de seiscientas toneladas y más de siete metros de alto. Sólo estoy deseando probarlo con los zombis.

—Deberíamos ponerle un nombre —sugirió el Matraca—. Ya sabes, como el Batimóvil o algo así.

—Sí, claro —el Perrolobo lanzó la colilla al exterior—. ¿Y qué propones?

◆

El Gitanomóvil llegó a las proximidades del circo al alba. No había sido un largo camino pero el Perrolobo no quiso pasar de los treinta kilómetros por hora por miedo a quedarse sin combustible demasiado rápido. La falta de sueño no había mermado su errático deambular. Tuvo que desviarse por carreteras secundarias y caminos de tierra ya que el 797 era demasiado ancho para los accesos en curva de la autopista. Por suerte eso no ocurría en el polígono industrial, habilitado para que decenas de camiones pudieran cargar y descargar mercancías.

—Parece que hay más gente que antes —el Señorito se desperezó.

—¿Qué hacemos ahora? —preguntó el Matraca.

—Papilla —contestó.

Aceleró un par de veces con el mastodonte en punto muerto, como un toro que rasca el suelo con su pezuña delantera antes de embestir a un muletilla novato. En la gran avenida industrial se amontonaban miles de personas de todas las ralea, pero lo que más abundaban eran los niños. El Perrolobo se lanzó por ellos despacio, como si tuviera todo el tiempo del mundo, y era posible que así fuera. Atropelló a varios minizombis con bigotes de gato pintados en la cara. Después de haber arrollado un par de coches sin que el Gitanomóvil se despeinase, sabía que la carne blanda de un revivido no sería un gran obstáculo.

—¡Que se los cojan, hijos de puta! —gritó mientras los descuartizaba bajo su peso.

La Chunga vigilaba desde el puente que ningún zombi escalase por la escalera que daba a la cabina. Para una persona viva ya habría sido todo un reto, pero no querían correr ningún riesgo. Los descomunales neumáticos del 797 licuaron a varios desgraciados y quedaron impregnados de restos de sangre y vísceras entre los dibujos de la cubierta. El morro del camión les llegaba a los muertos vivientes por el pecho, y a cada metro los iba lanzando al asfalto.

—Vamos a darle caña —dijo el Perrolobo.

Aceleró y ganó velocidad. Era como conducir por una carretera cubierta de ratones. Por el retrovisor veía el destrozo que organizaba. Las ruedas dejaban un rastro de salsa boloñesa a su paso, mientras que de la parte central surgían cuerpos derribados pero aún móviles. Le recordó a los caminos donde los coches han secado la zona de paso pero aún quedan restos de vegetación en su mitad, una larga e interminable línea verde en mitad de dos marrones como la cresta de algún punky. Al final de la avenida había una encrucijada donde podía dar la vuelta. Retrocedió intentando pasar por la zona que había dejado despejada. Nuevos zombis crujieron y reventaron bajo las gomas. Una pulpa gelatinosa y escarlata surgía en el suelo a modo de estela en el mar al paso de un velero. Atropelló a payasos, ancianos y gente del montón que pasaron sus vidas anodinas entre el consumismo y la frustración. El Perrolobo pensó en lo que podría haber hecho con una máquina así en una situación normal. Quizá robar bancos, o tomar la prisión, o aterrorizar a las palomas del parque. Sabía que el Caterpillar 797 era una máquina sin parangón, pero que en una situación normal no les serviría de nada. Era inexpugnable, pero la cabina no la fabricaron a prueba de balas. Era poderoso, pero también lento y pesado. Y, por supuesto, habría sido imposible conducirlo sin matar a nadie. Sin embargo, en una hecatombe de esa magnitud era la octava maravilla del mundo. Cambió de marcha y le dio prisa al asunto, fabricando nuevo lodo de hemoglobina.

Al llegar de nuevo a las inmediaciones del circo, apenas quedaban grupos de zombis intactos. El Señorito le tocó el hombro.

—¿Me permite su excelencia?

—Dale fuerte, cuñado.

El Perrolobo le cedió el lugar del conductor. Diego dio la vuelta y pasó sobre algunos resucitados que intentaban levantarse del suelo. La adherencia del Gitanomóvil se resentía ante la gran cantidad de sangre y vísceras que salpicaban el pavimento, pero habían conseguido su objetivo. Un día antes, adentrarse en ese lugar habría sido un suicidio, por muchas armas y hombres que lo hubieran intentado. Pero ellos lo habían logrado. Quizás habían batido algún récord de asesinar a más zombis en menos tiempo. Nunca lo sabrían.

Juande se fijó en la nave del Canciller al pasar por su lado. No se veía a nadie desde las ventanas de la oficina. Un par de bichos remolones vagueaban ante la puerta.

—Una pasada más y aparcas de frente ante esa fábrica que pone Gráficas Román.

—¿Ahora que empieza a ser divertido? —contestó—. ¿Qué apuestas a que puedo derrapar con esta bestia?

—Haz lo que te digo, carajo.

De la multitud congregada en las inmediaciones del circo apenas quedaba un líquido grumoso mezclado con ropa. Cuatro dedos de carne picada alfombraban la avenida de la zona industrial, pero aún resistían algunos chapoteando entre los restos de sus compañeros. La nueva barrida fue más sistemática, buscando a quien se moviese en lugar de arramblar con todo en línea recta. Los neumáticos mostraban un aspecto enfermizo cubiertos de una masa roja indistinguible. El olor a vísceras era abrumador. La Chunga vomitó por la barandilla y a punto estuvo de perder el equilibrio. Sacó un pañuelo y se lo colocó sobre la boca y la nariz. Al llegar a la puerta del Canciller, el Señorito detuvo la marcha con la delantera del 797 apuntando a la fachada.

—No apagues el motor —le ordenó el Perrolobo—. Y prepárate para hacer marcha atrás.

Diego asintió. Juande agarró una Beretta en cada mano y salió al exterior. La Chunga estaba verde oscuro casi azul.

—Cúbreme, Macu.

Descendió con cautela la escalera. Cerca de las paredes, por donde no había podido pasar el rodillo del Gitanomóvil, había algunos zombis supervivientes. Juande puso pie a tierra y se le hundió hasta el tobillo en el jugo de tomate. La Chunga disparó a los zombis a la cabeza. Desde una distancia tan corta no iba a errar el tiro. El Perrolobo se acercó a la puerta, comprobó que estaba cerrada y extrajo un explosivo. Fermín, el travesti de la cantera, los había modificado para que, en lugar de acoplarles un interruptor, bastase con una mecha de toda la vida. El Perrolobo lo prefería así, ya que no se sabía cuándo iban a necesitar lanzarlo contra alguien.

Apoyó el cartucho en el suelo con extremo cuidado, prendió la mecha y regresó a la carrera al 797.

—¡Ahora! —gritó nada más engancharse a la escalera—. ¡Marcha atrás, Diego!

El camión retrocedió y fue de culo hacia la zona más alejada de las Gráficas. Veinte segundos después disfrutaron del estallido desde una distancia más que prudencial. El explosivo, fabricado para volar grandes trozos de piedra, reventó la endeble fachada de ladrillos y vigas de aquella nave industrial. Al acercarse de nuevo, comprobaron que la polvareda había producido un boquete significativo en la delantera del edificio. Cascotes humeantes les dieron la bienvenida. El hogar del Canciller ya no era seguro.

—Si ese cabrón sigue ahí dentro —aseveró el Señorito—, no le quedará más remedio que salir al exterior.

—No tenemos tanto tiempo —el Perrolobo agarró el torso del sargento Miñarro y se lo colgó de la espalda—. Vamos a terminar con esto. Diego, te quedarás con el motor encendido y si no salimos en diez minutos, te largas por David, ¿entendido?

—Quiero entrar.

—Eres nuestro plan de huida —lo calmó—. Estás mejor aquí.

Se giró hacia el resto. La Chunga volvía a tener color en la piel. El Matraca llevaba a la gallina bajo el brazo.

—¿Qué haces con eso, Chus? —preguntó Juande.

—Es para acojonar —contestó.

—Claro —se dirigió hacia la escalera—. ¿Cómo no me había dado cuenta?

CAPÍTULO 44

La becaria recepcionista estaba sentada tras la mesa cubierta de polvo. En su pelo navegaban trozos de ladrillos y yeso. Mostraba una sonrisa enorme, casi una mueca grotesca. Al ver entrar al trío, amplió aún más su gesto hasta que sus labios parecían que iban a reventar. Sin embargo, en sus ojos se reflejaba un miedo intenso, un trauma que la paralizaba y la convertía en un robot, en una carcasa con vida pero sin mente.

—Hola, ¿en qué puedo ayudarlos? —preguntó de forma mecánica.

—Buscamos al Canciller —el Perrolobo le apuntó a la cara.

—Disculpe un momento —tecleó varias veces ante la computadora apagada—. Aquí no trabaja nadie llamado Canciller.

—¿Pero tú estás imbécil o qué te pasa, niña? —la Chunga le levantó la barbilla con el cañón del arma.

—Eso ya lo he vivido antes —dijo Juande.

—¿Y qué va a pasar ahora? —el Matraca se rascó la cabeza.

—Ahora viene el demonio —retrocedió un paso—. Joder, ¡al suelo!

El grito del Perrolobo se perdió en una ráfaga de disparos que flagelaron la pared tras ellos. Se refugiaron tras unas columnas y recobraron la compostura. Juande se asomó de nuevo a la recepción. La becaria continuaba ida, golpeando con estruendo las teclas. La gallina del Matraca se había escapado y clocaba distraída. Ante ella apareció una mujer con aspecto de grulla, flaca como una escoba y con similar peinado. Los jirones de un vestido negro le tapaban las vergüenzas. En sus brazos huesudos transportaba una AK-47. La señora Úrsula era la misma imagen del infierno.

—Teníamos que haber entrado pegando tiros —se quejó la Chunga.

—¿Cómo iba a imaginar que habría sobrevivido algo a la explosión del barreno? —contestó el Perrolobo con el torso de Miñarro a la espalda—. Ni siquiera nos atacaron al entrar.

Una nueva ráfaga de balas los mandó callar. Úrsula caminaba con una bolsa de deportes de la que sacaba cargadores sin parar.

—Me han jodido la puerta —chilló—. ¿También quieren joderme a mí?

El Perrolobo y el Matraca se miraron y después negaron con la cabeza. Úrsula se parapetó tras el recibidor. Apoyaba el cañón del arma en el hombro de la becaria. Cambió el cargador y apretó de nuevo el gatillo. Tras cuatro segundos de estruendo lo había gastado. La AK-47 humeaba.

—Tiren hacia delante —ordenó la Chunga—. Esa mala perra es cosa mía.

—Dentro estará el ejército privado del Canciller —explicó Juande—. Te necesitamos con nosotros.

—¿Y por qué no vienen aquí? —le quitó el seguro a su rifle—. Sean hombres de una puta vez, carajo, ya.

Úrsula abrió fuego de nuevo. Las balas volaron hasta perderse en el muro. Las que impactaron en las columnas donde se cubrían creaban brechas que llegaban hasta la misma estructura del pilar. La Chunga se asomó, rodilla a tierra, y disparó como una loca hacia el mostrador. El Matraca y Juande aprovecharon para salir de sus agujeros y correr en la dirección opuesta del pasillo al tiempo que disparaban a ciegas. Alcanzaron una de las puertas que daban al interior de la imprenta y por allí se perdieron.

—Tus colegas se habrán escapado —masculló Úrsula—, pero a ti te voy a hacer un nuevo agujero en el coño.

—Ve a cogerte a algún pastor alemán, vieja asquerosa.

—Mira niña, que yo he comido kilómetros de pitos, todos bien lustrosos, no como los que te tomas para desayunar en tu esquina.

—A ti no te usaría un tipo ni para limpiarse el rabo.

—Te voy a arrancar las tripas por el coño y te las voy a meter en la boca a ver si te meas dentro.

—Y yo te voy a desgraciar los pezones con un cortaúñas, que seguro que los tienes bien mordidos.

—¡Quién carajos te crees que eres para hablarme así, putita aficionada! —estalló Úrsula.

—Por lo que veo, la única persona que te ha contestado en toda tu vida, *madame* de carretera.

La AK asomó de nuevo el hocico por encima del hombro de la becaria, que no parecía sentir nada. La Chunga pensó en las calamidades que habría tenido que pasar para acabar así, y ese segundo de ventaja lo tomó la señora Úrsula para darle la cara. Barrió el escondrijo de Macu con su calibre de siete milímetros. Cuando terminó se asomó de nuevo, pero la vieja era rápida y ya había cargado el arma. Apenas tuvo tiempo de regresar de nuevo a su refugio tras el escueto pilar.

—Te voy a reventar viva —se jactaba—. Vamos, perra, deja que te afeite el conejo con mi pistolita.

Otro atronador estruendo destrozó la quietud momentánea. Los casquillos rechinaban al chocar contra el suelo tras el ensordecedor estallido. La gallina pasó asustada y se lanzó contra la Chunga. Sabiéndose perdida, se abrazó al animal y cerró los ojos. Úrsula se puso a campo abierto y comenzó a acercarse al escondrijo de su rival.

—Chochos más gordos que tú me he quitado de encima —continuó Úrsula, cargando de nuevo la ametralladora—. Tengo más cartuchos que golpes te ha dado tu marido en tu vida, y con esa pinta de puta habrán sido unos cuantos. Vamos, cerdita, sal de ahí y acabemos con esto de zorra a zorra.

La Chunga se asomó una centésima de segundo. En su rostro se dibujaba una sonrisa maliciosa. En un pestañeo lanzó la gallina contra Úrsula y regresó a su barricada. La mujer apretó el gatillo, pero ya era demasiado tarde para fusilar a la Chunga. El ave saltaba de un lado para otro en mitad de una extraña humareda. Iba dando tumbos como si estuviera loca. Úrsula cargó de nuevo el AK-47 y trató de propinarle una patada al animal, pero se movía tanto que no pudo. No quería dejar de apuntar hacia el pilar y estaba a punto de abrir fuego cuando, tras un cacareo desesperado, se fijó en el cartucho de dinamita que le salía a la gallina del culo.

La vieja grulla se marchó corriendo en dirección opuesta, pero el pájaro la perseguía. Disparó a ciegas y le arrancó la cabeza de un tiro, pero el animal continuaba aleteando de un lado a otro.

No dio tiempo a más. La mecha llegó a su final y la explosión reverberó por toda la estancia. La onda expansiva se acrecentó al producirse en un lugar cerrado. Una humareda negra se instaló en el interior de la recepción. La Chunga se tapó la nariz y la boca con el pañuelo al estilo de los ladrones de trenes en el salvaje Oeste y se deslizó hacia la zona cero con el rifle al frente. Unas cuantas plumas pegadas a las paredes con grumos de sangre fue todo lo que quedaba de la gallina. Úrsula se agitaba entre espasmos. Le faltaba la mitad derecha del cuerpo.

Intentaba levantar la AK con la mano que le quedaba, pero no lo conseguía.

—Antes me has llamado zorra —dijo Macu mientras colocaba el arma en disparo manual—. Ve a comerle la verga a Satán, hija de puta.

A Úrsula no le disgustó la idea y murió mientras se relamía los labios.

La Chunga se derrumbó en el suelo. Por el boquete de la pared apareció el Señorito con la escopeta apercibida. Al verla en el suelo se acercó a socorrerla.

—Tenía que haber entrado antes —se lamentaba—. Mierda, hasta que escuché la explosión no he movido un dedo.

—Da igual, encanto —Macu apenas sentía la cabeza—. No tienes experiencia en estas cosas.

—¿Dónde están los demás?

—Dentro —señaló—. Ve a ayudar a Juande. Yo me quedaré en el Gitanomóvil. Joder, apenas me puedo poner de pie.

—Tienes estrés postraumático. Lo raro es que puedas articular palabra.

—Lárgate ya —lo palmeó en el culo.

El Señorito se alejó y se esfumó por el interior de la imprenta. La Chunga se incorporó con dificultad y se alejó hacia el exterior apoyada en el rifle. Lanzó una mirada atrás y vio a la becaria sentada en su sillón con ruedas. Continuaba tecleando con esa sonrisa demencial en el rostro, pero de sus ojos caían dos lágrimas que fregaban el hollín de su piel.

—Ya ha terminado, chiquilla —le dijo Macu—. Lárgate de aquí.

Y, en un ataque de lucidez, salió corriendo hacia la calle y se perdió entre las fábricas.

◆

El Perrolobo avanzó por la gráfica seguido por el Matraca. De fondo continuaban los insultos y los disparos de la AK-47. El tiroteo no parecía tener fin. A simple vista, en la zona de producción no quedaba ningún trabajador, pero Juande ya no se iba a fiar de nadie. Recordaba cierta sala llena de matones del Canciller, paramilitares de países centroeuropeos contratados para vigilar los cargamentos de droga. Sin embargo, en la oscuridad de la nave industrial apenas se apreciaba vida. La poca luz que entraba por las uralitas del tejado y por unos ventanucos altos y alargados era insuficiente para iluminar la zona. El Matraca caminaba en plan comando, con la espalda agachada y la pequeña ametralladora entre las manos.

—Hay demasiada tranquilidad —dijo imponiéndose al ruido de la refriega de la sala contigua.

—Quizás haya zombis —sugirió su compañero—. Esos bichos son muy silenciosos.

Se escurrieron hacia la escalera que daba acceso a la oficina del Canciller, ubicada en la parte más alta del almacén. La sala de descanso de sus matones estaba vacía. Sin embargo, sentado en los escalones, vio a alguien conocido.

—¿Eres tú, Sonao? —preguntó el Perrolobo.

El Sonao suspiró y levantó una mano. Ni siquiera los miró.

—Hola, Juande.

—¿Qué haces solo, Sonao?

—El Canciller me ha dicho que no me mueva de aquí. Ten cuidado si pasas por ahí. Es donde hago pipí y popó.

Saltaron el obstáculo del charco de meados y se colocaron a su lado. El enorme gigantón no parecía agresivo. Era el ogro que cuida del puente.

—¿Y los chicos? —dijo el Perrolobo, refiriéndose a los escoltas del Canciller.

—Cuando los zombis tomaron la calle decidieron marcharse con sus familias. El Canciller se puso como loco. Dijo que él no contrataba a matones con familia. ¿O eso fue la señora Úrsula?

—¿No hay nadie? ¿Se han ido todos?

—Bueno, estoy yo. Oye, ¿por qué llevas ese zombi a la espalda? —señaló al sargento Miñarro, apenas un costillar unido a una cabeza.

—Es una larga historia. ¿Y el Canciller?

—Está raro. Se subió un montón de coca al despacho y se encerró. Dijo que, si esperaba suficiente, los zombis se volverían estatuas y se quedarían quietos.

—*¿Rigor mortis?*

—Algo así. A veces me cuesta recordar las cosas. Estaba seguro de que se quedarían muy quietos y entonces podríamos salir de aquí.

—¿Y el resto de la droga? —preguntó—. Cuando vine hace unos días estaba en aquel contenedor.

—Se la llevaron en un camión el día de antes.

—¿Ya no queda?

—Bueno, el Canciller tiene bastante en su despacho.

El Matraca y el Perrolobo se miraron a la cara. Una explosión hizo retumbar los cimientos. Los oídos les zumbaban a todos. Tras unos instantes, se escucharon varios tiros aislados.

—Ve a casa a descansar, Sonao —dijo Juande—. La puerta está abierta.

—El Canciller me ha dicho que me quede aquí.

—Vamos, hombre. Yo te sustituyo.

—El Canciller me ha dicho que me quede aquí.

—Dios —se llevó las manos a la cabeza rapada—. Mira, Sonao, no quiero hacerte daño, hombre. Lárgate a tu casa, ¿vale?

—El Canciller me ha dicho que...

El Matraca arrojó su arma y se lanzó contra el Sonao. Lo abrazó con tanta fuerza que lo inmovilizó durante unos instantes.

—¡Corre, Juande! —gritó Chus.

—¿Qué carajos haces?

—Yo lo entretendré —continuó mientras el Sonao le propinaba varios codazos en el estómago—. Ve por el Canciller.

El Perrolobo dudó si disparar al Sonao. En el fondo no era más que un niño en el cuerpo de un adulto. El Matraca lo lanzó a un lado y descargó un directo a sus costillas. Aquello era una pelea entre dos gorilas en plena selva. King Kong contra Godzilla. Pensó que era la propia naturaleza la que hablaba. Él tenía una misión, y era matar al Canciller. Se lanzó escaleras arriba sin mirar atrás.

Mientras tanto, el Sonao levantaba los puños en una pose pugilística. El Matraca se había entrenado en los *rings* de los bares, estampando los nudillos contra las caras de algunos imbéciles. El Sonao lanzó un par de ganchos contra su abdomen y sintió dos martillos pilones que castigaban sus huesos. Devolvió un directo a la nariz. Un camión de mercancías chocó contra la cara del Sonao y tuvo que retroceder varios pasos.

—Pegas fuerte —dijo el exboxeador mientras se quitaba el reloj—. Esto irá para largo.

—Cancelaré la cita con mi urólogo.

El Matraca sonrió. Había hecho un buen chiste, o eso creía él.

CAPÍTULO 45

El Canciller continuaba sin pantalones. Estaba sentado en su enorme trono, tras la mesa de caoba del tamaño de un helipuerto, esnifando una montaña de cocaína. Ya ni siquiera se dedicaba a fabricar las rayas y se lo metía todo sin pestañear. La mandíbula le bailaba de un lado a otro. Estaba al borde de la sobredosis con un pie en la locura y otro en la paranoia. Un enorme revólver Magnum 44, al más puro estilo de Harry Callahan, descansaba en su diestra. Ni siquiera parecía prestar atención al tiroteo previo de la recepción.

El Perrolobo empujó la puerta muy despacio. El crujido de las bisagras era apenas audible, pero el Canciller se giró de improviso y disparó contra el umbral. Las balas del calibre especial 44 destrozaron madera y ladrillo. Juande se tiró de cabeza al suelo. Cuando el estruendo terminó, se incorporó poco a poco y se asomó al interior de la oficina. El Canciller estaba en pie con el revólver humeante en la mano.

—Ya sé lo que estás pensando —balbució—. Si he disparado seis veces o sólo cinco. Pero dado que esta arma es una Magnum 44, capaz de volarte la cabeza a…

—Seis —interrumpió el Perrolobo entrando a la estancia.

El Canciller apretó el gatillo una vez más pero no ocurrió nada. Sus pupilas dilatadas miraron al tipo que tenía enfrente y rechinó los dientes. El Perrolobo levantó el brazo y disparó contra su cuerpo. Las balas le atravesaron el pulmón izquierdo. El Canciller se desplomó contra su sillón de nuevo rico y allí quedó. Aspiraba aire por la boca con mucho esfuerzo. Las heridas supuraban burbujas rosáceas.

—Perrolobo… —su voz era un estertor agónico—. Vamos, Juande…

—Te dije que esto pasaría.

—¿Qué?

—Te lo advertí: si amenazas a mi hijo, te mataré.

—Ya…

—Por cierto —lanzó el cadáver del Pollatriste como un fardo—. Te presento al sargento Miñarro. Creo que se conocen.

—No me jodas.

—Ya no es humano. Ahora es sólo un trozo de carne que se agita y convulsiona.

—Tengo dinero…

—Tu dinero ahora no vale una mierda —contestó—. Estoy aquí para cumplir una promesa.

—¿Cuál?

El Perrolobo le quitó la mordaza al zombi del guardia civil. La criatura se movió con hambre pese a no tener extremidades.

—Juré que te mataría si tocabas a mi hijo —continuó—. Y tú me contestaste que qué haría después. ¿Y sabes lo que te dije?

—Ve y que te den…

—No. Dije que te mataría otra vez. Y, por una extraña vuelta del destino, voy a poder cumplir con mi palabra.

Acercó la boca del Pollatriste al cuerpo del Canciller. El zombi se enganchó a su garganta y masticó la carne jugosa y un tanto salada del capo mafioso. El Perrolobo vio cómo caían restos sanguinolentos por el esófago quebrado de Miñarro y resbalaban hasta el suelo. Los separó y lanzó el torso lejos. Después se sentó en una silla en la otra esquina a ver cómo el Canciller moría desangrado.

—Ahora te convertirás en un monstruo, como Miñarro. Y después yo disfrutaré volándote los sesos de un tiro.

Con tranquilidad, sacó un Bisonte y lo encendió. Se percató de que tenía un abrecartas clavado en el muslo. Ignoraba qué hacía allí, aunque sospechaba que el Canciller había tratado de defenderse con él. Alguien entró por la puerta. El Perrolobo apuntó con una de las Berettas y casi mata al Señorito, que apuntaba a ninguna parte con su escopeta.

—Soy yo —musitó.

—Joder, he estado a punto de…

—¿Has visto la que ha sucedido ahí abajo? Chus se está matando a puñetazos con el primo de Zumosol… —se quedó en silencio un instante—. Joder, ¿éste es el Canciller?

El Perrolobo chupó su cigarro y escupió un par de hebras. Después disparó contra lo que quedaba de Miñarro y el zombi dejó de agitarse.

—Diego, te presento a Pedro.

El Canciller intentaba taponar la herida de la garganta con un puñado de papeles pero no lo conseguía. Un babero de sangre impregnaba toda su pechera y cada vez estaba más blanco. Apoyó la cabeza contra el montón de cocaína que tenía sobre la mesa y esnifó profundamente antes de desmayarse por la falta de líquido en las venas.

—¿Qué has hecho, Juande?

—Le prometí que lo mataría dos veces, y voy a cumplir.

—Mierda, ¿se va a transformar en un zombi?

—Haces muchas preguntas para tenerlo todo tan claro, ¿no?

—Dios, pero sabes que eso será enseguida. ¿Cómo puedes estar tan tranquilo?

—Cuando se aproxime arrastrando los pies le volaré la cabeza, no te preocupes.

El Canciller se puso en pie. Tenía restos de droga por ojos, boca y garganta. Se agitaba entre espasmos más violentos de lo habitual y miraba al Perrolobo con una fijación asesina.

—Ahora sólo tengo que apuntar con cuidado y…

Habían visto a zombis correr, pero a ninguno tan rápido. De un tremendo salto, el Canciller se abalanzó sobre Juande y lo derribó. Apenas tuvo tiempo de soltar la Beretta y agarrarlo del cuello. Sentía el calor que aún desprendía su boca demasiado cerca de la piel. Los dedos del revivido se asieron a sus brazos y apretaron como un cepo hidráulico. El Perrolobo ya no aguantaba más la presión de aquel titán de la naturaleza. El Canciller, aunque tuviera más edad que él y fuera en calzoncillos, se había transformado en un monstruo de fuerza inusitada.

El Señorito acudió en su ayuda y se abalanzó contra el zombi, intentando que soltara a su cuñado. De un empujón, el Canciller lo derribó. Aquello fue suficiente para que Juande recuperase un poco el resuello.

—¡Dispara a la cabeza! —gritó antes de que una garra del Canciller le aplastase la tráquea.

Los brazos del zombi eran de puro hierro, apenas podía resistir. El Señorito agarró su escopeta M4 y apoyó el cañón contra la sesera del Canciller. Dudó medio segundo y después apretó el gatillo. El disparo a bocajarro hizo que su cabeza se girase hacia arriba, pero después volvió a su enfermizo ataque contra Juande. Diego observó que al zombi le faltaba la tapa de los sesos y casi la mitad de la masa encefálica. Disparó una segunda vez y restos de cerebro salpicaron la pared. Ahora carecía de casi todo el cráneo, abierto hasta la base de la nuca.

—¡No se muere! —dijo.

—Haz algo… —contestó casi asfixiado.

El Señorito arrojó la escopeta a un lado y metió la mano en la cabeza abierta. A puñados, fue sacando lo que quedaba de cerebro hasta limpiar la cavidad craneal. Poco a poco, la presión que hacía el Canciller se fue apagando y el Perrolobo pudo escapar de su presa. Retrocedió a rastras hasta que se encontró con una pared y allí se detuvo. Aún tenía el Bisonte entre los dientes.

—Joder... —el Señorito se colocó a su lado—. ¿Qué coño ha sido eso?

—Éste era de los que corrían —dijo.

El Canciller aún boqueaba, como un pez fuera del agua, pero estaba inmóvil con el interior de su cabeza desnuda expuesta a los elementos.

—¿Crees que ha sido por...? —no terminó la frase.

—La droga —Diego se miró las manos llenas de esquirlas de hueso y encéfalo—. Se estaba metiendo de todo, ya lo has visto. Puede que le haya modificado el lóbulo frontal, y al entrar en contacto con el virus zombi ocurre esa reacción.

—Mierda... La coca convierte a los zombis en superhéroes.

Se quedaron en silencio mirando el cuerpo del Canciller, que apenas se agitaba ya.

—¿Y por qué no sucede más? —se preguntó el Señorito.

—Puede que sólo ocurra mientras la coca está activa. Es decir, si se la han metido unas horas antes y el cuerpo aún no la ha metabolizado.

—No podemos ir por ahí con un montón de droga —le advirtió—. Es una bomba de relojería. Si los zombis se ponen a correr, puede que sí sea el verdadero fin del mundo. Es como caminar con una cabeza nuclear.

—De momento, somos los únicos que lo sabemos. Vamos a agarrarla y después ya veremos lo que hacemos.

Diecisiete paquetes de un kilo los esperaban en una bolsa de deportes.

CAPÍTULO 46

Desde el alzamiento de los cadáveres, la banda había supuesto que había tres formas de vida: los vivos, los muertos y los zombis. Sin embargo, el Matraca estaba en un cuarto estadio: medio muerto.

Se encontraba sentado en el suelo con la camiseta rota y el cuerpo hecho trizas. Los nudillos estaban desgarrados hasta casi el hueso, con los dedos luxados de tanto impactar contra una pared de granito. Su piel dejaba a la vista partes hundidas bajo moretones descomunales. El Sonao le había dado con todo. Cada puñetazo era como un ariete de la policía destrozando una puerta blindada. Una costilla salía del pecho goteando sangre venosa. Sin embargo, lo peor se lo había llevado su rostro. Donde antes estaba la bobalicona cara del Matraca ahora no había más que tejidos desgarrados, una hamburguesa de carne picada en la que se intuían un par de ojillos tras los párpados hinchados. Los labios estaban rotos por varios sitios, la nariz aplastada, las cejas convertidas en una fuente de hemoglobina. Apenas respiraba, apenas vivía.

—Chus… —el Señorito se agachó a su lado.

—¿He ganado? —balbució con la voz rota.

El Perrolobo miró a su alrededor. En la otra esquina del cuadrilátero estaba el cuerpo del Sonao en un estado igual de lamentable que el de su contrincante. Juande se aproximó a él. Tenía un tablón clavado en la cara y el brazo derecho colgaba inútil del hombro. Temblaba pero permanecía inmóvil, incapaz siquiera de girar el cuello. Una baba rosácea caía de su destrozada faz. En el suelo había un charco de dientes y plasma.

—Eh, Juande —lo saludó.

—¿Cómo va, Sonao?

—Bien —tosió sangre—. El Canciller… me ha dicho que… nadie puede subir.

—Ya lo sé.

—Nadie…

—El Canciller está muerto, Sonao.

—Ah… —la hemorragia interna lo mataría en poco tiempo—. Es que… nadie puede subir.

—Dios, Sonao —le colocó la Beretta en la sien—. ¿Por qué elegiste el bando equivocado?

El disparo sonó triste. Decían que era un acto de piedad sacrificar a los caballos con las patas rotas, pero pocos contaban que era una piedad mezclada con pena. El Sonao era un animal que sufría, al igual que el Matraca.

—¿Puedes hacer algo por él? —preguntó el Perrolobo.

El Señorito negó con la cabeza. Ni siquiera sabría por dónde empezar. Se necesitaría un traumatólogo para fundirle todos los huesos rotos que lo laceraban por dentro. Después rezarían a Dios o al diablo, si es que había alguna diferencia, para que no se le infectaran las heridas. Y, ya puestos, un milagro para arreglar su columna partida.

—¿He ganado? —repitió el Matraca con un hilillo de voz.

—Sí —contestó Juande—. Ha sido lo más valiente e imbécil que he visto en mi vida.

—Me alegro…

—No hables, Chus —dijo el Señorito—. Tienes la mandíbula hecha mierda.

—He pensado que podríamos ir a un barco —prosiguió sin prestarle atención—. Uno grande, de los de los ricos. Los zombis no saben escalar, lo hablamos el otro día. Seguro que tampoco saben nadar. Así que, nos montamos en uno y navegamos cazando atunes para comer.

—Es un buen plan, Chus —contestó el Perrolobo.

—Si ponemos rumbo… —se trabó—. Rumbo a las Bermudas podemos ver ovnis.

—Claro, amigo —Juande le apuntó con la Beretta, pero Diego la apartó.

—Seguro que… está lleno de viejos…

Su cuerpo se convulsionó. Después nada. Los dos hombres se quedaron mirando el cadáver con cara de lástima.

—Jesucristo… —el Señorito le cerró los ojos—. ¿Por qué no mataste al otro según lo viste? No parecía ir armado.

—Chus no quiso.

—Y ahora me dirás que era demasiado bueno para este mundo, ¿no?

—Lo era —encendió un Bisonte—. Pero eso da igual ahora. Ha muerto como siempre quiso: dándole de golpes a otro tipo. ¿Y la Chunga?

—En el camión —miró los tatuajes del Matraca—. ¿Vamos a enterrarlo?

El Perrolobo pateó una garrafa con disolvente usado en la imprenta y el líquido llegó hasta un palé cargado con carátulas de DVD porno.

—La incineración también es un buen final —dijo, y lanzó el cigarro al líquido.

En un instante una llama de varios metros invadió el interior de Gráficas Román. El incendio se fue extendiendo según se topaba con nuevos papeles o productos químicos. Se taparon el rostro, agarraron la bolsa con la coca y partieron hacia la salida. El Perrolobo, a pesar de haber escuchado la explosión del segundo explosivo, se sorprendió de la capacidad de destrucción de la Chunga. Escucharon un disparo proveniente de la calle. Varios zombis desparejados se acercaban desde algún punto lejano. La Chunga los repelía con el rifle de francotirador pese a lo que le temblaba el pulso.

—Ya está, Macu —le dijo el Señorito al llegar a su altura—. Nos vamos.

Miró a los dos hombres y regresó a su punto de mira. No preguntó por el Matraca. Habría sido expresar lo obvio con palabras.

El Perrolobo se puso tras el volante y metió marcha atrás. Mientras se alejaban miró las llamas por el espejo retrovisor. Muchas películas del Oeste terminaban con el vaquero cabalgando hacia una puesta de sol. Él se alejaba del incendio con un camión de seiscientas toneladas. No era lo mismo, pero sí muy parecido.

◆

La ciudad era un monumento a la estupidez humana en sus más diversas formas. Tras los rascacielos se intuía el capitalismo más salvaje, aquel que se aprovechaba de los débiles para ser cada vez más rico y poderoso aunque pudiera comprar un país entero. Era la utopía del banquero, el ansia del especulador. Gente adicta al dinero que tenía más que nadie porque había robado más que nadie. Se creían más listos, pero no se dieron cuenta de que el mundo se sostenía gracias al resto de personas, esas mismas que encerraban en barrios residenciales y a las que les ponían jardincitos con fuentes frente a arcaicos colegios públicos mientras ellos gastaban fortunas a espuertas en caprichos de millonarios. Dos estilos de vida, el del pastor y el de sus ovejas, que compartían espacio pero no coexistían. Dos formas de entender la estupidez, egoísmo contra conformismo, explotación frente a esperanza de cambio. Desde los albores de la humanidad había sido así. El caudillo que somete a un pueblo, el noble que exprime al plebeyo, el empresario que malpaga a sus trabajadores. Estupidez, nada más que estupidez.

Los zombis no hacían distinciones. Todos eran cadáveres vivientes. El hambre era igual para todos. La democracia real comenzaba con la muerte.

—Tal vez siempre debió ser así —dijo el Señorito—. Es casi poético que nos vayamos a la mierda por nuestros propios actos.

La Chunga abrió los ojos un instante y luego los cerró de nuevo. Prefería estar dormida a mirar al mundo tal y como había quedado.

—¿Vas a venirme ahora con tonterías trascendentales? —contestó el Perrolobo.

—El ser humano se comporta como las cucarachas: nace, muere, se reproduce si lo dejan y se come todo lo que encuentra a su paso. Es el sistema del parásito, el huevo sin la gallina. Ha ocurrido así como podía haber caído una bomba del cielo o que un niño soldado colocado de pegamento nos soltara tres tiros a cada uno.

—La diferencia es que al acabar así es personal. Ves a la muerte a la cara. No a la del vecino, o a la del tipo aquel que conocías que estrelló su coche en la mediana, sino al cabrón que eres. Te ves muerto, ante ti, comiéndote tus propias tripas. Por lo que a mí respecta, esto tiene la poesía del cagadero de un bar a las tres de la mañana.

—Se han hecho canciones sobre eso, ¿lo sabías?

—No me jodas, Diego.

—El vencedor de esta guerra será el medio ambiente. Nosotros somos el parásito y la Tierra el huésped. Se acabó la contaminación descontrolada y el almacenamiento de residuos o la tala de bosques. La naturaleza sobrevive, se regenerará y al final, cuando nadie se acuerde de nosotros, los pobladores del futuro excavarán en el suelo y encontrarán nuestros fósiles.

—Pensarán que somos imbéciles.

—Pensarán bien.

—¿Qué nos hace mejor que los animales, Diego? ¿El amor? A mí me ha mordido un perro por proteger a sus cachorros. ¿No es eso amor? Yo he matado por mi hijo, por mantenerlo a salvo. Sin embargo, mira a los zombis. Son como nosotros. De lejos no se nos distingue. Al final no importan los valores de cada cual, sino la supervivencia del más apto. Esto no es poética, sino evolución.

—¿Quién es el trascendental ahora, Juande?

—Que te jodan —sonrió.

El Perrolobo detuvo el 797 ante un cuchitril de carretera que lucía el cartel de Bar el Piojoso bastante antiguo. Contaba la leyenda que fue el primero en aparecer en la ciudad, aunque todo el mundo lo recordaba siempre ahí. Lo llamaban «el original», e incluso se decía en los billares que lo regentaba el propio Joe Álamo, el fundador del imperio Piojoso.

—¿Por qué nos detenemos? —preguntó la Chunga.

El Señorito miró a su cuñado. Sabía la respuesta. Juande introdujo la mano en la chaqueta y extrajo un papel doblado con las esquinas agrietadas. Lo observó unos instantes como quien estudia una vieja foto y no se reconoce en ella.

—Ha llegado el momento —dijo.

—¿El momento de qué? —gruñó la Chunga.

—De marcharme.

Le pasó la hoja de papel al Señorito.

—Dásela a David. Explícale que todo lo que he hecho ha sido por él, para que esté a salvo, para que pueda vivir y ser feliz.

—Eso haré.

—Dile que…

—Se lo diré.

El Perrolobo agachó la cabeza. Pensaba que sería más fácil hacerlo pero algo le pesaba en el pecho, algo que le impedía levantarse y salir caminando. Quedaban tantas cosas por hacer, tanto por decir y por vivir, que detenerse allí ya no le parecía tan buena idea. La Chunga no entendía nada.

—¿Pero de qué mierda va todo esto? —gritó—. Lo hemos conseguido, joder. Ha costado un huevo pero aquí estamos, con la droga y un pedazo de tanque para desplazarnos. Sólo hace falta regresar a la cantera y a vivir.

—No es tan sencillo, Macu —contestó Diego.

—Carajo, no te voy a dejar bajar del coche, Juande —lo amenazó con el rifle—. Si te abandonamos en ese puto bar vas a acabar muerto.

—¿Todavía no te has dado cuenta, Macu? —le clavó sus ojos azules—. Es lo que pretendo.

—¿Morir? —preguntó extrañada.

—Eso no es negociable.

—¿A qué te refieres?

El Señorito le pasó el papel desplegado. Le señaló la parte que debía leer. La Chunga se quedó sin habla.

CAPÍTULO 11

—Tengo cáncer —dijo el Perrolobo.

El tumulto del hospital pareció acrecentarse cuando el Señorito desplegó el papel y lo leyó con atención. Levantó los ojos y miró a su cuñado. El pelo rapado, la pérdida de kilos, el tono metálico en su mirada azul. Releyó una vez más, pero estaba claro. Linfoma, metástasis, estadio avanzado.

—Me han condonado la pena porque me muero —explicó—. Los médicos me han desahuciado. Apenas me dan un par de semanas antes de que el dolor no me deje mover.

—¿Y la quimio?

—¿Por qué te crees que tengo el pelo rapado? Me la han ido dando estas últimas semanas, pero era perder el tiempo. Lo sabía mi médico y lo sabía yo. Así que al final me han mandado a casa para evitar una nueva estadística de muerte tras las rejas.

—Pero... tiene que haber algo, no sé, algún tratamiento experimental que...

—Diego, eres enfermero —lo agarró con fuerza de los brazos—. Sabes que los milagros no existen.

Linfoma, metástasis, estadio avanzado.

—¿Y por qué reunir de nuevo a la banda? ¿Por qué no te dedicas a echar polvos y a emborracharte?

—Antes me pego un tiro. El Canciller ha amenazado a David. Sabe que voy a morir y en eso se escuda el muy hijo de puta. Si no le pago, lo matará.

Una doctora se asomó al interior del cubículo. Al ver que estaba ocupado siguió su camino. Sus tacones resonaban por el corredor. El Señorito no entendía cómo alguien podía hacer una guardia con semejante calzado.

—Quieres resolver tus asuntos pendientes, ¿es eso? —preguntó Diego.

—No me queda otra. Me da igual que me mate el Canciller, pero no quiero que toque a David. Y ahí entras tú.

—Ya te he dicho que no quiero atracar un banco.

—Necesito que cuides de él cuándo yo no esté. Que estudie, que sea como tú, no como el mierda de su padre.

El Señorito lo miró con detenimiento. Lo conocía desde hacía tanto tiempo que ni se acordaba. Juande, el Perrolobo, el más cabrón de los cabrones, el mayor desgraciado que había vomitado la ciudad, el que siempre lo despreció por convertirse en enfermero, por ir a la universidad a distancia, el que se burlaba de él y le llamaba media nena… se estaba sincerando. Y no de una manera gratuita o de soslayo. En el invierno anticipado de su vida reconocía que se había equivocado al escoger el camino y, al igual que otros muchos padres que vuelcan en sus hijos sus frustraciones, no quería que David siguiera sus pasos. Al contrario, quería que tomara la senda que había escogido él, el paria, el desterrado, el chupaculos de los payos.

—Vamos, Juande, no me pidas que…

—Que sea como tú —recalcó—. Yo no estaré para joderle la vida. Sólo te tendrá a ti. Que tome ejemplo, que se haga una buena persona. Quizás algún día se olvide de visitar mi tumba. Si eso ocurre, habré conseguido mi propósito.

—No digas eso.

—Quiero que me lo prometas, Diego. Júrame que cuidarás de David.

—Sabes que lo haré.

Se abrazaron. Fue natural e inesperado, como el embarazo de una prostituta, pero sin esa calidez de madre. Los dos hombres estaban incómodos pero por alguna razón que se escondía en lo más profundo de sus estómagos, ahogada entre la bilis y la miseria, no podían separarse. Al Señorito le pareció sentir un sollozo, pero no supo si era suyo o de su cuñado.

—Está bien —el Perrolobo se apartó de él—. No hay mucho tiempo que perder.

—¿Qué más necesitas de mí?

—Tengo que ponerte al tanto del golpe que vamos a dar. Si sale mal, tienes que sacar a David de la ciudad, ¿entiendes?

—¿No necesito matar a nadie?

—Sólo hablarás con los chicos y actuarás como mi mano derecha, pero tu verdadero cometido es David.

—De acuerdo —contestó—. Cuenta conmigo.

—Siempre lo he hecho.

El Perrolobo se apoyó en la camilla, dándole la espalda.

—Nunca me ha dado miedo la muerte —dijo caminando por el reservado—. Lo cual es una estupidez. En realidad soy un insensato que no piensa que puede morir cuando se enfrenta a golpes con otro tipo o cuando pone el coche a doscientos. Pero la verdad es que estoy asustado. Esto no es un accidente, sino esperar lo inevitable. Los médicos me dan por muerto. Por lo que yo sé, ahora mismo soy un muerto viviente.

CAPÍTULO 47

En la calle había varios zombis que pululaban de un lado a otro. En apenas unos días el Perrolobo se había convertido en un experto en evitarlos. Sin embargo, a veces sentía su mirada, como si no fuera un bocado tan apetitoso como él pensaba. Se abrió paso hasta la entrada del local y se sumergió en sus entrañas.

Aunque más espacioso, el bar del Piojoso mostraba una terrible semejanza con sus clones. Era como volver al barrio, a perder el tiempo entre copas y cervezas, donde los muertos se pudrían en sus nichos y las viejas jorobadas limpiaban sus lápidas. Las sillas estaban tiradas por el sempiterno suelo plagado de palillos, huesos de olivas y servilletas de papel. Contó hasta tres parroquianos habituales que se acercaban arrastrando las piernas. Les voló la cabeza con facilidad y se dirigió a la barra.

No llegó a sentarse. Una figura surgió del cuartucho mohoso y oscuro que llamaban cocina, aunque en la vida habían servido nada más que un bocadillo de mortadela con queso. El zombi se le quedó mirando y se lanzó contra el Perrolobo a la carrera. Saltaba las sillas, las mesas, daba zancadas impresionantes. Juande aspiró una calada del cigarro, sujetó la Beretta con ambas manos y le descerrajó un tiro en la sesera. El camarero continuó su carrera hasta chocar contra un tabique y allí se detuvo.

—Vaya golfo —se sonrió—. ¿Dónde guardas la coca, amigo?

Las botellas ordenadas tras la barra mostraban etiquetas falsificadas con errores ortográficos que resguardaban garrafón. Vio una botella de anís que, según el papel, contenía vodka de importación. Otras eran caseras, jugos provenientes de los alambiques más sofisticados de los lugares más herrumbrosos. El caldo que más le llamaba la atención era el llamado «La bañera del tío Paco» en clara competencia con «Sudor de sobaco de sirena». Estiró el brazo y agarró un whisky que aún conservaba el precinto.

Agarró un vaso de licor y se sentó en un taburete en el extremo de la barra. Apuró con calma su Bisonte y se sirvió una ronda de licor. Después colocó sobre la barra la pulsera GPS y esperó.

No tenía prisa. La muerte rondaba en la calle y en su interior. El tiempo era una medida superflua para los que aún estaban vivos.

Llevaba un cuarto de botella de whisky y ocho Bisontes cuando escuchó disparos por la calle. Reconoció el sonido de una escopeta de dos cañones abriendo fuego. Dudaba que fuese temporada de conejos, por lo que sacó las dos Berettas y las colocó sobre la barra.

La puerta se abrió y se cerró con la misma rapidez. El Perrolobo levantó la cabeza y miró al infierno.

Abelardo, el Ronco, humeaba. Su sudor se evaporaba a tal velocidad que parecía envuelto en una nube de tabaco. Su barba negra estaba cubierta de sangre, al igual que sus pantalones. Mostraba el torso desnudo y peludo. El Perrolobo contó hasta cinco dentelladas que surcaban su piel. Una de ellas le había arrancado un buen trozo de carne del brazo izquierdo, con el que sujetaba un portátil medio roto. Le bastaba la diestra para empuñar la recortada.

—Has tardado mucho —dijo Juande—. Siéntate y toma lo que quieras.

—¿De qué va esto? —gruñó—. ¿Y los demás?

—Estoy yo solo.

—¿Por qué?

—Para matarte antes de pegarme un tiro.

El Ronco cargó los últimos cartuchos que le quedaban y apuntó al frente.

—Con esa chata no me vas a dar a tanta distancia —levantó la Beretta—. Pero yo a ti sí.

—¿Crees que me importa?

—Estás tan muerto como yo —le señaló las mordeduras con el cañón del arma—. ¿Los zombis te han hecho esas heridas?

—Jódete.

El Perrolobo agarró la otra pistola y se la lanzó a Abelardo resbalando por la barra. Al contrario que los anuncios de cerveza, acabó saliéndose de su rumbo y cayó por el borde. El Ronco la sostuvo con cuidado y se sentó en la esquina opuesta.

—Disfruta de un buen whisky, Abelardo. En diez minutos estaremos muertos los dos.

Los zombis se agolpaban en la salida. Uno de ellos se asomaba al interior por una ventana.

—¿Por qué me traicionaron? —preguntó Juande—. ¿Por qué venderme a la poli?

—Eres más necio de lo que suponía —el Ronco agarró una botella de vino—. No fue decisión nuestra, sino del Canciller. Mis hermanos y yo no hacíamos más que obedecer órdenes. El Canciller fue quien dio el chivatazo. Mientras la Guardia Civil te detenía delante de la televisión y Miñarro se colgaba las medallas, nosotros metíamos tres toneladas de droga desde Marruecos. Lo tuyo fue una maniobra de despiste, tan sólo negocios. Fuiste tú quien lo terminó haciendo personal.

El Perrolobo se carcajeó.

—¿Acaso piensas que no sabía eso? Estaba claro por qué me metieron entre rejas, pero no podía hacer nada con el Canciller. Así que le mandé un aviso. Las muertes de tus hermanos eran un mensaje muy claro: yo también puedo joderte. Y te equivocas en que no era personal. Lo fue desde el primer momento. Tú me reclutaste, tú me elegiste entre la maraña de yonquis de mierda y arrastrados que habrían sido unos cabezas de turco mejores que yo. ¿Y sabes por qué lo hiciste? Joder, por supuesto que lo sabes: porque yo tenía mucho que perder. En concreto, un hijo al que odiaba y quería a partes iguales. Por eso, desde el primer momento, fue algo personal.

—Esta partida de cartas no puede terminar en empate —se lamentó—. Tu hijo sigue vivo en algún puto agujero de mierda. Y el mío está muerto. ¿Crees que eso es justo?

—Cada cual tiene lo que se merece. Tú sembraste odio y recibiste un cadáver. Yo acabé en la cárcel y mi niño se educó con sus abuelos.

—Pero Christian está muerto y el tuyo vivo.

—Me atacó con un revólver —bebió su bebida de un trago—. ¿Qué querías que hiciera?

—¿Eso hizo? —por primera vez en mucho tiempo, Abelardo sonrió con verdadera paz interior—. Al final tuvo huevos.

Permanecieron en silencio un rato, cada cual en una esquina del bar con su botella. Por momentos pareció que eran dos viejos amigos que se reencuentran tras años de desavenencias, pero las pistolas convertían todo aquello en la calma antes de la tormenta.

—¿Y ahora qué? —preguntó el Ronco.

—Somos dos tipos en mitad de un bar. Vamos a matarnos.

—Un duelo del salvaje Oeste, ¿no? Siempre fuiste un imbécil.

—Ahora no vendrá el Séptimo de Caballería —Juande agarró su Beretta y se puso en pie—. Hagamos lo que hagamos, vamos a morir. A ti te han mordido y mi cuerpo se devora a sí mismo. Afuera no hay más que zombis. Lo único que podemos decidir es el momento y la forma de hacerlo. Y éste es un buen momento.

—Y una buena forma.

Abelardo se separó de la barra empuñando la Beretta en la diestra. Muy despacio, se acercaron un par de pasos hasta estar a una distancia que no les permitiera errar el tiro.

—¿Y ahora? —preguntó el Ronco.

—Nos matamos.

Abelardo fue más rápido. Levantó la pistola y apretó el gatillo. Tardó cuatro segundos en comprender lo que sucedía.

—Vaya —el Perrolobo lo encañonó—. Parece que te he dado la descargada.

Los ojos del Ronco se abrieron de par en par. Se lanzó por la recortada que descansaba sobre la barra, pero no llegó a ella. Cuatro balas le atravesaron el pecho y cayó sobre la alfombra de palillos y servilletas. Desde su agonía, vio las botas del Perrolobo que se acercaban a su posición.

—Ahora debería decir algo de puta madre —mostró el colmillo—, pero no me sale de los huevos.

Y le metió tres balas seguidas en la cabeza.

CAPÍTULO 48

Siempre se había dicho que en el castillo habitaba un fantasma. Daniel Bosch sospechaba que se referían a él.

Los antiguos visigodos lo situaron en lo más alto de un risco por el que sólo se accede por una escarpada cuesta. Ni los más caros ingenieros pudieron lograr un acceso mejor para los autobuses turísticos que iban de visita cada día. Quedaba claro que, como fortaleza de guerra, su ubicación era inmejorable. Años después se convirtió en un fuerte militar y se ampliaron galerías y sótanos, pero siempre dejaron intacto el lujoso interior del palacio. Ya entrado el siglo xx se reformó por completo y se adaptó al turismo. El cambio más significativo fue el foso de entrada, que durante decenios estuvo cubierto de tierra y ahora lucía amplio y vacío.

Y él, Daniel Bosch, vigilante nocturno de seguridad, era el único habitante de aquel lugar.

Sabía que se volvería loco sin compañía. Por la radio sólo llegaban reposiciones de un programa de humor llamado *El Microondas*. Sus compañeros se marcharon cuando la invasión zombi se hizo patente. Nunca pensó que agradecería tanto no tener familia ni pareja ni amigos.

Ahora era el rey del castillo. Cada día sacaba agua del pozo y sacrificaba un pichón del palomar de la torre. En los jardines centrales crecían naranjos, almendros y lo que esperaba fuera un gran cerezo. Se había planteado sembrar un huerto con las verduras que se pudrían en la cafetería. Por una de esas políticas absurdas contra la obesidad, el menú diario para escolares que los visitaban se componía de patatas, pimientos, lechuga y zanahorias. A él nunca le gustaron, pero la necesidad apremia y la comida perecedera era la primera que tenía que gastar. Una batería Tesla le proporcionaba energía. Le importaba tres huevos si aparecían los soldados o no. Una vez vio un helicóptero que se estrelló ladera abajo.

Su rutina se truncó a primera hora de la mañana. Un ruido de motor lo despertó de sus ensoñaciones. Supo al momento que lo atacaban. No tenía miedo de los zombis, ya que solían despeñarse antes de llegar al castillo, pero sí temía a los vivos que le pudieran joder la vida.

Se colocó a toda velocidad los pantalones y la chaqueta y se asomó a la almena. Apenas podía creer lo que veían sus ojos. Un enorme camión, más grande que cualquiera que hubiera visto, estaba aparcado ante su puerta. En la gigantesca pala transportaban diversos enseres cubiertos por una lona, así como gallinas y sacos de arroz. Desde allí vio a un anciano que se rascaba los pies y a una chica en toples que lo observaba con cara de pocos amigos.

—¿Qué coño miras, tonto? —le espetó la Chunga—. Ni con toda la humanidad muerta se puede tomar el sol sin que un imbécil te mire las tetas.

—¿Quiénes son? —preguntó, pero al momento cambió de idea—. Fuera de aquí. Somos más de treinta y estamos armados.

—Yo también estoy armado —el viejo Pericles le apuntó con el lanzamisiles.

Bosch observó su triste revólver de seis balas.

—Si me matan no podrán entrar nunca —les advirtió—. Y si tiran los muros este sitio no valdrá para nada.

—Déjanos pasar, tonto —le gritó David, saliendo de la cabina.

—¿Y por qué debería hacerlo?

El Señorito se asomó por la ventanilla. En su mano tenía un paquete blanquecino.

—Tenemos coca.

Daniel Bosch sopesó sus opciones.

—Bienvenidos a mi humilde morada —dijo.

FIN

EPÍLOGO (AHORA SÍ)

—Está bien, cabrones —dijo blandiendo la navaja—. Veamos quién la tiene más larga.

Los zombis se abalanzaron contra el Perrolobo. Lanzó puñaladas en todas direcciones. Tropezó y cayó al suelo. Uno de los bichos le mostró una dentadura llena de empastes.

Era el fin.

Pero no lo mordió. El zombi gruñó, giró el cuello y se incorporó.

—¿Pero qué carajos?

Juande se puso en pie. Dos zombis se abalanzaron contra él. Aguantó la respiración. Chocó con ellos. Vio los incisivos ahí, justo ahí, al ladito de su garganta, pero no se lo comieron. El Perrolobo los empujó hacia otro lado.

Por alguna razón le tenían odio, pero aquello no pasaba de un par de empujones.

—Ahora que decido suicidarme no hay huevos a morir.

AGRADECIMIENTOS

Cuando terminé mi primera novela me prometí a mí mismo no volver a escribir una página de agradecimientos. ¿Por qué? Porque la vida da muchas vueltas y al final deseas borrar a ciertas personas de tu libro y de tu memoria.

Sin embargo, llega un momento en el que no queda más remedio que ser humilde, comerse los miedos, y dar las gracias. Y esta novela no habría existido de no ser por la ayuda de mucha gente.

A Pablo Ferrando, por regalarme la frase que al final se convertiría en el germen de esta novela. A Juande Garduño, por marcar la senda. A Álvaro Fuentes, por el tesón y los consejos. A David Mateo, por acompañarme en el camino. A Mariano Sánchez Soler, por prender la chispa hace tantos años. A Fran Ortiz, que dijo en voz alta «a ver si me sacas como personaje en alguna novela». A Sergio Vera, por estar ahí, por seguir estando, por la confianza y la amistad. A Joe Álamo, por traspasarme el bar del Piojoso para este libro. A los festivales de novela negra, por adoptarme a quemarropa. A Manel Loureiro y a Carlos Sisi, por sus excelentes novelas. A Rafa Pons y Luis Ramiro, que junto al programa *Toma Uno* de RTVE se convirtieron en la banda sonora de estas páginas. A Fer y Aída, magníficos lectores cero, que espero perdonen el secretismo con el que he llevado este libro. A Alejandro Paredero, por las últimas notas. Al perro que me mordió en el culo cuando visité la cantera: es lo único autobiográfico que he escrito en una novela.

A mi familia, por aguantarme, leerme y promoverme. De mi madre a mis hermanas, de Fernando a Paco, de Raúl a Sevi. A todos.

A Yanira, por tantas y tantas cosas que me es imposible escribir en unas pocas palabras. Gracias por animarme a dejar un trabajo cómodo en la administración para perseguir un sueño que parecía imposible. Sin ti a mi lado no sólo no existiría esta novela, sino que mi vida sería radicalmente distinta. Y me gusta mucho cómo es ahora.

Por último, a Luis Santiago, trabajador incansable de la Fundación Secretariado Gitano, por regalarme esas frases en caló y abrirme los ojos a un mundo que desconocía. Por exigencias de la trama, los personajes de esta novela debían ser criminales en su mayoría, pero la realidad es bien distinta. Hoy día hay muy pocos gitanos como el Perrolobo o el psicótico Ronco. La inmensa mayoría se parecen a Diego y a David, tan alejados de los estereotipos que nos ha vendido la televisión. Por otro lado, sí existe gran cantidad de descerebrados como el Cani, prostitutas como la Chunga o nazis con placa como Miñarro. Y no, eso no es fantasía.

HEINRICH VON KLAUSEN,
MARQUÉS DE LÜBECK

Sangre fría, de Claudio Cerdán,
se terminó de imprimir y encuadernar en julio de 2016
en Programas Educativos, S. A. de C. V.
Calzada Chabacano 65 A,
Asturias 06850,
Ciudad de México